01

accel world

Die Rückkehr des schwarzen Schneewittchens

ORIGINAL:
REKI KAWAHARA

CHARAKTERDESIGN:
HIMA

DESIGN:
BIIPII

»Dieses Mädchen ist doch …«
DAS PINK-FARBENE FERKEL
Avatar von Haruyuki, einem der unbeliebtesten Jungen der Schule

»Willst du nicht noch etwas ... noch etwas **schneller** werden, mein Kleiner?«
KUROYUKIHIME
Avatar der stellvertretenden Schülersprecherin der Umesato-Mittelschule

»Stimmt es, dass du und diese Kuroyukihime aus der Achten vorhin eine Direktverbindung eingegangen seid?«
»Was?! W…Wo…«
CHIYURI
Haruyukis Sandkastenfreundin

?!
?!
»Hm …
Ich sag es mal so,
wie es ist: Ich habe
ihm ein Geständ-
nis gemacht und er
hat mich abblitzen
lassen.«

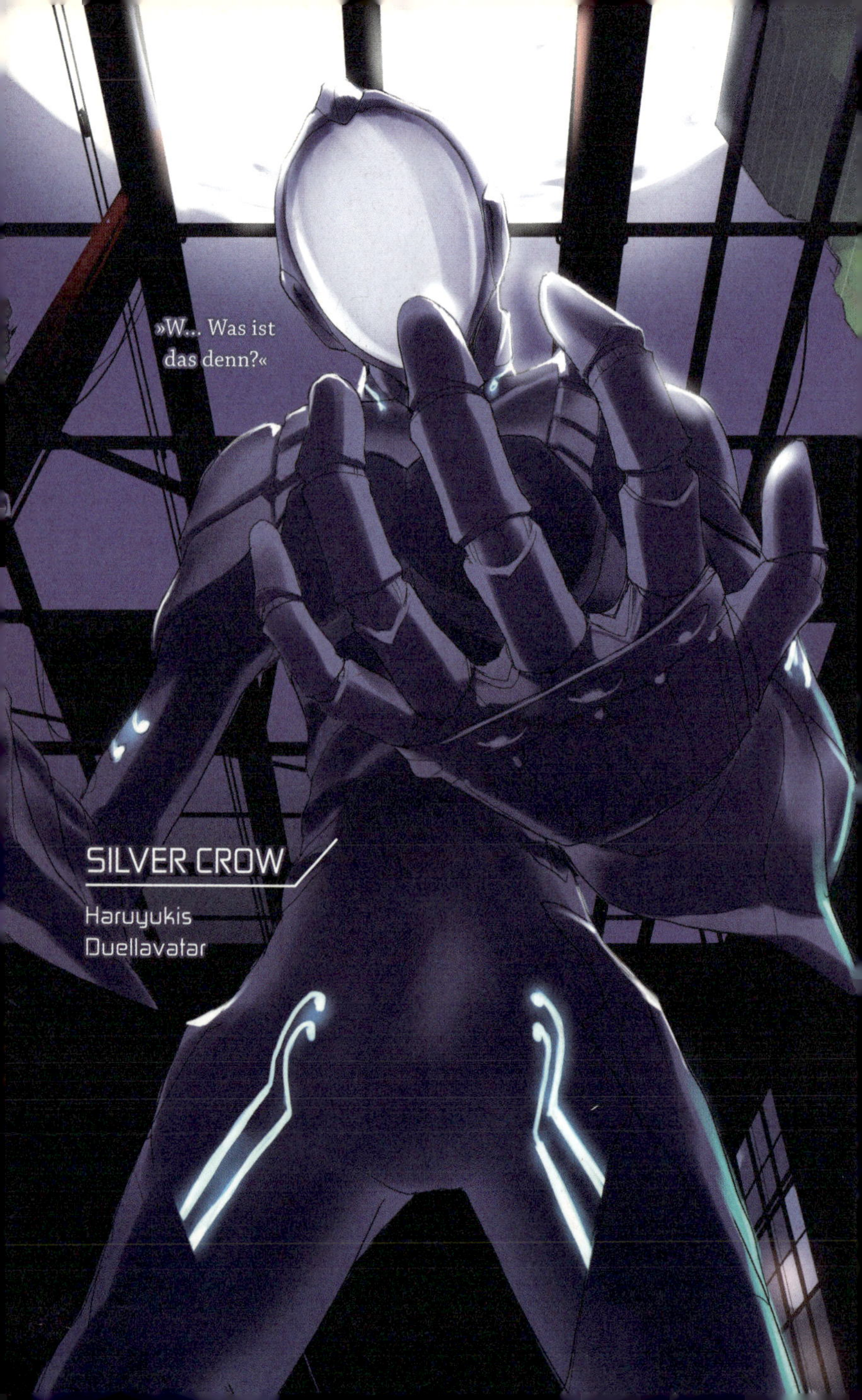
»W... Was ist das denn?«
SILVER CROW
Haruyukis Duellavatar

CYAN PILE
Ein mysteriöser Gegenspieler
».............«
»Ich beschütze dich. Ich beschütze dich, koste es, was es wolle.«

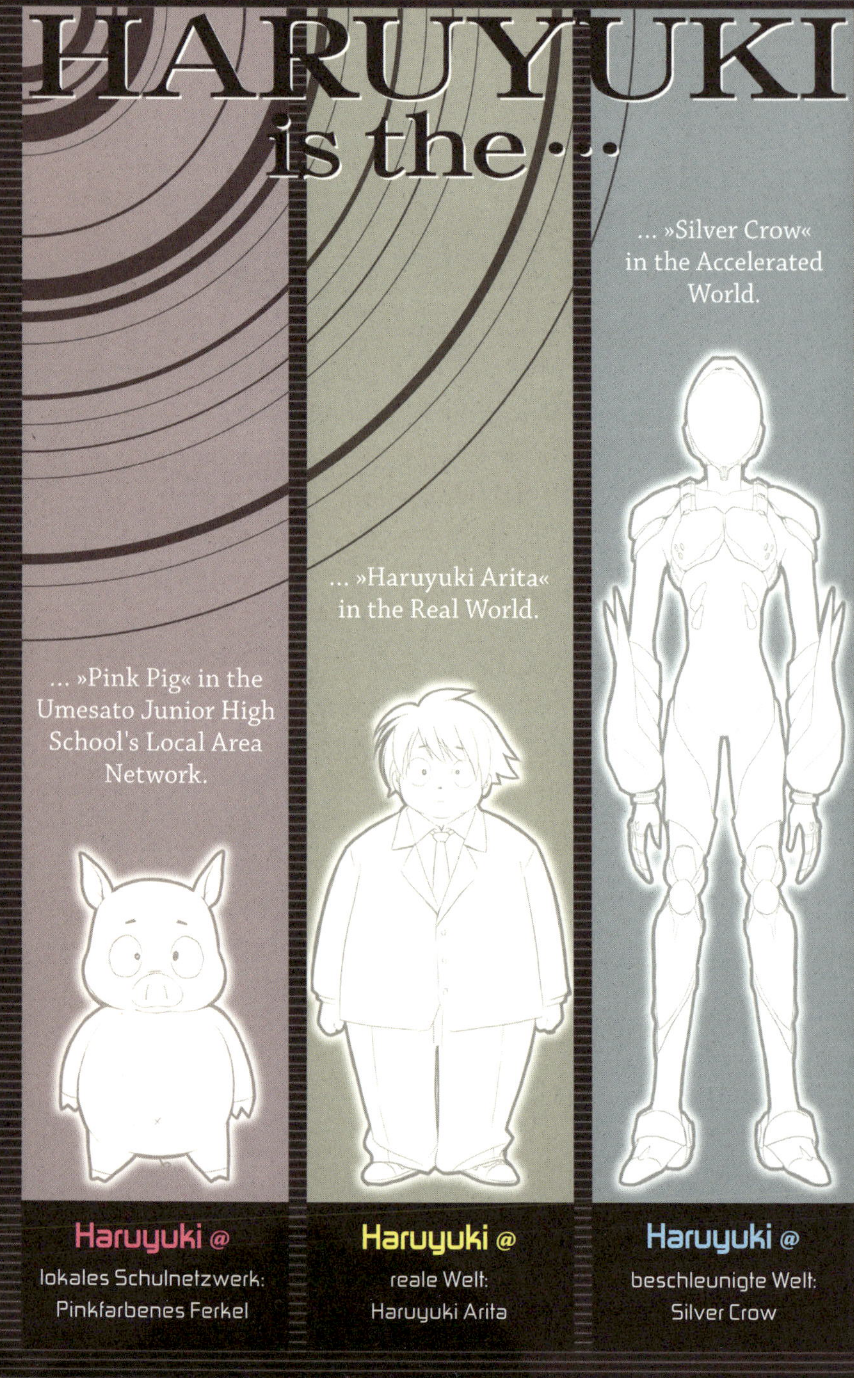
HARUYUKI
is the …
… »Pink Pig« in the Umesato Junior High School's Local Area Network.
… »Haruyuki Arita« in the Real World.
… »Silver Crow« in the Accelerated World.
Haruyuki @
lokales Schulnetzwerk: Pinkfarbenes Ferkel
Haruyuki @
reale Welt: Haruyuki Arita
Haruyuki @
beschleunigte Welt: Silver Crow

accel world

Die Rückkehr des schwarzen Schneewittchens

01

ORIGINAL:
REKI KAWAHARA

CHARAKTERDESIGN:
HIMA

DESIGN:
BIIPII

TOKYOPOP

■ Kuroyukihime = Stellvertretende Schülersprecherin der Umesato-Mittelschule. Ein gepflegtes, intelligentes Mädchen mit noblem Charme. Ihr Avatar im lokalen Schulnetzwerk ist ein selbst gestalteter Schmetterling mit schwarzen Flügeln.

■ Haruyuki = Sein voller Name lautet Haruyuki Arita. Er geht in die siebte Klasse der Umesato-Mittelschule. Ein dicker Junge, der von seinen Mitschülern gehänselt wird. Er hat ein Händchen für Onlinespiele, zockt aber am liebsten allein. Sein Schulavatar ist ein pinkfarbenes Ferkel.

■ Chiyuri = Ihr voller Name lautet Chiyuri Kurashima. Sie ist mit Haruyuki aufgewachsen. Ein fröhliches Mädchen, das seine Nase gern überall hineinsteckt. Im Schulnetzwerk hat ihr Avatar die Gestalt einer silbernen Katze.

■ Takumu = Sein voller Name lautet Takumu Mayuzumi. Auch er kennt Haruyuki und Chiyuri von Kindesbeinen an. Aber er besucht eine andere Schule als die beiden. Ein gut aussehender Junge und Mitglied der Kendo-AG an seiner Schule.

■ Araya = Ein Rowdy und Schüler der Umesato-Mittelschule. Er schikaniert Haruyuki am meisten.

■ Neuro Linker = Mobile Hilfsgeräte, die am Nacken getragen werden, eine drahtlose Quantenverbindung zum Gehirn aufbauen und auf diesem Weg die physische Wahrnehmung der fünf menschlichen Sinne wie Sehen und Hören künstlich erweitern.

■ *Brain Burst* = Ein Neuro-Linker-Programm, das Haruyuki von Kuroyukihime bekommt.

■ Schulnetzwerk = Ein lokales Netzwerk, das auf dem Gelände der Umesato-Mittelschule eingerichtet wurde. Es dient der Überprüfung der Anwesenheit und der Durchführung des Unterrichts, weswegen alle Schüler verpflichtet sind, dort ununterbrochen eingeloggt zu sein.

■ Globales Netzwerk = Das weltweite Internet. Innerhalb der Schule ist es verboten, sich damit zu verbinden. Stattdessen gibt es ein schulinternes Netzwerk.

01

accel world

1

Auf der virtuellen Tafel blinkt ganz oben rechts ein gelbes Briefsymbol auf.

Haruyuki ist dem Unterricht halb dösend gefolgt und zieht jetzt vor Schreck den Kopf ein. Dabei fokussiert er seinen Blick auf einen etwas weiter entfernten Punkt.

Sofort wird die dunkelgrüne Schultafel, die bis dahin sein gesamtes Blickfeld ausgefüllt hat, durchsichtig und er sieht wieder die Rücken seiner in Reih und Glied sitzenden Mitschüler vor sich und weiter hinten den Lehrer stehen.

Der Klassenraum, die anderen Schüler und der Lehrer sind echt, die jetzt halb transparente Tafel voller mathematischer Formeln jedoch nicht. In Wirklichkeit schreibt der Lehrer seine Zahlen und Symbole einfach in die Luft und der an Haruyukis Nacken befestigte »Neuro Linker« überträgt die Abbildung direkt in sein Gehirn.

Der Mathelehrer, ein Mann um die vierzig, hält nicht einmal einen Stift in der Hand, sondern lässt lediglich seine Finger auf eine etwas unbeholfene Art über die nur für ihn sichtbare Tafel gleiten, während er die Erklärungen für seine Formeln vor sich hin murmelt. Eigentlich spricht er viel zu leise, als dass Haruyuki ihn hören könnte, aber der Neuro Linker, den auch der Lehrer in seinem Nacken trägt, verstärkt und bereinigt das akustische Signal und überträgt es in Haruyukis Kopf.

Haruyuki richtet seinen Blick wieder auf den Bereich direkt vor seinem Gesicht. Sofort nimmt die Tafel, auf der jetzt noch mehr Formeln stehen als vorher, wieder sein gesamtes

Sichtfeld ein. Die E-Mail, die er gerade erhalten hat, scheint keine mit Hausaufgaben vollgestopfte komprimierte Datei des Lehrers zu sein. Da man hier in der Schule nicht mit dem globalen Netzwerk verbunden ist, kann die Nachricht somit nur von einem seiner Mitschüler stammen.

Der Gedanke, dass der Absender ein Mädchen sein könnte, das die Schulregeln ignoriert und ihm heimlich eine Liebesbotschaft schickt, kommt Haruyuki gar nicht erst. Diese Hoffnung hat er im Laufe der bisherigen sechs Monate seit seiner Einschulung in die Mittelstufe längst aufgegeben. Am liebsten würde er jetzt seinem Impuls folgen und die Nachricht einfach in den Papierkorb am unteren linken Rand seines Blickfelds werfen. Aber was das für Konsequenzen nach sich ziehen könnte, will er sich gar nicht erst ausmalen.

Widerwillig wartet er einen Moment ab, in dem der Lehrer ihm den Rücken zudreht, hebt seine rechte Hand – nicht virtuell, sondern in der Realität – und tippt mit einem Finger das Mail-Icon an.

»Bammbabidibamm!«

Es ertönt kurz eine hässliche Melodie, begleitet von einer viel zu grellen Grafik. Und als wären Haruyukis Augen und Ohren damit noch nicht genug gestraft, öffnet sich anschließend kein Text, sondern eine Audionachricht.

»So, Schweinchen, ich erteil dir jetzt unsere heutige Bestellung!« Im Hintergrund ist mehrstimmiges boshaftes Gelächter zu hören. »Du bringst uns zwei Yakisoba-Brötchen, ein Puddingteilchen und drei Erdbeerjoghurts bis spätestens fünf Minuten nach Beginn der Mittagspause aufs Dach der Schule! Kommst du zu spät, machen wir Hackfleisch aus dir! Und solltest du versuchen, uns zu verpfeifen, landest du direkt auf dem Grill!« Wieder ist brüllendes Gelächter zu hören.

Mit aller Macht widersteht Haruyuki dem Drang, sich umzudrehen und dahin zu schauen, von wo aus sich mehrere Blicke regelrecht in seine linke Wange bohren. Sonst würde er garantiert Araya und seine beiden Gefolgsmänner höhnisch grinsen sehen. Und dann würde er sich noch mieser fühlen.

Sie mussten die Nachricht schon im Voraus erstellt haben, denn im Unterricht ist es unmöglich, so etwas aufzunehmen und dann noch mit audiovisuellen Effekten zu versehen.

Haben die Typen nichts Besseres zu tun?! Und eine Bestellung kann man doch gar nicht »erteilen«! Wie bescheuert sind die eigentlich?!

Wenigstens in Gedanken ist es ihm möglich, sich über diese Blödmänner aufzuregen. Es laut zu sagen oder ihnen eine derartige Antwort per E-Mail zu schicken, wagt er selbstverständlich nicht. Araya gehört zu der Spezies Idioten, die genau wie Kakerlaken wohl nie aussterben werden, egal, wie sehr sich die Menschheit auch weiterentwickelt. Aber eigentlich ist Haruyuki selbst der Dümmste von allen, weil er sich von Araya die ganze Zeit schikanieren lässt.

Besäße er wenigstens einen Funken Mut und Entschlossenheit, so wäre es ein Leichtes, diese E-Mail zusammen mit den zig anderen »Beweisstücken«, die er mittlerweile gesammelt hat, der Schulleitung zu übergeben und diese Bande ihrer gerechten Strafe zuzuführen.

Aber Haruyuki muss stets nur daran denken, welche Folgen das für ihn hätte.

Obwohl inzwischen so gut wie jeder Mensch in Japan einen Neuro Linker besitzt und das Leben sich zur Hälfte in virtuellen Netzwerken abspielt, hält der physische Körper einen noch immer auf einer niederen Existenzebene gefangen. Ständig plagt einen Hunger, man muss aufs Klo ... oder wird mit solcher Wucht von einer Faust im Gesicht getroffen, dass der Schmerz einem Tränen in die Augen treibt und man vor Scham nur noch sterben will.

Die großen Netzwerkkonzerne behaupten, ein geschickter Umgang mit dem Linker würde Schullaufbahn und spätere Karriere entscheidend beeinflussen. Aber das ist nichts weiter als Marketing. Letztendlich entscheiden immer noch so primitive Parameter wie Aussehen oder körperliche Kraft darüber, was ein Mensch wert ist.

Das hat der dreizehnjährige Haruyuki längst begriffen. Sein Gewicht sprengte schon in der fünften Klasse die 60-Kilo-Marke und beim 50-Meter-Lauf blieb seine Zeit nie unter zehn Sekunden.

Die fünfhundert Yen, die seine Mutter ihm morgens immer für das Mittagessen auf seinen Linker transferiert, reichen nicht einmal, um die Bestellungen Arayas und seiner Leute zu bezahlen. Von seinem einst angesparten Taschengeld sind noch knapp über 7.000 Yen übrig. Aber wenn er davon etwas ausgibt, kann er sich das neue Spiel für seinen Linker, das diesen Monat erscheint, nicht mehr leisten.

Haruyukis dicker Körper verbrennt so viel Energie, dass ihm schon nach einer ausgesetzten Mahlzeit schwindlig ist vor Hunger. Aber heute muss er es irgendwie aushalten. Und mithilfe des »Full Dive« kann er wenigstens in der Mittagspause für kurze Zeit seinem knurrenden Magen entkommen.

Haruyuki macht sich so klein, wie es sein rundlicher Körper erlaubt, und begibt sich auf den Weg zum Nebengebäude der Schule, in dem sich nur spezielle Fachräume befinden. Da aber inzwischen alles, von naturwissenschaftlichen Experimenten bis hin zum Kochunterricht, virtuell unterrichtet wird, hat dieses Haus mittlerweile keinen Nutzen mehr und es verirrt sich kaum noch jemand dahin – vor allem in der Mittagspause.

Haruyukis Versteck ist eine Jungentoilette ganz hinten am Ende eines verstaubten Ganges in diesem Nebenhaus. Er torkelt hinein, bleibt stehen, seufzt und blickt zum Spiegel über dem Waschbecken.

Aus der milchig-trüben Glasscheibe blickt ihm ein Junge entgegen, der glatt einer TV-Soap entsprungen sein könnte, in der er die wegen ihrer übermäßigen Klischeehaftigkeit verhasste Rolle des dicken Mobbing-Opfers spielt.

Die widerspenstigen Haare stehen in alle Richtungen ab und harte Konturen sucht man an seinen Pausbacken vergeblich. Die Krawatte der Schuluniform schneidet so in seinen dicken Hals, dass man denken könnte, sie erwürge ihn gleich, genauso wie der silberfarbene Neuro Linker im Nacken.

Es gab Zeiten, in denen Haruyuki versucht hat, etwas gegen dieses äußere Erscheinungsbild zu unternehmen, indem er fast völlig auf Essen verzichtete oder viel zu schnell durch die Gegend hetzte. Dies führte aber nur dazu, dass er einmal in der Mittagspause wegen Blutarmut umkippte und gleich mehrere Mädchen ihm ihre Lunchboxen opfern mussten, was sich dummerweise auch noch in der ganzen Schule herumsprach.

Nach diesem Vorfall gab Haruyuki es auf, in der realen Welt irgendwelche Anstrengungen zu unternehmen – und das will er mindestens noch für den Rest seiner Schulzeit durchziehen.

Sein Blick in den Spiegel dauert keine Sekunde, dann steuert er die hinterste Kabine am Ende des Raumes an. Sorgfältig schließt er von innen ab. Als er sich auf den geschlossenen Klodeckel setzt, knirscht das Plastik unter seinem Gewicht. Aber daran ist er längst gewöhnt. Er lehnt sich gegen den Spülkasten, lässt die Anspannung aus seinem Körper weichen und schließt die Augen.

Was er jetzt sagt, ist ein Zauberspruch, der seine Seele von diesem lästigen Körper löst –

»Direct Link!«

Der Neuro Linker empfängt den Sprachbefehl und schaltet den Modus der Quantenverbindung von »Seh- und Gehörsinn« auf »alle Sinneswahrnehmungen« um. Aus Haruyukis Körper verschwinden die Schwere und das Hungergefühl, aufgrund dessen sich sein Magen bis eben noch schmerzvoll zusammengezogen hat.

Auch den harten Toilettensitz und seine enge Schuluniform spürt er nicht mehr. Die Schreie der anderen Schüler vom weit entfernten Schulhof, der Geruch nach Reinigungsmitteln in dem Toilettenraum, sogar die kahle Kabinentür direkt vor Haruyukis Augen, alles wird von Dunkelheit verdrängt und verschwindet.

Das ist der Full Dive.

Haruyuki fühlt nicht einmal mehr die Schwerkraft der Erde, während er in ein dunkles Nichts fällt.

Doch im nächsten Augenblick spürt er, wie er sanft in der Luft schwebt und regenbogenfarbenes Licht seinen Körper einhüllt. Von den Finger- und Fußspitzen aus beginnt sich sein Avatar zu materialisieren, der im Full Dive zur Anwendung kommt.

Hände und Füße werden zu schwarzen Klauen. Der Rest der plumpen Arme und Beine sowie der Rumpf färben sich leuchtend rosa. Und obwohl er es nicht sehen kann, weiß er, dass sich mitten in seinem Gesicht gerade eine flache Stempelnase bildet und er große Schlappohren bekommt. Kurz gesagt: Haruyuki verwandelt sich in ein pinkfarbenes Ferkel.

Und dieser seltsame Avatar plumpst nun mitten in eine märchenhafte Waldlandschaft hinein, die so aussieht, als wäre sie einer Empfehlung des Kultusministeriums entsprungen.

Überall wachsen riesige Pilze und in der Mitte einer runden, herrlich sonnigen Wiese sprudelt kristallklares Wasser aus einem Brunnen. Um die Wiese herum stehen kreisförmig angeordnet riesige Bäume, die innen hohl sind. Darin befinden sich mehrere durch Treppen miteinander verbundene Etagen, die Räume zur Entspannung und Freizeitbeschäftigung beherbergen.

Dies ist das virtuelle Lokalnetzwerk der Umesato-Mittelschule im Tokioter Stadtbezirk Suginami.

Die Wesen, die hier einzeln umherstreifen oder fröhlich in Gruppen plaudern, sehen zum Großteil nicht wie Menschen aus. Die Hälfte von ihnen besteht aus komischen zweibeinigen Tiergestalten, und der Rest sind entweder Feen – deren Flügel aber nur dekorativen Nutzen haben –, Blechroboter oder Zauberer in langen Roben. Jede Figur ist ein Avatar und gehört zu einem Schüler oder Lehrer der Umesato-Mittelschule.

Man kann seinen Avatar aus einer Vielzahl von Basismodellen frei wählen und je nach Geschmack anpassen. Mit etwas Geduld und Geschick im Umgang mit dem Editor können die Schüler sich auch einen von Grund auf eigenen Charakter zusammenstellen. Freilich sieht man denen dann an, dass sie mit den Fähigkeiten und dem Gespür von Teenagern erstellt wurden, aber nichtsdestotrotz zog Haruyukis selbst kreierter Avatar in Form eines schwarzen Ritters nach der Einschulung im April alle Blicke auf sich.

Der Ruhm hielt jedoch nicht lange an. Haruyuki blickt seufzend an seiner jetzigen Gestalt herab. Araya nahm ihm seinen schwarzen Ritter schon sehr bald ab und zwang ihm stattdessen dieses Standardmodell eines Ferkels auf.

Gut, was den Wiedererkennungswert angeht, kann es sich mit Haruyukis altem Avatar allemal messen. Niemand ist masochistisch genug, freiwillig so durch die Gegend zu laufen. Den rundlichen Körper wie in der realen Welt tief geduckt, steuert Haruyuki mit kleinen, schnellen Schritten auf einen ganz bestimmten Baum zu.

Plötzlich fällt ihm auf, dass sich um den Brunnen in der Mitte eine große Gruppe Avatare versammelt hat. Er wirft im Laufen nur einen kurzen Blick hinüber, aber das, was er sieht, lässt ihn unwillkürlich seinen Schritt verlangsamen. In der Mitte der Schülerschar steht ein Avatar, wie man ihn nur selten zu Gesicht bekommt.

Dieses Design entstammt nicht der Standardauswahl. Das tiefschwarze Kleid ist mit durchsichtigen Edelsteinen besetzt. In der Hand hält die Figur einen geschlossenen, ebenfalls schwarzen Sonnenschirm. Auf dem Rücken sitzen von schillernden Linien durchzogene Schmetterlingsflügel in der gleichen Farbe.

Lange glatte Haare säumen das blasse Gesicht. Es wirkt so vollkommen und wunderschön, dass man es kaum für eine

Eigenkreation halten mag. Alles zeugt von hochprofessionellen gestalterischen Fähigkeiten. Selbst Haruyuki hätte es nicht besser machen können.

Die zierliche Figur stützt sich locker auf einen der gigantischen Pilze und lauscht gleichgültig den Avataren um sie herum. Haruyuki kennt das Mädchen – sie geht in die achte Klasse und ist die stellvertretende Schülersprecherin der Schule. Wie durch ein Wunder hat sie es geschafft, ihren Avatar fast vollkommen an ihr tatsächliches Äußeres anzupassen. Darum nennen alle Schüler sie ehrfürchtig »Kuroyukihime«, das schwarze Schneewittchen.

Für Haruyuki grenzt es an ein Wunder, dass er mit so jemandem auf dieselbe Schule geht. Eigentlich dürfte er doch mit einer Person wie ihr überhaupt keine Gemeinsamkeiten haben. Und allein dadurch, dass er hier in dieser virtuellen Welt zu ihr hinübersieht, schrumpft sein Selbstbewusstsein noch mehr in sich zusammen. Darum zwingt er sich, seinen Blick wieder nach vorn zu richten.

So schnell er kann, läuft Haruyuki auf einen großen Baum zu, in dem sich diverse Freizeitaktivitäten befinden. Man könnte ihn als ein Gamecenter bezeichnen, aber natürlich sind dort keine Rollen- oder Kriegsspiele zu finden, wie sie auf dem offenen Markt angeboten werden. Stattdessen handelt es sich ausschließlich um Denkspiele wie Quizze oder Puzzles sowie Sportspiele für die körperliche Gesundheit. Trotzdem sind aus jedem Raum viele kreischende Schülerstimmen zu hören.

Sie alle führen den Full Dive in der Kantine oder auf ihrem Platz im Klassenzimmer aus. Dort bleibt ihr realer Körper wehrlos zurück, während sie sich hier in der virtuellen Welt befinden. Aber weil es ein klarer Verstoß gegen die Umgangsregeln wäre, jemandem in diesem Zustand etwas anzutun, denkt außer Haruyuki niemand weiter darüber nach. Bei ihm hingegen dauerte es nach der Einschulung keinen Monat, bis er aus einem Full Dive zurückkehrte und feststellen musste, dass er keine Hose mehr trug.

Jetzt versteckt er seinen Körper auf der Toilette und beabsichtigt, auch in der virtuellen Welt den Menschen zu entfliehen. Er stürmt die in den Baum eingearbeitete Treppe hinauf, und je höher er kommt, desto weniger Avatare halten sich in den Räumen auf, die er passiert.

Baseball, Basketball, Golf, Tennis und Tischtennis – an alldem rennt er vorbei und stoppt schließlich vor einem Raum namens »Virtual Squash Game«.

Kein einziger Schüler hält sich in diesem Raum auf. Es ist jedoch kein Wunder, dass niemand Squash spielen will. Es ähnelt zwar Tennis, aber egal, wohin man den Ball schlägt, er trifft immer auf eine harte Wand, kommt zurück, man schlägt ihn wieder weg, und das immer so weiter. Ein äußerst tristes Spiel für Einzelspieler.

Eigentlich mag Haruyuki am liebsten Ego-Shooter, bei denen er mit einem Maschinengewehr bewaffnet über das Schlachtfeld rennen kann. Darin ist er so gut, dass er es sogar locker mit amerikanischen Spielern aufnehmen kann, die auf diesem Gebiet die Besten sind. Zwar erfreuen sich diese Spiele auch in Japan großer Beliebtheit, aber im Netzwerk einer Schule wird man sie gewiss nicht finden. Außerdem erinnert sich Haruyuki leider nur zu gut daran, wie er während seiner Grundschulzeit einmal fast alle Jungs aus seiner Klasse mit nur einer Pistole bewaffnet abknallte und vom nächsten Tag an heftigem Mobbing ausgesetzt war. Damals schwor er sich, nie wieder das Gleiche zu spielen wie seine Mitschüler, egal um was für eine Art Spiel es sich handelt.

Haruyuki läuft zum Bedienpanel am rechten Rand des verlassenen Squash-Feldes und hält eine Hand darüber. Das Panel erkennt sofort seine Schüler-ID und zeigt ihm das Level und seinen bisherigen Bestwert an.

Etwa seit der Mitte des ersten Trimesters schlägt Haruyuki hier in seinen Mittagspausen unermüdlich die Zeit tot. Sein Bestwert kann sich dementsprechend sehen lassen. Langsam ist er das Spiel leid, aber woanders kann er nicht hin. Darum ergreift er mit den schwarzen Klauen seiner pinkfarbenen Hand den Schläger, der gerade aus dem Panel erschienen ist.

Kaum kündigt der Schriftzug »Game Start!« den Beginn an, kommt bereits wie aus dem Nichts der Ball geflogen. Haruyuki leitet den ganzen Frust des heutigen Tages in seinen Arm und schlägt mit voller Wucht zu.

Ein kurzes Aufleuchten ist zu sehen, als der Ball schnell wie ein Laserstrahl fortschießt, vom Boden abprallt, dann die Wand gegenüber trifft und wieder zurückrast. Haruyuki erfasst ihn mehr reflexartig als mit den Augen. Er führt einfach aus, was sein Gehirn ihm automatisch als beste Lösung diktiert: einen Schritt nach links und mit der Rückhand zurückschmettern.

In der Realität würde Haruyuki so etwas natürlich niemals gelingen. Aber jetzt befindet er sich in einer digitalen Welt, in der viele Grenzen des physischen Daseins nicht gelten. Ballerkennung und Reaktion des Körpers werden einzig und allein über die Quantensignale zwischen Neuro Linker und Gehirn gesteuert.

Wieder schnellt der Ball als kaum wahrnehmbare Leuchtspur über das Feld. »Pong, pong, pong, pong, pong« – mit dem Tempo von Kugeln eines knatternden Maschinengewehrs prallt der Ball mehrere Male pro Sekunde irgendwo auf. Haruyukis Ferkelavatar wetzt blitzschnell über das Spielfeld und lässt seinen Schläger in alle Richtungen durch die Luft sausen.

Verdammte Scheiße. Wer braucht schon die Realität?

Ein verbitterter Klageschrei schießt durch Haruyukis Kopf. Obwohl er im Höchsttempo über das Feld rast, kann er seine Gedanken nicht abschalten.

Warum gibt es immer noch so dämliches Zeug wie reale Schulen und echte Klassenzimmer? Der Mensch kann sein Leben mittlerweile vollkommen in die virtuelle Welt verlagern, und es gibt verdammt viele, die das tatsächlich machen. Es wurden sogar Experimente durchgeführt, bei denen man das menschliche Bewusstsein vollständig in Quantendaten umgewandelt und versucht hat, auf dieser Basis eine echte Alternativwelt zu konstruieren.

Aber man soll Gruppenverhalten lernen, die Gesinnung schulen. Solche bescheuerten Gründe sind es, die alle Kinder in der Realität gefangen halten. Kerle wie Araya haben es gut, sie lassen ihren Frust einfach raus, wenn es ihnen zu viel wird, und müssen ihr Taschengeld nicht verschwenden.

Haruyuki dagegen – für ihn ist es aussichtslos.

»Pinpon!«

Es erklingt ein neuer Ton. Aus den Augenwinkeln sieht Haruyuki, dass er ein Level aufgestiegen ist.

Jetzt wird der Ball mit einem Mal noch schneller. Die Winkel, in denen er von den Wänden abprallt, werden zufälliger und er kommt in großen Bögen aus unerwarteten Richtungen zurückgeschossen.

Mittlerweile kann Haruyuki kaum noch folgen.

Verdammt, schneller ...! Ich muss schneller werden!

Schneller als es die Grenzen dieser virtuellen Welt und der Realität erlauben, schneller, so schnell, dass ich alle anderen hinter mir lassen kann ...

Schneller!

Der Schläger schießt ins Leere. Der Lichtstrahl des Balls streift Haruyukis Wange, saust an ihm vorbei und verschwindet. Ein hässlicher, skurriler Toneffekt ertönt. Von der Decke purzeln die »Game Over«-Buchstaben herunter und springen wild auf dem Feld umher.

Es blinkt auch ein neuer Bestwert auf, den Haruyuki aber gar nicht beachtet. Mit hängendem Kopf wendet er sich wieder dem Bedienpanel zu, um ein neues Spiel zu starten.

Doch genau in diesem Augenblick wird die Ruhe in seinem sicheren Versteck von einer Stimme zerrissen.

»Wusst ich's doch!! Hier steckst du also!!«

Der grelle Schrei hallt so laut in Haruyukis Ohren, oder genauer gesagt in seinem Gehirn wider, dass er vor Schreck zusammenfährt und sein Rücken sich versteift. Als er sich vorsichtig umdreht, entdeckt er einen Avatar, der ebenfalls ein Tier darstellt.

Allerdings beim besten Willen kein so lächerliches wie Haruyukis Ferkel, sondern eine zierliche Katze mit silbernem Fell, das leicht violett schimmert. An einem Ohr und um den Schwanz trägt sie jeweils ein dunkelblaues Band. Es ist kein vom ersten Polygon an neu erstellter Avatar, aber dennoch einer, bei dem an allen Parametern erkennbar herumgebastelt wurde.

Die goldenen Augen der Katze funkeln vor Wut.

Und da öffnet sie wieder ihren Mund mit den kleinen Fangzähnen und schreit: »Ich hab dich gesucht, Haru! In letzter Zeit seh ich dich mittags überhaupt nicht mehr. Du kannst ja gerne irgendwelche Spiele zocken, aber dann doch bitte nicht so was! Wieso gehst du nicht runter zu den anderen?!«

»Ich mach, was ich will. Lass mich in Ruhe.«

Mehr bringt Haruyuki gerade nicht heraus. Er will sich wieder dem Spiel zuwenden, als die silberne Katze ihren Kopf reckt, um einen Blick auf die Game-Over-Anzeige zu werfen, und sofort noch schriller ausruft: »Wie bitte?! Ich glaub's ja nicht! Level 152 und 2,63 Millionen Treffer?! Oh Mann …«

»Das ist ja toll!«, wird sie wohl gleich sagen.

Doch Haruyukis lächerliche Hoffnung wird natürlich sofort zerschlagen.

»Spinnst du eigentlich?! Wegen so was isst du nicht mal ordentlich zu Mittag?! Beende das, jetzt sofort!!«

»Nö, keinen Bock. Wir haben noch dreißig Minuten Pause. Lass mich einfach in Ruhe.«

»Ach so, na, wenn du meinst. Dann sollst du aber auch gleich mal sehen, was ich so draufhab.«

»Nur zu, wenn du dich traust«, murmelt Haruyuki und nimmt wieder den Schläger in die Hand. Schulavatare besitzen keine Kollisionserkennung. Das heißt, andere Figuren im Netzwerk zu berühren ist von vornherein unmöglich. Diese Funktion wurde eingebaut, um ein Fehlverhalten der Schüler zu verhindern. Die Katze kann ihn daher nicht gegen seinen Willen zum Ausloggen zwingen.

Sie streckt ihre schmale Zunge demonstrativ so weit raus, wie es nur geht, und ruft dann:

»Link Out!«

Im nächsten Augenblick löst sie sich auch schon in einem Lichtwirbel auf, den ein glockenähnlicher Ton begleitet.

Jetzt stört mich wenigstens niemand mehr.

Haruyuki verscheucht mit einem Seufzer das flüchtig aufkommende Gefühl von Einsamkeit.

Doch da: »Bang!« Ein heftiger Schlag trifft ihn am Kopf und alles um ihn herum löst sich in Dunkelheit auf ... Dann erscheint ein Lichtpunkt in der Finsternis, weitet sich aus und die Realität nimmt wieder Form an.

Haruyuki spürt, wie sein Gewicht ihn gen Boden drückt. Er blinzelt mehrmals, um wieder klar zu sehen.

Da ist sie wieder, die kleine Kabine auf dem Jungsklo. Aber statt der blaugrauen Tür sieht er vor sich etwas, womit er nie im Leben gerechnet hätte.

»Was ... machst du denn hier ...?!«

Zwischen ihm und der Kabinentür hat sich ein Mädchen in voller Größe aufgebaut. Über dem Blazer ihrer Schuluniform trägt sie eine grüne Schleife, was zeigt, dass sie genau wie Haruyuki in die siebte Klasse geht.

Die kleine, zierliche Gestalt wiegt wahrscheinlich nur ein Drittel von Haruyukis Körpergewicht. Das Mädchen trägt einen Kurzhaarschnitt mit nach rechts gekämmtem Pony, welcher von blauen Haarnadeln festgehalten wird. In dem kleinen, katzenhaften Gesicht sitzt ein großes Augenpaar, das wütend auf Haruyuki herunterstarrt.

Die linke Hand des Mädchens hält einen kleinen Korb, während die rechte zur Faust geballt über Haruyukis Kopf schwebt. Jetzt erst begreift Haruyuki, was ihn so unerwartet aus dem Full Dive gerissen hat. Seine Mitschülerin hat ihm mit der Faust gegen den Kopf geschlagen, was den

Sicherheitsmechanismus des Neuro Linkers ausgelöst und ihn automatisch ausgeloggt hat. Im Normalfall reicht es, die Person, die sich im Full Dive befindet, an der Schulter zu rütteln oder lauter anzusprechen. Einige schreckhaftere Mädchen stellen den Mechanismus sogar so ein, dass sie ausgeloggt werden, wenn sich ihnen jemand auf weniger als einen Meter nähert. Haruyuki hat die unerwünschte Besucherin nur deshalb nicht bemerkt, bevor sie ihm mit voller Wucht auf den Schädel schlug, weil er sich in der Toilettenkabine versteckt und sein Sicherheitslevel komplett heruntergeschraubt hatte.

»O... Oh Mann, du ...!!«, stammelt Haruyuki entsetzt. Vor ihm steht das einzige Mädchen der ganzen Schule, mit dem er normal reden kann, ohne in Panik auszubrechen.

»Was fällt dir ein?! Hier ist das Jungsklo! Und ich hab doch abgeschlossen ...! Du bist ja verrückt geworden!!«

»Ich nicht, du bist hier der Verrückte«, mault das Mädchen zurück, das auf den Namen Chiyuri Kurashima hört. Obwohl Haruyuki sie von klein auf kennt, findet er es ganz schön dreist von ihr, einfach im Schulrock über die Trennwand einer Kabine des Jungsklos zu ihm hineinzuklettern.

Chiyuri schiebt den Riegel der Tür hinter sich auf und huscht mit einer flinken Bewegung nach draußen. Das Sonnenlicht, das dabei ihre kastanienbrauen Haare streift, zwingt Haruyuki kurz dazu, die Augen zuzukneifen. Chiyuri dreht sich um und präsentiert ihm für den Bruchteil eines Moments ein kleines Lächeln.

»Na los, raus mit dir!«, treibt sie ihren Kindheitsfreund an.

»Ja doch, komme.«

Haruyuki verkneift sich einen Seufzer und erhebt sich vom Klodeckel, der wieder knirscht. Während er Chiyuri zur

Tür folgt, spricht er noch eine Sache an, die er nicht versteht: »Woher wusstest du überhaupt, dass ich hier bin?«

Die Antwort darauf bleibt zunächst aus.

Chiyuri steckt ihren Kopf aus der Tür, vergewissert sich, dass auf dem Gang niemand ist, und schlüpft dann schnell hinaus.

»Ich war vorhin auch auf dem Dach. Und dann bin ich dir gefolgt.«

Moment, das heißt ja –

»Du hast es gesehen?«, wispert Haruyuki. Er hat erst einen Fuß auf den Korridor gesetzt und verharrt jetzt reglos in der Tür.

Chiyuri weicht seinem Blick aus, offensichtlich nach Worten suchend. Dann lehnt sie sich an die gegenüberliegende Wand und nickt schließlich.

»Ich sag ja nichts mehr dagegen. Wenn du dich damit abgefunden hast ... dann ist es halt so. Aber du solltest deswegen nicht aufs Essen verzichten. Das ist nicht gut für deinen Körper.«

Chiyuri lächelt etwas gequält und hält Haruyuki den Korb hin, den sie in der linken Hand trägt.

»Ich hab dir eine Lunchbox gemacht. Kann aber nicht garantieren, dass es gut schmeckt.«

So weit ist es jetzt also gekommen.

Haruyuki versucht verzweifelt, in Chiyuris Worten und Gesten etwas anderes außer Mitleid zu finden, und hasst sich sofort selbst dafür.

Denn Chiyuri hat einen Freund. Er ist ebenfalls mit den beiden zusammen aufgewachsen und in jeder Hinsicht das genaue Gegenteil Haruyukis.

Haruyukis Mund öffnet sich ganz von allein und er hört sich in einem seltsam gleichgültigen Ton fragen: »Sind das die Reste, die nicht in Takus Lunchbox gepasst haben?«

Chiyuris Gesicht verdunkelt sich. Haruyuki erträgt es nicht, ihre zusammengezogenen Augenbrauen anzuschauen, und senkt den Blick.

»Nein, Taku erhält doch ein richtiges Mittagessen in seiner Schule. Hier ...! Das sind Sandwiches, die einen mit Kartoffelsalat, die anderen mit Schinken und Käse. Mehr nicht. Das magst du doch.«

Das weiße Körbchen schiebt sich in Haruyukis Blickfeld. Er will es mit der rechten Hand wegdrücken, doch sein träger Körper entscheidet sich für eine von Haruyuki gänzlich ungeplante Bewegung und schlägt es Chiyuri einfach aus der Hand.

Das Körbchen knallt auf den Boden, der Deckel springt auf und aus türkisfarbenen Servietten fallen die Bestandteile ein paar dreieckförmig geschnittener Sandwiches heraus.

»Oh ...«

Eigentlich will Haruyuki jetzt seinem Reflex folgen und sich entschuldigen, aber er fühlt, wie Hitze in seinen Kopf steigt. Er findet nicht die richtigen Worte. Ohne den Blick vom Boden zu heben, macht er einen Schritt zurück, dreht sich um und schreit: »D... Die Mühe hättest du dir sparen können!!«

Er wünscht sich gerade nichts sehnlicher, als sich sofort aus diesem Ort ausloggen zu können. Aber das geht natürlich nicht. Wäre sein Körper in der realen Welt nicht so behäbig, würde er jetzt zumindest so schnell wie möglich davonrennen. Aber so besteht keine Möglichkeit, dem schluchzenden Mädchen hinter ihm zu entkommen.

Am Nachmittag schenkt Haruyuki dem Unterricht keine Aufmerksamkeit mehr. Seine Stimmung ist auf dem absoluten Tiefpunkt angekommen. Kaum endet die letzte Stunde, stürmt er auch schon aus dem Raum.

Sein Gewissen sagt ihm, er soll auf Chiyuri warten, entweder vor ihrem Klassenzimmer zwei Räume weiter oder vor dem Schultor oder irgendwo auf dem Nachhauseweg, um sich bei ihr zu entschuldigen. Doch Haruyuki ignoriert es und nimmt schnurstracks Kurs auf sein zweites Geheimversteck: die Bibliothek.

Im Grunde ist so etwas wie eine Bibliothek heutzutage nicht mehr notwendig. Aber manche Erwachsene glauben immer noch, dass richtige Bücher aus Papier für die Bildung der Kinder ebenso wichtig sind wie eine echte Schule. Deswegen stehen hier viele funkelnagelneue Buchrücken in Reih und Glied in den Regalen und verschwenden Platz und Ressourcen.

Aber weil so zumindest ein wichtiger Ruheort innerhalb der Schule erhalten bleibt, gibt es für Haruyuki eigentlich keinen Anlass zur Beschwerde. In der Bibliothek angekommen, schnappt er sich zwei, drei Bücher mit festem Einband als Tarnung, schließt sich in einer der Lesekabinen am Rand des Saals ein, lässt sich auf den Stuhl fallen und spricht den Befehl zum Full Dive aus, gerade so laut, dass der Linker es registrieren kann.

Die Ruhe im Schulnetzwerk macht deutlich, dass der Unterricht erst seit ein paar Minuten vorbei ist. Haruyuki verliert keine Zeit. Er überquert im Eiltempo die Wiese und erklimmt so schnell es geht den Baumstamm, um sein übliches Ziel zu erreichen, bevor es hier wieder voller wird.

Im *Virtual Squash*-Room herrscht natürlich ebenfalls gähnende Leere. Haruyuki würde jetzt zwar ein richtig blutiges Kriegsgemetzel einem stumpfen Ballspiel vorziehen, um wenigstens für kurze Zeit seinen momentanen Zweifeln und Selbstvorwürfen zu entfliehen. Aber dazu müsste er sich mit dem globalen Netzwerk verbinden. Hier in der Schule braucht er gar nicht erst davon zu träumen.

Sein Hunger ist eigentlich nicht mehr auszuhalten, dennoch kann er sich nicht dazu überwinden, sofort nach Hause zu gehen. Zu groß ist seine Unsicherheit, wie er sich verhalten und was er sagen sollte, falls er Chiyuri zufällig auf dem Heimweg über den Weg läuft. Okay, eigentlich muss er sich nur bei ihr entschuldigen. Aber er hegt keine große Hoffnung, dass seine Lippen die Worte formen werden, die er tatsächlich aussprechen will.

Das war damals auch schon so ...

Aber Haruyuki will sich jetzt nicht an das eine Mal vor langer Zeit erinnern, als er Chiyuri so wie heute zum Weinen gebracht hat. Daher kneift er fest die Augen zusammen und hält blind die rechte Hand über das Bedienpanel, um sich anzumelden.

Tastend greift er nach dem Schläger und nimmt seine Position auf dem Squash-Feld ein.

Er öffnet die Augen, sieht den Ball herunterfallen und holt aus, um ihm all seinen Frust entgegenzuschmettern, als –

Haruyukis Avatar friert mitten in der Bewegung ein.

Die grelle 3-D-Schrift in der Mitte des Courts zeigt andere Zahlenwerte an, als er sie in Erinnerung hat.

»Level ... 166?!«

Das sind mehr als zehn Stufen über dem Level, das er vor wenigen Stunden erst erreicht hat.

Wie kommt das? Es wird doch immer nur der Wert der gerade eingeloggten ID angezeigt.

Haruyuki ist im ersten Moment verwirrt. Doch dann begreift er. Weil Chiyuri ihn vorhin mit der Kopfnuss gewaltsam ausgeloggt hat, ist das Spiel mit seiner ID weitergelaufen. Es kann also durchaus sein, dass jemand in der Zwischenzeit eine neue Runde gestartet hat und mehrere Levels aufgestiegen ist.

Obwohl, nein.

Wer außer mir soll so einen Rekord aufstellen können?!

Das Einzige, was Haruyukis Stolz jetzt noch vor dem Kollaps bewahrt, sind die technischen Maßnahmen des virtuellen Spielsystems im Full Dive. Bei Quiz- oder Brettspielen, in denen der Intellekt über den Sieg entscheidet, wäre es sicher anders, aber überall da, wo es nur auf schnelle Reaktionen ankommt, etwa bei Shootern, Action- und Rennspielen, ist sich Haruyuki ziemlich sicher, dass ihn niemand aus seiner Schule schlagen kann.

Unter Beweis gestellt hat er das nie. In der Grundschule musste er schmerzhaft lernen, dass nichts Gutes dabei herauskommt, wenn er aus der Masse heraussticht. Und bisher ging er auch davon aus, dass er sich das gar nicht unbedingt beweisen muss. Aber dieser schwindelerregende Punktestand …

In diesem Moment wird er auf ein Geräusch aufmerksam.

Eine Stimme erklingt hinter ihm. Es ist nicht Chiyuris, aber auch eine weibliche Stimme, jedoch tiefer und weich wie Seide: »Hast du diesen Wahnsinnsrekord aufgestellt?«

Argwöhnisch dreht Haruyuki sich um und traut seinen Augen nicht.

Das silbern funkelnde schwarze Kleid, der zusammengeklappte Schirm, den sie wie einen Gehstock, oder eher wie ein Schwert mit der Spitze auf den Boden stützt, diese schneeweiße Haut und die tiefschwarzen Augen – es ist Kuroyukihime.

Der Avatar wirkt überhaupt nicht wie eine digitale Kreation. Und nun neigt das berühmteste Mädchen der Schule mit dem unfassbar schönen Gesicht ganz leicht seinen Kopf und tritt geräuschlos ein wenig näher an Haruyuki heran.

Ihre roten Lippen, der einzige Farbfleck an ihrer ganzen Erscheinung, deuten einen Hauch von Lächeln an, und Kuroyukihime spricht erneut zu ihm: »Willst du nicht noch etwas ... noch etwas **schneller** werden, mein Kleiner?«

»Wenn du dazu bereit bist, erwarte ich dich morgen Mittag in der Lounge«, fügt sie als Letztes noch hinzu und loggt sich im gleichen Moment auch schon aus.

Die Begegnung dauerte wohl keine zehn Sekunden. Einen Moment lang ist Haruyuki fast überzeugt davon, dass der Avatar nur eine Illusion gewesen sei, verursacht durch einen Fehler des lokalen Netzwerkservers, so unwirklich kommt ihm dieses Erlebnis vor. Aber der gigantische Punktwert schwebt immer noch über dem Court, also muss zumindest der real sein.

Haruyuki ist inzwischen jegliche Lust vergangen, heute noch einen neuen Bestwert aufzustellen. Er beendet den Dive und bleibt einfach nur reglos in der Lesekabine der Bibliothek sitzen. Sein Kopf spielt eine Endlosschleife der drei eben gehörten Sätze ab. Kuroyukihimes Ausdrucksweise entspricht nicht der eines etwa gleichaltrigen Mädchens. Doch auf gewisse Art passt sie zu ihrer überwältigenden Präsenz und ist wohl einer der Gründe dafür, dass sich nicht nur Jungs, sondern auch sehr viele Mädchen gerne um sie scharen.

Schließlich taumelt Haruyuki doch noch aus der Schule. In Gedanken ist er aber immer noch ganz woanders und nur seine Beine lenken ihn irgendwie automatisch in die richtige Richtung. Würde der Neuro Linker im Seh-und-Gehörsinn-Modus keine Navigationshilfen einblenden und den Verkehr vorausberechnen, wäre Haruyuki auf seinem Heimweg mit Sicherheit von zwei oder drei Autos erfasst worden.

Sein Zuhause liegt in einem großen Wohnblock im Stadtviertel Koenji. Kaum, dass er die leere Wohnung betreten hat, schiebt er sich sofort eine Tiefkühlpizza in den Ofen. Als sie fertig ist, holt er sich dazu Sprudelwasser und verschlingt sie. Seine Eltern haben sich vor vielen Jahren scheiden lassen. Haruyuki lebt jetzt allein mit seiner Mutter, die jedoch immer erst nach Mitternacht nach Hause kommt. Er sieht sie nur kurz am frühen Morgen, wenn sie ihm das Geld fürs Mittagessen gibt.

Nachdem er sich mit dem Fastfood vollgestopft hat, zieht er sich in sein Zimmer zurück. An normalen Tagen würde er jetzt seine übliche Runde durchs globale Netzwerk drehen, dann erst mal mehrere Stunden irgendwo auf einem europäischen Schlachtfeld herumballern, anschließend noch seine Hausaufgaben erledigen und schlafen gehen. Aber momentan hat er irgendwie auf gar nichts richtig Lust.

Heute ist so viel passiert, dass sich sein Gehirn ganz schwer und geschwollen anfühlt. Haruyuki zieht sich um, nimmt den Neuro Linker ab und lässt sich auf sein Bett fallen.

In dieser Nacht schläft er ganz und gar nicht ruhig. Ihn plagen Träume, in denen abwechselnd Arayas Clique mit ihrem höhnischen Gelächter, eine weinende Chiyuri und Kuroyukihime mit ihren mysteriösen Worten erscheinen.

»Willst du nicht noch etwas … noch etwas **schneller** werden?«

Im Traum begegnet er Kuroyukihime aber nicht als Avatar, sondern in ihrer realen Gestalt als stellvertretende Schülersprecherin. Diese hat er bisher noch nie abseits der großen Schulversammlungen gesehen, bei denen sie stets mit erhabener Gleichgültigkeit auf der Bühne stand. Diese Nacht jedoch lächelt sie in Haruyukis Traum verführerisch wie ein kleines Teufelchen und flüstert ihm Dinge ins Ohr: »Komm her, komm zu mir.«

2

Genau. Es ist alles nur ein Traum gewesen. Auch dieses Zusammentreffen im Schulnetzwerk gestern.

Zu diesem Schluss kommt Haruyuki, als er am nächsten Morgen, einem Mittwoch, das Klassenzimmer betritt, nachdem er wie üblich mit finsterer Miene den Schulweg hinter sich gebracht hat.

Der Unterricht verläuft wie sonst auch, und wieder erhält er eine erpresserische E-Mail von Araya, der sich und seiner Gang bisher noch nie an zwei aufeinanderfolgenden Tagen das Essen von Haruyuki spendieren lassen hat. Die Bestellung lautet genauso wie am Tag zuvor: Yakisoba-Brötchen und Puddingteilchen.

Da stehen die wohl total drauf.

Haruyuki schließt die E-Mail. Mit dem Klingeln zur Mittagspause verlässt er sofort seinen Platz.

Doch er begibt sich nicht schlendernden Schritts aufs Dach der Schule, wo Araya und seine zwei Gehilfen auf ihn warten, sondern ins Erdgeschoss. Dort liegt direkt neben der Kantine eine Lounge.

Anders als in Ersterer, wo endlos lange Billigtische dicht nebeneinander aufgereiht sind, stehen im halbkreisförmigen Raum der Lounge runde Tischchen in schickem Weiß so verteilt, dass noch reichlich Platz zwischen ihnen bleibt. Die großen Fenster lassen viel Licht herein und bieten einen herrlichen Ausblick auf die in Herbstfarben getauchten Baumkronen des Schulgartens. Kein Zweifel, einen schöneren Ort gibt es an der gesamten Umesato-Mittelschule nicht.

Darum besagt auch ein ungeschriebenes Gesetz, dass Siebtklässler hier nichts verloren haben. So trägt auch keiner der Schüler, die hier an den Tischen sitzen, eine grüne Schleife oder Krawatte; sie sind alle entweder blau (Achtklässler) oder rot (Neuntklässler).

Einige der Jugendlichen trinken Tee oder Kaffee und plaudern fröhlich mit ihren Freunden, andere haben die Augen geschlossen und sitzen an die hohen Stuhlrücken gelehnt. Aber sie schlafen nicht etwa, sondern befinden sich gerade im Full Dive im schulinternen Netzwerk.

Haruyuki versteckt seinen massigen Körper zunächst so gut es geht hinter den dekorativen Pflanzen vor dem Eingang zur Lounge und späht hinein. Natürlich wird sie nicht da drin sein, das war gestern schließlich nur ein Traum, dessen ist er sich zu über fünfzig Prozent sicher.

»Ich … glaub's nicht …«

Vor Schreck muss Haruyuki erst mal schlucken. An einem Tisch am Fenster in der hintersten Ecke des Raums sitzt eine kleine Gruppe Schüler, Acht- und Neuntklässler, die besonders aus der Masse heraussticht. Und wenn er genau hinschaut, erkennt er alle sechs Personen wieder. Jede von ihnen gehört offenbar zur Schülervertretung und sieht zudem noch, mancher zwar mehr als der andere, aber unabhängig vom Geschlecht, äußerst gut aus.

Doch am meisten sticht ein Mädchen mit blauer Schleife heraus, das teilnahmslos in einem Buch blättert. Ihr langes glattes Haar reicht ihr fast bis zur Hüfte und ist von so tiefem Schwarz, wie man es heutzutage kaum noch zu Gesicht bekommt. Schwarze Strümpfe schmiegen sich um ihre Beine unterhalb des dunkelgrauen Faltenrocks. Und sogar das Hemd mit dem offenen Kragen unter ihrem Blazer schimmert schwarz. Das kann nur sie sein – Kuroyukihime, die berühmteste Person der Umesato-Mittelschule.

Zwischen dem Eingang zur Lounge und den hintersten Tischen liegen keine zwanzig Meter Luftlinie. Dennoch erscheint Haruyuki diese Strecke nahezu endlos. Er ist sich fast sicher, dass er das Risiko, einfach zwischen den vielen älteren Mitschülern hindurchzumarschieren, niemals eingehen kann.

Gleich wird er sich umdrehen und wieder gehen. Er wird am Verkaufstresen in der Kantine die bestellten Brote und Getränke kaufen und sie zu Arayas Clique aufs Dach bringen. Und dann wird er sich auf der Toilette im Nebengebäude verkriechen und im lokalen Netzwerk der Schule mit einem Solospiel die Zeit totschlagen.

Verdammt ... Verdammte Scheiße. Ich geh da jetzt durch!

Haruyuki beißt sich auf die Unterlippe, tritt aus dem Schatten der Pflanzen heraus und setzt einen Fuß in die Lounge.

Sogleich wenden sich ihm die Blicke der älteren Schüler zu, und er bildet es sich nicht nur ein, in ihren Augen liegen tatsächlich Empörung und Feindseligkeit. Zu Beginn des Schuljahres wäre es noch entschuldbar gewesen, wenn ein Siebtklässler sich hierher verirrt. Aber jetzt, Mitte des zweiten Trimesters, sollte eigentlich jeder, den es betrifft, gelernt haben, dass dieser Ort eine verbotene Zone ist.

Glücklicherweise spricht jedoch niemand diesen Vorwurf aus. Unter größter Anstrengung zwingt Haruyuki seine schlotternden Beine, seinen schweren Körper zwischen den Tischen hindurchzuschlängeln. Völlig außer Atem erreicht er schließlich die hinterste Ecke des Raums, welche die Mitglieder der Schülervertretung für sich gepachtet haben.

Als Erstes bemerkt ihn ein Mädchen aus der Achten, das am weitesten vorn sitzt. Sie dreht ihren Kopf zu ihm um, wobei ihre voluminösen Haare eine schwungvolle Bewegung vollführen, und lächelt ihn etwas fragend an.

»Nanu? Willst du was von uns?«, fragt sie sanft.

Ja.

Aber das bekommt Haruyuki nicht heraus, sondern stammelt nur: »Äh, ich ... Also ... Äh ...«

Mittlerweile blicken auch die anderen vier Mitglieder der Schülervertretung zu ihm. Sie wirken nicht verärgert, aber die bohrenden Blicke von den anderen Tischen hinter ihm sind kaum zu ertragen. Als Haruyuki glaubt, gleich vor Aufregung in Ohnmacht zu fallen, schaut endlich auch die letzte Person am Tisch von ihrem Buch auf.

Zum ersten Mal sieht Haruyuki sie mit bloßem Auge aus solcher Nähe. Ihr reales Gesicht ist noch um ein Vielfaches schöner als das ihres Avatars, dem er gestern – vermutlich doch – begegnet ist. Unter dem ordentlich geschnittenen Pony zeichnen sich wohlgeformte Augenbrauen ab, und darunter funkelt lebhaft ein ebenfalls vollkommen schwarzes Augenpaar. Setzt man ihren Avatar einer schwarzen Rose gleich, so ähnelt das reale Abbild vielleicht einer schwarzen Narzisse. Ob es so eine Blume nun wirklich gibt oder nicht.

Haruyuki bereitet sich innerlich darauf vor, in ihrem Gesicht die Frage auftauchen zu sehen, was ein solch widerwärtiger Siebtklässler bloß von einer Schönheit wie ihr wollen mag.

Aber zu seiner großen Überraschung formen sich die blassen Lippen des Mädchens zu einem Lächeln, das ihm ziemlich bekannt vorkommt.

»Da bist du ja, mein Kleiner«, sagt sie nur kurz.

Dann schlägt sie ihr Buch mit einem Knall zu und winkt mit einer Hand den immer noch zur Salzsäule erstarrten Haruyuki zu sich. Gleichzeitig lässt sie einen flüchtigen Blick über ihre Mitschüler am Tisch gleiten.

»Er will zu mir. Entschuldige, kannst du ihm vielleicht Platz machen?«

Das Letzte gilt einem groß gewachsenen, kurzhaarigen Jungen aus der Neunten, der neben ihr sitzt. Dieser steht leicht verwundert auf und deutet Haruyuki mit einer Geste an, dass er sich hinsetzen kann.

Haruyuki nuschelt ein »Danke«, macht seinen dicken Leib so schmal wie möglich und setzt sich auf den kleinen Stuhl, der sogleich ein unüberhörbar lautes Knarzen von sich gibt.

Doch Kuroyukihime scheint keine Notiz davon zu nehmen. Stattdessen holt sie aus der linken Tasche ihres Blazers ein schnurartiges Knäuel hervor.

Genauer gesagt ist es ein Kabel. Und an beiden Enden des dünnen, silbern ummantelten Drahts befindet sich je ein kleiner Stecker. Kuroyukihime schiebt mit der linken Hand ihre langen Haare nach hinten, wodurch sie ihren unglaublich zarten Nacken entblößt, in dem ihr Neuro Linker befestigt ist – natürlich eine Ausführung in Pianoschwarz. Dort steckt sie das Kabel in den dafür vorgesehenen Anschluss und reicht das andere Ende mit einer völlig selbstverständlichen Geste Haruyuki.

Nun bricht unter den anderen Schülern in der Lounge, die bisher alles gebannt verfolgt haben, ein Sturm der Entrüstung los. Sogar Schreie wie: »Ich sehe wohl nicht richtig!«, oder: »Das kann ja wohl nicht wahr sein!«, mischen sich unter die Ausrufe.

Eine kabelgestützte Direktkommunikation?!

Oder einfach nur Direktverbindung. So heißt das, was Kuroyukihime Haruyuki jetzt offensichtlich anbietet. Neuro Linker kommunizieren untereinander normalerweise über eine drahtlose Verbindung zum gerade verfügbaren Netzwerkserver, die zigfach abgesichert ist. Eine solche Direktverbindung über Kabel hingegen setzt bis zu neunzig Prozent der vorhandenen Firewalls außer Kraft. Jemand, der über ausreichende Linker-Kenntnisse verfügt, kann so theoretisch in die privaten Daten des Kommunikationspartners schauen oder eine Schadsoftware installieren.

Darum wird diese Art der Verbindung nur genutzt, wenn man dem Gegenüber höchstes Vertrauen entgegenbringt –

also bei einem Familienmitglied oder in Partnerschaften. Umgekehrt lässt sich somit schlussfolgern, dass ein Mann und eine Frau, die in der Öffentlichkeit eine Direktverbindung eingehen, mit neunzigprozentiger Wahrscheinlichkeit ein Paar sind. Es geht sogar das Gerücht um, die Länge des Kabels würde die Enge der Beziehung anzeigen, wofür es technisch jedoch keinerlei Anhaltspunkte gibt.

Dieses XSB-Kabel, das Kuroyukihime jetzt in der Hand hält, ist jedenfalls zwei Meter lang. Aber das spielt sowieso keine Rolle. Den Blick auf den silbern glänzenden Stecker geheftet, schafft Haruyuki es irgendwie, seine Frage herauszuwürgen: »W... Was soll ich damit ...?«

»Was willst du denn sonst tun, außer es an deinem Hals anzuschließen?«, kommt sofort ihre Antwort zurückgeschossen.

Haruyuki steht immer noch kurz davor, in Ohnmacht zu fallen. Mit zitternden Fingern nimmt er den Stecker entgegen, tastet damit nach dem Anschluss an seinem Neuro Linker und stöpselt ihn ein.

In dem Moment blinkt auch schon das Warnsignal »Wired Connection« vor seinen Augen auf, verblasst wieder und alles in der Lounge, bis auf Kuroyukihime direkt neben ihm, wird unscharf.

Diese trägt immer noch ein kaum sichtbares Lächeln auf den Lippen und ohne dass diese sich bewegen, erklingt ihre weiche Stimme in Haruyukis Kopf: [Es freut mich, dass du meiner Bitte gefolgt bist, Haruyuki Arita. Weißt du, wie man ein Gedankengespräch führt?]

Damit meint sie eine Technik, bei der man nur über den Linker miteinander kommuniziert und der Mund geschlossen bleibt. Haruyuki nickt und antwortet: [Ja. Äh ... Was hat das alles hier zu bedeuten? Soll das ein geschickt eingefädelter, äh ... Streich oder so sein?]

Jetzt wird sie sauer auf mich sein.

Aber Kuroyukihime neigt nur nachdenklich den Kopf zur Seite.

[Hm ... So könnte man es vielleicht auch nennen], murmelt sie. [Ich werde dir jetzt nämlich ein Programm für deinen Neuro Linker schicken. Wenn du das annimmst, wird es deine Realität, so wie du sie kennst, vollständig verändern und in einer Art wiederaufbauen, die du dir im Leben nicht hättest ausmalen können.]

[M... Meine Realität ... verändern ...?], wiederholt Haruyuki fassungslos.

Seine Umgebung nimmt er jetzt fast gar nicht mehr wahr, weder die Mitglieder der Schülervertretung am Tisch, die ihn und Kuroyukihime gespannt beobachten, noch die Aufregung im Rest der Lounge. Nur die eben gehörten Worte hallen in seinem Kopf wider.

Das von Kopf bis Fuß in Schwarz gekleidete Mädchen neben ihm bemerkt seine Verwirrung und schenkt ihm noch einmal ein Lächeln. Dann hebt sie ihre rechte Hand und lässt die zierlichen weißen Finger eine streichende Bewegung ausführen.

»Pong!«

Ein holografisches Dialogfeld erscheint vor Haruyuki.

【Möchten Sie die Datei BB2039.exe ausführen? JA / NEIN】

Es ist eine ganz normale Systemmeldung, wie er sie aus dem Alltag gut kennt, und doch kommt es ihm jetzt vor, als würde diese Anzeige leben und ihn zu einer Entscheidung drängen.

Keiner käme normalerweise auf die Idee, ein fragwürdiges Programm über eine Kabelverbindung mit einer ihm relativ unbekannten Person anzunehmen und auszuführen. Die natürlichste Reaktion wäre jetzt, das Kabel einfach rauszuziehen. Aber irgendwie schafft Haruyuki das nicht. Stattdessen schaut er an seinem Körper herab, der zusammengekauert auf dem Stuhl hockt.

Die Realität ... Mein echtes Leben ...

Er betrachtet verbittert seinen unförmigen Körper und denkt über das ständige Mobbing nach, die permanente Flucht ins digitale Netzwerk, aber vor allem über seine eigene Unfähigkeit, etwas an diesem Zustand zu ändern. Seine Resignation, dass es schon okay so ist, dass er sowieso nichts dagegen tun kann.

Haruyuki schaut wieder auf, tief in Kuroyukihimes dunkle Augen hinein.

Und eine halbe Sekunde später hebt er bereits seine rechte Hand und drückt auf Ja. Als er bemerkt, wie über ihr weißes Gesicht ein kurzer Hauch von Überraschung gleitet, verspürt er ein ganz klein wenig Zufriedenheit.

[Darauf habe ich nur gewartet. Diese Realität ... kann gerne verschwinden.]

Kaum hat er das leise ausgesprochen, geschieht es.

Von einer Sekunde zur anderen lodern plötzlich gigantische Flammen vor ihm auf und füllen sein gesamtes Blickfeld aus. Haruyukis Körper versteift sich vor Schreck. Es scheint, als wollten ihn die wild tobenden Flammen verschlingen, doch schließlich beginnen sie, sich vor ihm zu bündeln, und formen ein Titellogo. Dieses strotzt nicht gerade vor gestalterischer Innovation. Seine Grobheit erinnert an eine bestimmte Sorte Beat-'em-up-Spiele, die Ende des letzten Jahrhunderts beliebt waren.

Der Name auf dem Logo lautet ... *BRAIN BURST.*

Zum ersten Mal erblickt Haruyuki das Programm, das ihn und seine gesamte Realität grundlegend verändern soll.

Die Installation dauert fast dreißig Sekunden, sehr lange für eine Applikation auf dem Neuro Linker.

Haruyuki starrt gebannt und atemlos auf die Statusanzeige unter dem flackernden Logo, bis diese endlich hundert Prozent erreicht. Dieses Programm wird laut Kuroyukihime seine Realität verändern. Aber was heißt das genau?

Der Fortschrittsbalken verschwindet, mit ihm brennt das Titellogo ab und löst sich in nichts auf. Aus den letzten orangefarbenen Glutpartikeln bilden sich in kleiner Schrift die englischen Worte »Welcome to the accelerated world!«, die sich sogleich ebenfalls in Funken auflösen und verschwinden.

Was bedeutet das? Eine beschleunigte Welt?

Haruyuki verharrt noch weitere zehn Sekunden, ohne einen Atemzug zu tun, und wartet darauf, dass etwas passiert.

Aber nichts weist darauf hin, dass sich in seiner Umgebung oder an ihm selbst irgendwas verändert hätte. Unter der Schuluniform fließt immer noch der Schweiß in Strömen an ihm herunter und die vorwurfsvollen Blicke der Schüler an den anderen Tischen fixieren ihn nur noch intensiver.

Schließlich atmet er langsam aus und schaut skeptisch zu Kuroyukihime.

[Äh ... Dieses *Brain Burst*, was hat es damit auf sich ...?], formuliert er gedanklich seine Frage. Das Mädchen in Schwarz lächelt, aber statt ihm eine Antwort darauf zu geben, sagt es:

[Dann hat die Installation also geklappt, gut. Ich hatte erwartet, dass du es schaffst.]

[W… Wie meinst du das? Was soll daran schwer gewesen sein?]

[Nun, *Brain Burst* kann nur von jemandem installiert werden, der über eine ausreichend hohe Reaktionsgeschwindigkeit der Nervenzellen im Gehirn verfügt. Der also zum Beispiel solche Rekordpunktwerte in virtuellen Spielen erzielen kann wie du. Als du das imaginäre Feuer gesehen hast, war das Programm gerade dabei, deine Hirnreaktionen zu testen. Wer von vornherein ungeeignet ist, dem wird nicht einmal das Titellogo angezeigt. Aber … ein wenig überrascht hast du mich dennoch. Ich habe damals etwa zwei Minuten lang überlegt, ob ich dieses seltsame Programm wirklich installieren will. Nun habe ich mir ganz umsonst Argumente ausgedacht, um dich zu überzeugen.]

[A… Ach so … Das tut mir leid. Aber, äh, es … es passiert ja gar nichts. Das Programm läuft wohl nicht die ganze Zeit, sondern muss erst gestartet werden?]

[Nur nicht so eilig. Ich muss dich erst ein wenig darauf vorbereiten. Danach kann ich dir erklären, wie alles genau funktioniert. Es hetzt uns ja niemand.]

Haruyuki wirft einen kurzen Blick auf die Uhr, die stets in der unteren rechten Ecke seines Blickfelds angezeigt wird. Die Hälfte der Mittagspause ist vorbei. So viel Zeit bleibt also im Grunde gar nicht mehr.

Dann lehnt er sich nach vorn, immer noch schmerzhaft der Mischung aus Neugier und Hass hinter sich gewahr. Der Stuhl unter ihm knirscht.

Für ihn hört sich dieser vertraute Ton so an, als würden selbst seine Sitzgelegenheiten sich über seine Plumpheit und

Hässlichkeit lustig machen. Er presst die Lippen zusammen. Es gibt überhaupt keinen Grund, an so einer Realität festzuhalten. Wenn ihm solch eine Möglichkeit geboten wird, kann er sie nur annehmen. Egal, wie die Veränderungen auch aussehen mögen.

[Ich bin bereit. Du kannst direkt zu den Details ...]

Weiter kommt er nicht.

Hinter seinem Rücken, vom Eingang der Lounge her, donnert ausgerechnet die Stimme los, die ihm am meisten verhasst ist.

»Duuu, du Schw... Arita! Du weißt, wieso ich hier bin?!«

Haruyuki schreckt instinktiv hoch und verharrt ein Stück über seinem Stuhl in der Luft. Als er sich umdreht, steht da mit hochrotem Gesicht Araya, der sonst während der Mittagspause nie vom Dach der Schule herunterkommt.

Doch im gleichen Moment, in dem Haruyukis Mimik vom ersten Schrecken hin zu großer Furcht übergeht, verwandelt sich die rasende Wut auf Arayas Gesicht in nackte Ungläubigkeit. Denn Haruyuki hat durch sein Aufstehen den Blick auf die bis dahin von seinem breiten Körper völlig verdeckte zierliche Gestalt Kuroyukihimes freigegeben – und auf das Kabel, das ihre beiden Linker miteinander verbindet.

Und obwohl Haruyuki vor Angst wie festgefroren dasteht, entgeht ihm keineswegs der leichte Stimmungswechsel der übrigen Schüler, die nicht zur Schülervertretung gehören. Sie alle haben im Nu begriffen, in welcher Beziehung diese beiden Jungen mit den grünen Krawatten zueinander stehen – der groß gewachsene Araya und der kleine, dicke Haruyuki. Doch natürlich richten sie ihre Wut nicht gegen Araya. Haruyuki spürt regelrecht, wie alle befriedigt denken: *Ach ja, das war so klar.*

Hör auf damit ... Bitte, lass mich jetzt in Ruhe.

Haruyuki ist verzweifelt. Nichts wäre für ihn schlimmer, als dass Kuroyukihime von den Schikanen erfährt, denen er ausgesetzt ist. Darum verzieht er, zu Araya blickend, sein Gesicht zu einem krampfhaften Lächeln. »Bitte geh wieder zurück, ich werde euch sofort, wenn ich hier fertig bin, eure Brote kaufen und aufs Dach bringen«, will er ihm mit dieser Geste sagen.

Nun jedoch nimmt Arayas vor Zorn schon hochrotes Gesicht eine noch dunklere Farbe an. Bibbernd muss Haruyuki mit ansehen, wie die Lippen seines Peinigers lautlos »Du Schwein!« artikulieren. Er hat das Lächeln ganz anders aufgefasst, als es gemeint war, denn Haruyuki ist gerade mit dem berühmtesten Mädchen der ganzen Schule über ein Kabel verbunden.

Araya geht, die Hausschuhe mit den eingedrückten Fersen über den Boden schleifend, mit weit aufgerissenen, gefährlich funkelnden Augen an den Pflanzen vorbei, die Kantine und Lounge voneinander trennen, und geradewegs auf Haruyuki zu. Ihm folgen seine beiden Gefolgsmänner, die allerdings etwas nervös dreinschauen.

Das war's wohl.

Haruyuki tritt einen Schritt zurück.

Araya ist wie Haruyuki dreizehn Jahre alt, wirkt durch seine Körpergröße aber um einiges älter und besitzt durch sein Karatetraining außerdem sehr ausgeprägte Muskeln. Unter einem absichtlich zu kurzen Blazer trägt er ein umso längeres, hellviolettes Hemd und dazu weite Hosen. Die weißblond gefärbten Haare stehen wie Igelstacheln vom Kopf ab. Außerdem zieren Piercings seine extrem schmalen Augenbrauen sowie beide Ohren. Und die engen Schlitzaugen strahlen nur eins aus: Gefahr.

Die Umesato ist eigentlich eine private Bildungseinrichtung mit einem hohen Leistungsniveau. Aber in Zeiten starken Geburtenrückgangs kann sich kaum eine Mittelschule noch Aufnahmeprüfungen leisten. Darum passiert es manchmal, dass gewaltbereite Kerle wie Araya es sich hier gut gehen lassen.

Der Junge hat sich nun unmittelbar vor Haruyuki aufgebaut, der ihm schon am allerersten Schultag in die Falle gegangen ist und jetzt unter Arayas erdrückendem Blick in sich zusammenschrumpft, ihm aber trotzdem in die Augen schaut.

»Werd bloß nicht frech, du!«

Sein Mund verzieht sich hässlich, während er diese Worte ausspuckt, und Haruyuki will schon zu einer unterwürfigen Entschuldigung ansetzen.

Doch da erklingt aus dem Hintergrund Kuroyukihimes reale, anmutige Stimme, jedes Wort einzeln betonend: »Araya war dein Name, nicht wahr?«

Dieser guckt für einen Moment verdutzt, nur um sofort ein angeberisches Grinsen aufzusetzen. Sogar jemand wie er freut sich also, wenn sich die berühmte Kuroyukihime seinen Namen merkt.

Was sie jetzt allerdings hinzufügt, lässt nicht nur Araya, sondern auch Haruyuki vor Schreck erstarren.

»Haruyuki hat mir alles erzählt. Man hat dich nur versehentlich aus einem Zoo an diese Schule gebracht, was?«

Arayas Kinnlade klappt herunter und Haruyuki beobachtet, selbst völlig versteinert, wie sie unkontrolliert zu zittern beginnt.

»W…Wa… Was …?«

Genau das Gleiche, was Araya gerade vor sich hin stottert, will Haruyuki jetzt am liebsten auch brüllen.

Was … Was redet sie da bloß?!

Aber bevor er überhaupt dazu kommt, den Gedanken laut auszusprechen, bricht ein fürchterlicher Schrei aus Araya hervor: »Duuu Mistschwein, dafür bring ich dich uuuum!!«

Haruyuki zuckt zusammen. Araya ballt direkt vor seinen Augen die rechte Hand zur Faust und holt weit aus.

Im selben Moment hört Haruyuki in seinem Kopf eine scharfe Stimme befehlen:

[Jetzt, ruf schnell: **Burst Link**!!]

Hinterher weiß Haruyuki gar nicht, ob er den Spruch nur gedanklich oder wirklich ausgesprochen hat. Ganz deutlich fühlt er jedoch, wie der Ruf in seinem Körper widerhallt und ihn zum Schwingen bringt.

»Burst Link!!«

»BABANG!!«

Es knallt laut und die Umgebung erzittert.

Mit einem Mal verschwinden sämtliche Farben, alles füllt sich mit einem durchscheinenden Blau. Die Lounge mit den gaffenden Schülern darin und sogar Araya, alles nimmt diesen monotonen Blauton an.

Und dann wird es still.

Arayas Faust, die in der nächsten Sekunde eigentlich auf Haruyuki treffen müsste, bleibt in einem Abstand von mehreren Dutzend Zentimetern vor dessen Gesicht stehen. Haruyuki starrt sie sprachlos an.

»U... Uwaah!!«, löst sich dann ein Schrei eigenständig aus seinem Mund, und er macht einen Satz nach hinten.

Doch das bewirkt etwas, das ihn erst recht an seinem Verstand zweifeln lässt.

Haruyuki sieht seinen eigenen Rücken vor sich. Seinen rundlichen, immer noch in der gleichen, unnatürlich komischen Position gekrümmten Rücken, der genauso blau gefärbt ist wie Araya und der Rest. Als hätte nur seine Seele den Rückwärtssprung vollführt und dabei seinen Körper verlassen.

Wie sehe ich dann jetzt bloß aus?!

Panisch schaut Haruyuki schnell an sich herunter und erblickt ... seine wohlvertraute pinkfarbene Ferkelgestalt. Kein Zweifel, das ist genau der Avatar, den er im Lokalnetz der Schule benutzt.

Haruyuki versteht nun gar nichts mehr. Ängstlich dreht er sich um.

Daraufhin bietet sich ihm ein nicht minder befremdlicher Anblick.

Kuroyukihime sitzt immer noch elegant mit gestrecktem Rücken und ordentlich nebeneinander platzierten Knien auf ihrem Stuhl. Doch auch ihr Körper und sogar das Kabel, das von ihrem Hals herunterhängt, sind in dieses kristalline, durchscheinende Blau getaucht.

Und neben ihr steht, in ihrem tiefschwarzen Kleid, mit dem zusammengeklappten Sonnenschirm in der Hand und Schmetterlingsflügeln auf dem Rücken, ihr Avatar und lächelt geheimnisvoll.

»W... Was hat das zu bedeuten?!«, schreit Haruyuki, der es nicht mehr aushält. »Sind wir im Full Dive?! Oder gar komplett aus unseren Körpern herausgetreten?!«

»Hi hi, nein, keins von beidem«, erwidert Kuroyukihimes Avatar sichtlich vergnügt. »Was wir gerade erleben, ist die Wirkung von *Brain Burst*. Wir haben uns **beschleunigt**.«

»B... Beschleunigt ...?«

»Genau. Es sieht zwar so aus, als würde die Zeit stillstehen, aber dem ist in Wirklichkeit nicht so. Wir sind nur zu einer sehr viel schnelleren Bewusstseinsebene aufgestiegen.«

Kuroyukihimes mit Edelsteinen gesäumtes Kleid funkelt prächtig, während sie ein paar Schritte geht und neben den festgefrorenen realen Körpern Haruyukis und Arayas stehen bleibt. Mit der Spitze ihres Schirms zeigt sie auf Arayas zum Schlag geballte Faust.

»Diese Hand bewegt sich, wenn auch so langsam, dass wir es gar nicht wahrnehmen ... ähnlich wie der Stundenzeiger einer Uhr. Wenn wir jetzt lange genug warten, werden wir sehen können, wie sie diese achtzig Zentimeter Abstand überwindet und sich allmählich in dein Gesicht gräbt.«

»D... Du machst Scherze. Nein, ich meine ... W... Warte mal kurz.«

Haruyuki fasst sich mit beiden Schweineklauen an den Kopf und ordnet innerlich eilig die Informationen.

»Äh, also ... Das heißt dann, weder du noch ich haben unsere Körper physisch gesehen verlassen? Unsere Denkprozesse laufen immer noch in unserem richtigen Gehirn ab, oder?«

»Du kapierst echt schnell. Genauso ist es.«

»Aber dann stimmt hier trotzdem irgendwas nicht! Wenn jetzt nur unsere Gedanken und Sinneswahrnehmungen schneller arbeiten ... wie kann es dann sein, dass wir uns selbst sehen, hier herumlaufen und uns unterhalten können?! Das ist ja, als wären wir zu Geistern geworden!«

»Ja, Haruyuki, eine durchaus berechtigte Frage«, erwidert Kuroyukihime lehrerhaft nickend. Sie geht zum Tisch hinüber, wobei ihre langen, wellig auslaufenden Haare eine wippende Bewegung machen.

»Alles blau Verfärbte hier ist die reale Welt. Aber wir sehen sie aktuell nicht über unsere Augen. Komm mal her und schau dir die Unterseite des Tisches an.«

»O... Okay ...«

Haruyuki biegt seinen Ferkelkörper, der noch kleiner ist als seine richtige Gestalt, zur Seite und schaut unter die Tischplatte.

»H... Huch?«

Seltsam – von oben sieht man die längliche Maserung des Holztischs, aber von unten betrachtet scheint er völlig glatt zu sein, so als wäre er aus Plastik und besäße überhaupt keine Textur.

»Was ist das denn? Sieht aus wie ... Polygone ...?«

Haruyuki blickt wieder hoch, woraufhin Kuroyukihime leicht nickt.

»Ja, genau. Was wir hier sehen, ist eine 3-D-Wiedergabe unserer Umgebung, die aus den Aufnahmen der vielen Social Cameras hier in der Lounge rekonstruiert und mittels Neuro Linker in unser Gehirn eingespeist wird. Von den Kameras nicht erfasste Bereiche werden auf Basis der vorhandenen Informationen so weit wie möglich ergänzt. Darum würdest du auch nichts sehen, wenn du jetzt versuchst, dem Mädchen dort unter den Rock zu schauen.«

Social Cameras – so lautet die Abkürzung für die Social Security Surveillance Cameras, ein von der japanischen Regierung errichtetes landesweites System von Überwachungskameras zum Zwecke der öffentlichen Sicherheit. Nicht mal eine private Mittelschule kann sich der Installation dieser Kameras verweigern. Staatliche Hochsicherheitsfirewalls sichern die Daten, sodass normale Menschen keinerlei Zugriff darauf haben ... heißt es zumindest.

Während Haruyuki sich diese Tatsache in Erinnerung ruft, gleitet sein Blick trotzdem automatisch am Bein eines Mädchens der Schülervertretung hoch, um sich zu vergewissern, dass die elegante Kurve wirklich am Rocksaum endet.

Schnell richtet er sich wieder auf, nur um von Kuroyukihime einen kurzen vorwurfsvollen Blick zu ernten.

»Aber unter meinen Rock zu schauen verbiete ich dir. Der wird von den Kameras erfasst.«

»W... Würd ich nie tun.«

Haruyuki schüttelt den Kopf und bemüht sich angestrengt, bloß nicht in die falsche Richtung zu blicken.

»J... Jedenfalls hab ich das, was ich hier sehe, in etwa verstanden, denk ich. Uns wird eine 3-D-Abbildung der realen Welt übertragen, wir können uns mithilfe unserer Avatare umschauen und reden dabei über die Kabelverbindung miteinander, richtig?«

»Ja. Und der Einfachheit halber verwendet das Programm gerade deinen Avatar aus dem Schulnetz.«

»Eigentlich hätte ich ja lieber einen anderen«, murmelt Haruyuki und seufzt tief, schüttelt dann aber seinen Schweinekopf.

Weg mit dem Gedanken.

Er schaut wieder zu Kuroyukihime.

»Aber ... das ist irgendwie erst die halbe Geschichte, oder? Was mich eigentlich interessiert, hast du bisher noch gar nicht erklärt. Dieses ›Beschleunigen‹ ... was ist das? Ich habe noch nie davon gehört, dass Neuro Linker praktisch die Zeit anhalten können!«

»Ja, natürlich hast du das nicht. Die Beschleunigungsfunktion ist gut versteckt und kann nur von *Brain Burst*-Nutzern aktiviert werden«, sagt Kuroyukihime leise. Dann führt sie ihre linke Hand an Haruyukis Neuro Linker, einem in XL-Größe, der um den Hals seines reglosen realen Körpers gelegt ist, und tippt ihn leicht an.

»Haruyuki, weißt du, nach welchem Prinzip Neuro Linker funktionieren?«

Irgendwie macht Haruyukis Herz plötzlich einen Satz, als Kuroyukihimes zarte Finger seinen Hals berühren. Aber er schafft es, zu nicken.

»J... Ja ... Zwar nur sehr grob, aber auf jeden Fall verbindet sich der Linker drahtlos und auf Quantenbasis mit dem Gehirn des Trägers und kann Bilder und Töne senden sowie echte Sinneswahrnehmungen durch künstliche ersetzen ...«

»Richtig. Er arbeitet also von Grund auf anders als die Virtual-Reality-Headgears der 2020er-Jahre oder die Implantate der 2030er. Quantenverbindungen beruhen nicht auf biologischen Mechanismen. Deswegen dachte sich eines Tages jemand: Warum soll man damit nicht auch völlig abgedrehte Dinge anstellen können, ohne dabei die Gehirnzellen zu belasten?«

»Abgedrehte Dinge heißt ...?«

Doch auf Haruyukis Frage folgt sofort eine Gegenfrage, die vordergründig ein etwas anderes Thema anschneidet: »Hast du Erfahrung mit PCs aus der Zeit um das Jahr 2020?«

»Äh, ja, schon. Wir haben zu Hause so einen.«

»Gut, dann weißt du sicher, wie man dort das Referenzsignal der Taktfrequenz nannte?«

»Äh ... Grundtakt?«

Kuroyukihime nickt zufrieden.

»Genau. Diese Signalrate, die der Taktgenerator auf der Hauptplatine gleichsam einer Uhr vorgibt, kann man erhöhen. Das führt zu einer Übertaktung und lässt den Prozessor schneller arbeiten. Das Gleiche funktioniert auch beim menschlichen Gehirn und bei unserem Bewusstsein.«

»Was ...?«

Haruyukis Augen werden kugelrund und er bläst geräuschvoll die Luft aus seiner Ferkelnase.

»D... Das glaub ich nicht. Wo bitte gibt es denn bei uns einen Taktgenerator?«

»Na hier«, kommt es prompt zurück. Kuroyukihime stellt sich direkt vor Haruyukis echtem Körper auf und legt die Arme um ihn. Mit einem verschmitzten Blick in Richtung seines Avatars befühlt sie mit der linken Hand eine Stelle in der Mitte seines Rückens.

»W...Wa... Was tust du da?!«

»Dein Takt hat sich gerade etwas erhöht, nicht wahr? Ich denke, du hast es verstanden ... Ich meine das Herz! Es pumpt bei Weitem nicht nur das Blut durch unseren Körper. Sein Schlagen gibt gleichzeitig den Referenztakt vor, der die Schnelligkeit unseres Denkens bestimmt.«

Das verschlägt Haruyuki den Atem. Er umklammert die Herzgegend seines Avatars. Aber wie um ihn zu ärgern, nimmt Kuroyukihime ihre Hand nicht von selbiger Stelle an seinem richtigen Körper, während sie weiterspricht: »Es gibt Situationen, in denen der Puls rasant ansteigen kann, selbst wenn der Körper sich nicht von der Stelle bewegt. Bei Rennfahrern ist das zum Beispiel der Fall. Da besteht nämlich die

Notwendigkeit, die Gedanken ... beziehungsweise die Fähigkeit zum Erkennen und Beurteilen von Situationen zu beschleunigen.«

Kuroyukihimes Fingerspitzen wandern nun langsam von Haruyukis Brust aus nach oben, wo sie schließlich am Hals verharren.

»Durch einen Herzschlag entsteht ein Quantenpulssignal, welches über die zentralen Nervenbahnen bis ins Gehirn gelangt und dieses – beziehungsweise unser Denkvermögen – antreibt. Was, meinst du, passiert also, wenn der Neuro Linker sich dazwischenschaltet und für eine Übertaktung sorgt?«

Haruyuki spürt einen Schauer über seinen Rücken jagen.

»Er beschleunigt ... das Denken?«

»Richtig. Der Neuro Linker ist dazu imstande, ohne dabei den Gehirnzellen oder dem restlichen Körper Schaden zuzufügen. Wir befinden uns gerade in einem Zustand, in dem unsere Linker den Takt eines einzigen Herzschlags verstärken und ihn mithilfe eines drahtlosen Quantensignals ins Gehirn schicken. Die Vervielfachungsrate beträgt dabei das Tausendfache!«

»Das T... Tausend...fache?«

Mehr, als es ungläubig zu wiederholen, bringt Haruyuki gerade nicht fertig. Aber Kuroyukihime versetzt seinem schon fast paralysierten Bewusstsein direkt einen weiteren lähmenden Hieb.

»Ja, man denkt somit tausendmal schneller als gewöhnlich. Das heißt, eine Sekunde der Realität erlebt man als tausend Sekunden ... oder umgerechnet 16 Minuten und 40 Sekunden.«

So schnell ist ja noch nicht mal ein Formel-1-Fahrer. Kann man das überhaupt noch als Technologie bezeichnen? Vielmehr grenzt es an Zauberei zum Anhalten der Zeit.

»Huch!«, murmelt da plötzlich Kuroyukihime, bevor Haruyuki sich überhaupt fragen kann, was für konkrete Möglichkeiten einem dieses merkwürdige Phänomen eröffnet. Offenbar ist ihr etwas eingefallen.

»...?«

»Ach, schon gut. Ich war nur so ins Erklären vertieft, dass ich die Zeit ein bisschen außer Acht gelassen hab. Ich vergaß, dass dein richtiger Körper ja gleich durch die Luft fliegen wird.«

»Was ...?!«

Schnell läuft Haruyuki um sein blaues erstarrtes reales Ich herum auf die andere Seite.

Tatsächlich, in den fünf Minuten und vielleicht drei Sekunden, die sie bisher miteinander geredet haben, ist Arayas Faust ein ganzes Stück näher gekommen. Zwischen ihr und Haruyukis pausbäckigem Gesicht liegen jetzt nur noch knapp fünfzig Zentimeter.

Arayas Gesicht wirkt so real. Kaum zu glauben, dass es lediglich aus den Aufnahmen der Social Cameras an der Decke reproduziert wird. Man sieht sogar deutlich, wie sich sein Mund in blutrünstiger Erregung verzieht.

Was bereitet ihm nur so eine Freude? Ach, blöde Frage. Man muss nur schauen, wohin seine Faust gerade unterwegs ist. Geradewegs auf das ausdruckslose Gesicht meines eigenen Körpers zu, der dümmlich in der Gegend rumsteht. Er ist ein richtiger Taugenichts.

Solche düsteren Gedanken plagen Haruyuki, der sich wieder zu Kuroyukihime umdreht.

»Sag mal … Wie lange hält dieses Beschleunigen eigentlich an?«

»Theoretisch ewig. Aber weil *Brain Burst* auch seine Grenzen hat, kannst du maximal dreißig Minuten in diesem Zustand erleben. Also 1,8 Sekunden in der Realität.«

Auf diese klare Antwort hin fallen Haruyuki fast seine runden Ferkelaugen aus dem Kopf. Wenn sein Körper jetzt zwei Sekunden lang wie angewurzelt dort stehen bleibt, wird Arayas Faust definitiv die verbliebene Distanz überwinden und ganz langsam mit seiner Nase kollidieren …

»D… Dann haut er mir ja gleich eine rein!«, schreit Haruyuki. Vor seinem inneren Auge sieht er sich schon in Zeitlupe durch die Lounge fliegen. Doch Kuroyukihime lächelt kurz und fährt mit ihren Erklärungen fort.

»Ha ha, keine Sorge. Man kann natürlich auch vorher wieder in die Realität zurückkehren.«

»Ah … Ach so … Dann ist ja gut. Das heißt, ich könnte dem Schlag auch ausweichen …«

»Ja, mit Leichtigkeit. Hi hi, diese Nutzung der Beschleunigung ist wirklich am einfachsten zu verstehen. Wenn man sieht, dass man im normalen Zustand auf etwas nicht schnell genug reagieren kann, hat man damit die Möglichkeit, in aller Ruhe die Situation einzuschätzen, sich einen Plan zu überlegen und diesen nach der Rückkehr in die Realität einfach umzusetzen.«

Ja, richtig.

Bisher konnte Haruyuki nicht einmal davon träumen, Arayas brutalen Schlägen auszuweichen – er schaffte es vor lauter Furcht ja nicht mal hinzusehen. Aber jetzt, in diesem beschleunigten Zustand sieht er klar und deutlich, wo sich die Faust gerade befindet und auf welchen Punkt sie zielt.

Er braucht nur fünfzehn Zentimeter nach links auszuweichen, sobald er in die Realität zurückkehrt. Das muss er sich jetzt nur gut merken. Haruyuki schluckt, blickt wieder zu Kuroyukihime und will sie nach dem Befehl zur Rückkehr fragen.

Doch das schöne Mädchen in Schwarz schneidet ihm das Wort ab.

»Aber weich besser nicht aus. Lass dich ruhig von ihm in die Luft katapultieren, Haruyuki«, fügt sie beiläufig hinzu.

»W...«

Zunächst zittert nur seine pinkfarbene Stempelnase unkontrolliert, doch dann brüllt er los: »D... Das will ich nicht! Weißt du, wie weh das tut?!«

»Was genau tut denn weh?«

»Hä ...? Na, was wohl, die ...«

»Ich meine, ist es der physische oder der psychische Schmerz?«

Jetzt lächelt Kuroyukihimes Avatar nicht mehr. Ohne Haruyukis Antwort abzuwarten, tritt sie mit einem lauten Klacken ihrer schwarzen Stöckelschuhe näher.

Die zierliche Figur überragt Haruyukis Ferkelkörper um beinahe fünfzig Zentimeter. Sie beugt ihr Gesicht ganz tief zu ihm herunter und schaut ihm aus nächster Nähe in die Augen. Haruyuki bleibt die Luft weg, sein ganzer Körper wird stocksteif.

»Der schlägt dich doch sicher nicht zum ersten Mal.«

»N... Nein ...«

Eigentlich wollte Haruyuki seine Opferrolle um jeden Preis

vor ihr geheim halten. Aber irgendwie nickt er jetzt doch mit dem Kopf.

»Und trotzdem ist er bisher ungeschoren davongekommen. Dafür gibt es zwei Gründe. Zum einen natürlich hast du selbst nichts dagegen unternommen. Und zum anderen hat er auch immer geschickt dafür gesorgt, dass seine aggressiven und erpresserischen Taten nicht von den Social Cameras erfasst werden.«

Jetzt, da sie es erwähnt – Araya schikaniert ihn immer dort, wo sich kaum jemand aufhält. In einer dunklen Ecke neben der Lüftungsanlage auf dem Dach oder irgendwo hinter dem Schulgebäude. Offenbar will er damit aber nicht den Blicken anderer, sondern den Social Cameras aus dem Weg gehen.

Kuroyukihimes Gesicht verzieht sich angewidert. Sie richtet sich wieder auf.

»In der Achten und Neunten gibt es auch ein paar von der Sorte. Nicht viele, aber sie existieren leider. Diese Typen tauschen sich untereinander aus und ich glaube, sie haben auch illegale Programme, die vor Social Cameras warnen. In Reichweite der Kameras ziehen sie dann ihre Schwänze ein und sind ganz brav. Der hier geht zwar noch nicht so lange auf diese Schule, aber diese Regel haben sie ihm sicher schon unmissverständlich beigebracht.«

Sie straft Arayas blau getöntes Gesicht kurz mit einem eisigen Blick und fährt fort, leise und unheimlich.

»Trotzdem ist und bleibt er ein Kind. Durch meine Provokation eben hat er sich selbst vergessen und zum Schlag ausgeholt, obwohl hier überall Kameras hängen. Hör zu, für dich ist das eine Chance, Haruyuki. Natürlich könntest du ihm ganz leicht ausweichen. Aber dann wird er sich wieder besinnen, von hier verschwinden und du wirst ewig auf noch so eine Gelegenheit warten müssen, um ihn seiner gerechten Strafe zuzuführen.«

Ja ... Und dann würde er mir garantiert wieder das Leben schwermachen. Bisher war alles irgendwie noch halb Spaß, aber von jetzt an wird er sich, um Rache zu üben, viel schlimmere Sachen ausdenken, das leuchtet ohne große Fantasie ein.

Zitternd starrt Haruyuki seinen realen Körper sowie Arayas Faust an, die sich unaufhaltsam seinem Gesicht nähert.

Von dieser knochigen Hand mit ihren steinharten Kanten getroffen zu werden, tut unglaublich weh. Das hat Haruyuki in den letzten sechs Monaten schon mehr als einmal zu spüren bekommen. Aber ...

Was dabei wirklich geblutet hat, war nicht sein Gesicht, sondern sein Herz – sein in winzige Stücke zerschmetterter Stolz.

»Sag mal ...«, setzt Haruyuki zögerlich an. »Wenn ich *Brain Burst* geschickt einsetze, könnte ich dann auch im Kampf gegen ihn gewinnen?«

Das Mädchen mit den schönen Gesichtszügen, die momentan jeglichen Ausdrucks entbehren, blickt Haruyuki unmittelbar an.

»Sehr gut möglich. Du besitzt jetzt als ›Burst Linker‹ schließlich Fähigkeiten, die dich um Welten stärker machen als normale Menschen. Du könntest ihn nach Herzenslust verprügeln, ohne dabei selbst auch nur einen Schlag einzustecken. Wenn es das ist, was du willst.«

Wenn ich das will? Wie um alles in der Welt sollte ich das nicht wollen?

Ich würde Arayas Karatehiebe am liebsten allesamt gekonnt parieren, seine Visage so zurichten, dass eine Schweineschnauze dagegen schön aussieht. Ich würde ihm alle vorderen Zähne ausschlagen, und wenn er erst flennend vor mir am Boden rumkriecht, würde ich ihm seine geliebte blonde Mähne gern bis aufs letzte Haar ausrupfen.

Haruyuki knirscht mit den Backenzähnen. Dann holt er tief Luft und spricht mit zitternder Stimme: »Nein ... schon gut. Ich stecke den Schlag brav ein. Wenn das **die** Gelegenheit ist.«

»Hi hi.«

Kuroyukihime kichert sichtlich zufrieden und nickt bedächtig.

»Eine weise Entscheidung. Aber wir können ja trotzdem versuchen, den Schaden so weit es geht zu begrenzen und dabei immer noch die größtmögliche Wirkung zu erzielen. Sobald wir zurück in der Realität sind, springst du mit aller Kraft schräg nach hinten. Vergiss dabei nicht, den Kopf nach rechts zu drehen, um dem Schlag etwas auszuweichen.«

»O... Okay.«

Haruyuki stellt sich unmittelbar hinter seinen Körper und überprüft, worauf Arayas Faust genau zielt. Richtig, wenn er sein Gesicht abwendet und nach hinten springt, kann er sogar die Wucht des Einschlags eines solchen Karatehiebs maßgeblich abmildern.

Er nickt und schaut sich an, wohin er fallen wird. Links steht ein Tisch, aber rechts bietet sich genug Platz, da sich dort bis zum großen Fenster zum Garten hinaus nichts befindet – von einer Person mal abgesehen.

»Ach, nein ...! Das geht nicht. Wenn ich in die Richtung springe, stoße ich direkt gegen dich.«

Haruyukis realer Körper ist nur einen Meter von der realen Kuroyukihime auf ihrem Stuhl entfernt. Nicht auszudenken, was für Schäden ihr schöner Körper durch den Aufprall davontragen könnte.

Doch der Avatar des Mädchens zuckt nur unbekümmert mit den Schultern.

»Macht nichts, das macht es noch effektiver. Und keine Sorge, ich weiche schon aus. Mir wird also nichts passieren.«

»N… Na gut …«

Wenn sie es vorher weiß, könnte das natürlich klappen.

Haruyuki bleibt nichts anderes übrig, als zu nicken.

»Aber jetzt läuft uns langsam wirklich die Zeit davon. Los, stell dich schon mal an die gleiche Stelle wie dein Körper.«

Sie gibt ihm einen Klaps auf den Rücken, sodass Haruyuki einen Schritt nach vorn macht und sein Avatar sich plötzlich mit dem realen Körper überlagert. Hinter ihm scheint auch Kuroyukihime wieder auf ihrem Stuhl Platz genommen zu haben.

»Gut«, sagt sie mit gesenkter Stimme. »Hier nun der Befehl zur Rückkehr. Ich wünsche dir viel Glück. **Burst Out**!«

»Burst Out!«

Haruyuki holt tief Luft und schreit aus Leibeskräften das Kommando.

»Huiiii!« Der Lärm rollt von Weitem heran wie der eines Flugzeugantriebs und durchbricht die bisherige Totenstille. Die blau eingefärbte Umgebung erhält allmählich ihre richtigen Farben zurück.

Links sieht Haruyuki, wie Arayas eingefrorene Faust sich langsam wieder in Bewegung setzt. Eben noch kroch sie im Schneckentempo dahin, schon beschleunigt sie und rast auf Haruyukis Wange zu.

Haruyuki tut, was ihm gesagt wurde. Er stößt sich mit beiden Füßen nach rechts hinten ab und dreht dabei gleichzeitig den Kopf so weit wie möglich nach rechts. Arayas Faust touchiert seine Haut und drückt sich ein wenig hinein ...

Und dann ist die Realität wieder die alte.

Der Umgebungslärm bahnt sich wieder den Weg in Haruyukis Gehör, während Arayas Faust sich weiter in seine Wange bohrt. Seine Zähne graben sich von innen in seine Wange, seine Lippen verziehen sich von der Druckwelle. Er schmeckt auch etwas Blut. Immerhin tut es gerade mal halb so weh wie die anderen Karateschläge, die er schon so oft einstecken musste.

Und doch saust sein massiger Körper jetzt in einem filmreifen Bogen durch die Luft.

Weich aus, bitte!

Haruyukis stilles Flehen ist kaum in ihm verhallt, da kollidiert sein Rücken auch schon mit dem Stuhl hinter ihm. Einen Moment lang riecht er einen angenehmen Duft und spürt weiche Haare.

Krachend fällt der Stuhl um. Dem folgt ein weiteres dumpfes Geräusch, das nichts Gutes verheißt.

Haruyuki muss kurz nach Luft schnappen, nachdem er rücklings auf den Boden geknallt ist. Doch schon währenddessen reißt er den Kopf herum und sieht nach Kuroyukihime, die ihm eigentlich ausweichen wollte.

Was seine weit aufgerissenen Augen nun allerdings erblicken, ist die zierliche Gestalt eines Mädchens, das mit nach allen Seiten von sich gestreckten Armen und Beinen daliegt wie eine kaputte Spielzeugpuppe. Ihr Kopf lehnt am großen Fensterglas der Lounge. Und über die helle, fast schon durchsichtig bleiche Stirn unter dem zerzausten Pony sickert ein kleines Blutrinnsal.

»Aah ... Ah ....« Haruyuki unterdrückt einen Schrei des Entsetzens. Er will sich gerade aufrappeln, als ...

[Keine Bewegung!!]

Kuroyukihimes gedanklicher Ausruf trifft Haruyuki über das immer noch eingesteckte Kabel wie ein Schlag. Reflexartig versteift er sich sofort wieder in der Pose, in der er hingefallen ist, und antwortet: [A... Aber ... du blutest!!]

[Keine Panik, es ist nur ein Kratzer. Ich hab doch gesagt, wir wollen die größtmögliche Wirkung erzielen. Jetzt wirst du diesen Araya los sein. Für immer.]

Haruyuki wendet nur seinen Blick nach rechts, ohne den Rest des Körpers zu bewegen.

Araya steht noch genauso da, wie er zugeschlagen hat, die rechte Faust weit nach vorne gestreckt, und starrt fassungslos auf die beiden hinunter. Sein Gesicht verliert zunehmend Farbe, die Lippen beben zwei-, dreimal krampfhaft.

In der gesamten Lounge herrscht Totenstille. Bis ...

»Kyaaaah!!«, erschallen die durchdringenden Schreie einiger Mädchen von den benachbarten Tischen.

Araya und seine beiden Kumpane leisten nahezu keinen Widerstand, als einige Jungen der Schülervertretung sie in Gewahrsam nehmen. Kreidebleich und mit schlotternden Knien lassen sie sich von den aufgeregt herbeigeeilten Lehrern abführen.

Die Mädchen am Tisch nehmen Kuroyukihime in ihre Mitte und machen sich mit ihr sofort auf den Weg ins nächste Krankenhaus.

Haruyuki muss nur kurz im Arztzimmer der Schule versorgt werden. Aber auch während man ihm ein desinfizierendes Pflaster auf die Wange klebt, wandern in seinem Kopf unaufhörlich die Worte umher, die Kuroyukihime noch zu ihm gesagt hat, bevor ihre Kabelverbindung getrennt wurde.

[Ach, fast hätte ich es vergessen. Du darfst, bis du morgen wieder in der Schule bist, deinen Neuro Linker auf keinen Fall abnehmen. Verbinde dich allerdings bloß nicht mit dem globalen Netz. Das ist sehr wichtig. Versprich mir das, hörst du?]

Warum sie das von ihm verlangt hat, kann Haruyuki sich beim besten Willen nicht erklären. Die letzten zwei Stunden nach der Mittagspause bleibt er im Arztzimmer liegen. Gegen dieses seltsame, übermächtige Gefühl in ihm, alles wie aus weiter Ferne zu erleben, hilft das aber letztendlich auch nicht. In der kurzen Zeit seit gestern ist in seinem Leben so viel passiert, dass er überhaupt nicht weiß, wie er das alles verarbeiten soll.

Wenigstens braucht er nun wohl keine Angst mehr zu haben, dass seine Schuhe nicht an ihrem Platz im Schuhregal am Eingang stehen könnten oder er darin seltsame Dinge findet. Haruyuki tritt aus dem Schulgebäude, nachdem er in gewohnter Routine die Hausschuhe ausgezogen hat und in seine Sneakers geschlüpft ist. Dann schaltet er sofort die Netzverbindung ab, wie Kuroyukihime es ihm befohlen hat.

Immer noch darüber nachgrübelnd, was für eine Bedeutung wohl dahintersteckt, trottet er in Richtung Schultor.

Plötzlich erreicht ihn eine leise Stimme: »Haru.«

Er bleibt stehen, schaut sich um und bemerkt eine kleine Person, deren Schatten auf die vom Abendrot farbenprächtig erleuchtete Außenwand der Schule fällt. Haruyukis Gesichtsmuskeln spannen sich an. Er spricht den Namen des Mädchens aus: »Chiyu ...«

Sofort rast an seinem inneren Auge die gestrige Szene vorbei. Er hat es nicht vergessen, wie könnte er auch. Nur die Gedanken daran hatte er bewusst aus seinem Kopf verbannt.

Oh nein, was jetzt, ich muss mich sofort entschuldigen, ja, was anderes bleibt mir gar nicht übrig ...

Haruyuki verfällt in Panik. Die Schuhe seiner Kindheitsfreundin knirschen auf dem elastischen Kunstasphalt des Schulgeländes, während sie sich stampfend und mit grimmigem Gesicht nähert.

»Ah ... Äh ... Also wegen gestern, ich ...«

»Haru, ich hab gehört, was in der Mittagspause los war«, erstickt Chiyuri sein Herumdrucksen einfach im Keim.

»Was? In der Mittags...? Ach so, ja.«

»Diese Typen haben dich wohl wieder geschlagen und du bist richtig durch die Gegend geflogen ... Ist die Verletzung davon? Tut es sehr weh?«

Sie zieht ihre dicken Augenbrauen zusammen und will sich die Wunde aus der Nähe ansehen. Haruyuki legt automatisch die linke Hand auf das Pflaster. Dass er mit voller Wucht nach hinten gesprungen ist, kann er ihr schlecht beichten.

»N... Nein, es geht. Es war nur ein Kratzer. Und sonst ist an mir alles noch ganz.«

»Ah ... Dann bin ich ja beruhigt.«

Chiyuris Gesicht bleibt weiterhin angespannt, verzieht sich aber kurz zu einem Lächeln. Das Mädchen blickt sich um. Der

Vorfall in der Mittagspause hat offenbar dafür gesorgt, dass Haruyuki blitzschnell zum Gesprächsstoff der ganzen Schule wurde. Alle, die gerade aus dem Gebäude herauskommen und an ihnen vorbeigehen, starren ihn hemmungslos an.

»Wir können ja heute mal wieder zusammen nach Hause gehen«, sagt Chiyuri hölzern und setzt sich in Bewegung, ohne Haruyukis Antwort überhaupt abzuwarten.

Mal wieder? Hier an der Mittelschule ist das bisher noch kein einziges Mal vorgekommen.

Aber wenn Haruyuki jetzt lauthals protestiert und wegrennt, begeht er den gleichen Fehler wie gestern.

Genau, dafür muss ich mich wenigstens noch entschuldigen.

Chiyuri stapft bereits in Riesenschritten, die so gar nicht zu ihrer Körpergröße passen, davon. Haruyuki beeilt sich, sie einzuholen, und läuft schließlich auf gleicher Höhe, aber mit etwas Abstand neben ihr her. So passieren sie das Schultor und biegen in die große Hauptstraße ein, auf der die Autos mit ihren leisen Radnabenmotoren vorbeirauschen.

Normalerweise wird außerhalb der Schule jedes sich bewegende Objekt auf der Straße, ob Fußgänger, Radfahrer oder Auto, mit zusätzlichen Farbsymbolen im Sichtfeld versehen, sodass man sich selbst mit geschlossenen Augen noch ohne Probleme fortbewegen kann. Aber jetzt, ohne Verbindung zum globalen Netzwerk, kann Haruyuki das Navigationssystem nicht nutzen.

Warum bloß hat mir Kuroyukihime so eine Anweisung erteilt?

Er wundert sich schon wieder. Und erschreckt sich sogleich fast zu Tode, weil Chiyuri den Namen des Mädchens, an das er gerade gedacht hat, nahezu im selben Moment ausspricht: »Stimmt es auch, dass du und diese Kuroyukihime aus der Achten vorhin eine Direktverbindung eingegangen seid?«

»Was?! W...Wo...«

Haruyuki will sie fragen, woher sie das weiß, aber dann fällt ihm die Antwort selbst ein. Schließlich hat das unter den Schülern garantiert für noch größere Aufregung gesorgt als Arayas Gewaltausbruch.

»Ja ... Das stimmt ...«, gibt er nickend zu.

Chiyuri sieht sein Nicken nicht. Sie zieht einen Schmollmund und beschleunigt ihr Tempo noch mehr. Aufgrund ihrer langjährigen Freundschaft weiß Haruyuki nur zu gut, was das bedeutet: Sie ist stinksauer. Er fragt sich wieso und kommt auch diesmal sofort wieder selbst drauf.

Wer so blöd ist, eine liebevoll zubereitete Lunchbox einfach auf den Boden zu werfen, sich nicht dafür zu entschuldigen und dann stattdessen bei einem merkwürdigen Vorfall mit einem anderen Mädchen gesehen wird, der braucht sich nicht zu wundern, wenn er dafür keine Lorbeeren erntet, erst recht nicht bei Chiyuri.

»A... Aber ... das hatte gar nichts Besonderes zu bedeuten. Sie hat mir einfach nur ein Programm geschickt«, versucht Haruyuki, sich zu rechtfertigen. Obwohl es schon Oktober ist, fließt der Schweiß in Strömen über seinen Rücken. Die Anspannung weicht immer noch nicht aus Chiyuris Gesicht.

Ich muss mich wohl wirklich erst mal für das mit den Sandwiches entschuldigen!

Haruyuki trifft eine Entscheidung und beginnt, sich schnell die richtigen Worte zurechtzulegen.

»Aber, äh ... Was ich dir eigentlich sagen wollte ... Das gestern ...«

Doch als er endlich zumindest so weit gekommen ist, bringt ihn die laute Stimme, die nun vor ihnen ertönt, augenblicklich wieder zum Schweigen.

»Hey, Haru! Chi! So ein Zufall! Kommt ihr gerade aus der Schule?«

Chiyuri bleibt abrupt stehen, und auch Haruyuki schaut vom Boden auf. Am unteren Ende der Rolltreppe zur Fußgängerbrücke über die siebte Ringstraße steht grinsend ein Junge in Haruyukis Alter und winkt ihnen zu.

Anders als die Blazer der Umesato-Mittelschule schmückt die blaugraue Jacke seiner Schuluniform ein hoher Stehkragen. In der rechten Hand trägt der Junge eine altmodische schwarze Ledertasche, und über seiner Schulter hängt ein Kendoschwert in seiner Hülle. Der Mittelscheitel seiner nicht allzu kurz geschnittenen Haare erweckt sofort einen ordentlichen Eindruck und das darunterliegende schöne Gesicht mit seinen erfrischend klaren Zügen übertrifft glatt die gängigen Schönheitsideale.

»Ah ... Taku!« Chiyuri lacht und klimpert paarmal Mal mit den Wimpern.

Dabei war sie doch eben noch so schlecht drauf?!

Aber schon zum dritten Mal in dieser kurzen Zeit muss Haruyuki sich insgeheim eingestehen, dass das eigentlich völlig logisch ist, wenn sie erst neben jemandem gehen muss, der ihre Sandwiches verschmäht hat, und dann plötzlich ihrem Freund auf der Straße begegnet.

Denn mit Takumu Mayuzumi, einem weiteren gemeinsamen Kindheitsfreund der beiden, ist Chiyuri zusammen. Dieser kommt jetzt zügig angelaufen, das Kendoschwert geschultert.

»Yo, Haru! Lange nicht gesehen.«

»Hey, Taku. Haben wir uns nicht neulich erst getroffen?«, antwortet Haruyuki und schaut dabei in das Gesicht des zehn Zentimeter größeren Jungen hoch.

»Na ja, real sind wir uns jetzt zwei Wochen nicht begegnet. Du machst ja nie bei den Hausaktivitäten mit.«

»Natürlich nicht, sind ja Sportfeste.«

Haruyuki verzieht angewidert das Gesicht. Takumu lacht daraufhin nur. So kennt er Haruyuki eben.

Die drei Freunde wurden im gleichen Jahr geboren und sind alle in einem vielstöckigen Wohnkomplex im Norden des Tokioter Viertels Koenji aufgewachsen. Aber das allein erklärt noch nicht, wieso Haruyuki es geschafft hat, sich mit so einem Jungen anzufreunden, der doch all das hat, was ihm selbst fehlt.

Ironischerweise kommt er bisher nämlich gerade deswegen so gut mit Takumu aus, weil dieser ein absolutes Genie ist und seit der ersten Klasse eine bis zur Oberstufe durchgehende Eliteschule in Shinjuku besucht. Somit ist ihm verborgen geblieben, dass Haruyuki an der nahe gelegenen staatlichen Grundschule augenblicklich zum Opfer zahlreicher Hänseleien wurde.

Chiyuri geht zwar ebenfalls dort zur Schule, aber Haruyuki hat ihr strengstens verboten, Takumu auch nur das kleinste bisschen darüber zu erzählen (gut, eigentlich hat er sie darum angefleht). Wenn Haruyukis Situation Takumu zu Ohren gekommen wäre, hätte dieser vielleicht versucht zu helfen, die Übeltäter zusammengetrommelt und sie mit seinem Kendoschwert kurz und klein geschlagen.

Dann hätte sein Leid zwar ein Ende gehabt, aber irgendwie glaubt Haruyuki trotzdem, dass es mit der Freundschaft zwischen ihnen danach vorbei gewesen wäre.

»Ach, da fällt mir ein ...«, hebt Haruyuki an zu sprechen, während sie zu dritt die Straße entlanglaufen. In der Schule macht er so gut wie nie von sich aus den Mund auf.

»Ich hab online ein Video eures Wettkampfs gesehen, Taku. Krass, dass du gegen die ganzen Älteren gewonnen hast!«

Der Angesprochene kratzt sich am Kopf und lacht verlegen. »Ach, das war pures Glück, mehr nicht. Der Gegner, vor dem ich mich am meisten gefürchtet hatte, ist schon im Halbfinale ausgeschieden. Und außerdem war Chi ja zum Anfeuern da.«

»Waaas? I... Ich?!«, kreischt Chiyuri, die auf der anderen Seite neben Takumu herläuft, und reißt die Augen weit auf.

»Ich hab doch gar nichts gemacht, außer in einer Ecke zu sitzen und zuzuschauen ...«

»Ha ha ha! Was redest du da für einen Quatsch? Du hast doch voll laut geschrien, ich solle ihn fertigmachen und so.«

Takumu lacht ausgelassen.

»Und du meintest, wenn ich verliere, krieg ich in Zukunft keine Lunchboxen mehr. Ich muss sagen, Chi, da hast du richtig ernst geguckt.«

»Aaah, pah! Sei still, ich kann das nicht mehr hören.«

Chiyuri hält sich mit beiden Händen die Ohren zu und legt einen Schritt zu. Währenddessen stupst Haruyuki mit dem rechten Ellbogen seinen Kumpel an.

»Was hör ich da, deswegen hast du dich also beim Finalkampf so ins Zeug gelegt.«

»Ach, na ja ... Ha ha ha!«

Jetzt lachen sie beide los.

Ein Glück, dass alles so gekommen ist. Die Entscheidung vor zwei Jahren war richtig. So können wir jetzt immer noch zu dritt miteinander reden, ganz wie früher. Das will ich nicht kaputtmachen.

Doch in diesem Moment macht Takumu eine beiläufige Bemerkung, die Haruyukis Freude im Nu zerschmettert.

»Haru, dir hat sie ja gestern auch eine Lunchbox gemacht, was?«

»Hä? Ach, also, das ... äh ...«

Haruyuki sieht, wie Chiyuris Rücken sich plötzlich versteift, und spürt leichte Panik in sich aufsteigen.

So ein Mist. Ich hab mich noch nicht entschuldigt. Was soll ich jetzt bloß machen. Um Entschuldigung bitten? Oder doch erst von zu Hause aus eine E-Mail ...

Nein, Moment. Woher weiß Takumu davon?

»Huch!« Takumu fängt Haruyuki auf, als dessen Knie weich werden und er in sich zusammensackt. Doch Haruyuki bekommt selbst gar nichts davon mit. Zu sehr schwirren gerade die wildesten Gedanken in seinem Kopf umher.

Chiyuri hat ihm diese Sandwiches gemacht, weil sie wusste, dass ihm wegen Araya kein Geld für eigenes Essen blieb. Es hat ihn schon gewundert, weil sie eigentlich überhaupt nicht gut darin ist, Essen zuzubereiten. Hat ihr also Takumu Tipps gegeben?

Das hieße dann aber, dass sie mit ihm darüber geredet hat. Dass er von Haruyukis Opferrolle weiß. Sonst hätte er das jetzt gar nicht ansprechen können.

Ihm raucht schon der Kopf von dieser Grübelei. Unwillkürlich schüttelt Haruyuki Takumus Arm ab, der ihn am Ellbogen festgehalten hat.

»H… Hey, Haru …?«, fragt sein Kumpel verwundert. Aber Haruyuki schafft es nicht, ihm ins Gesicht zu sehen. Stattdessen fällt sein ausweichender Blick auf Chiyuris fassungslos aufgerissene Augen. Diese öffnet den Mund, will offenbar etwas sagen, aber Haruyuki kommt ihr zuvor und ruft: »Ach …! Ich wollte ja heute was im Fernsehen schauen. Sorry, ich lauf schon mal vor! Mach's gut, Taku!«

Und er sprintet los. Seine Füße verheddern sich dabei die ganze Zeit und immer wieder fällt er fast hin. Aber er läuft, so schnell er kann.

Sie werden sicher wieder über ihn reden. Beratschlagen, wie sie Haruyuki helfen können.

Wenn er sich das nur vorstellt, zieht sich in seinem Bauch alles schmerzhaft zusammen. Gerade erst ist Araya dank dieses unglaublichen Wunders aus seinem Leben verschwunden, da stellt sich raus, dass Takumu anscheinend sowieso schon lange alles wusste. Das ist wahrhaft zu viel der Ironie.

Haruyuki stürmt durch den Eingang seines Wohnhauses und stoppt erst, als er den Fahrstuhl erreicht.

In dieser Nacht plagen ihn zweifellos die schlimmsten Träume seines bisherigen Lebens.

Abwechselnd tauchen darin seine Peiniger aus der Grundschule, Araya und seine Kumpane sowie andere, unbekannte Fieslinge aus der Schule auf und bereiten ihm Höllenqualen.

Aus einiger Entfernung schauen Takumu und Chiyuri Händchen haltend zu. Ihre mitleidigen Blicke fügen Haruyuki noch viel größeres Leid zu als die physischen Attacken.

Mit der Zeit gesellen sich in diesen Träumen weitere Zuschauer dazu. Neben Haruyukis Kindheitsfreunden taucht noch seine Mutter auf, dann sein Vater, der die Familie recht früh verlassen hat, dann Nachbarn aus dem Haus und Kinder aus seiner Klasse. Sie bilden einen Kreis mit Haruyuki in der Mitte und schauen auf ihn herab, wie er auf dem Boden herumkriecht.

Aber jetzt sieht er in ihren Augen kein Mitleid mehr, sondern nur noch Spott. Alle zeigen sie mit den Fingern auf ihn, den hässlichen, armseligen Haruyuki, und lachen ihn aus.

Er hat das satt. Er will nur noch entkommen.

Mit diesem Gedanken hebt Haruyuki den Kopf zum pechschwarzen Himmel. Und sieht dort eine Silhouette. Es ist ein Vogel, der von seinen Flügeln, schwärzer als die Nacht, mit Leichtigkeit durch die Lüfte getragen wird.

Ich will auch dort sein. Will höher aufsteigen, schneller sein.

Ich will fliegen.

Unendlich weit weg fliegen.

[Ist es das, was du dir wünschst ...?]

3

Haruyuki reißt abrupt die Augen auf.

Helles Sonnenlicht fällt durchs Fenster in sein Zimmer. Als er auf die Uhr schaut, ist es halb sechs am Morgen. Er hat also zwölfeinhalb Stunden geschlafen.

Sein ganzer Körper ist schweißgebadet. Die feuchte Substanz auf seiner Haut fühlt sich an wie ausgeschiedene Rückstände seiner Albträume der letzten Nacht. Aber was genau er geträumt hat, fällt ihm jetzt beim besten Willen nicht mehr ein.

Etwas verschwommen kehrt hingegen die Erinnerung an Kuroyukihimes letzte Worte von gestern zurück.

Ob ihre dringende Bitte, den Neuro Linker diese Nacht nicht abzunehmen, etwas mit den Albträumen zu tun hat?

Haruyuki grübelt beim Duschen und Anziehen der Schuluniform ein wenig darüber nach. Dann nimmt er sich in der Küche Cornflakes und Orangensaft, frühstückt allein, stellt das benutzte Geschirr in die Spülmaschine und geht anschließend noch zum Schlafzimmer seiner Mutter. Er klopft an die Tür, um sie kurz zu grüßen, bevor er zur Schule muss.

»Ich geh dann mal«, sagt er in das halbdunkle Zimmer hinein. Eine raue Stimme murmelt etwas Unverständliches als Antwort. Wahrscheinlich hat seine Mutter gestern Nacht ziemlich viel getrunken.

Sie hantiert kurz mit ihrer Hand in der Luft herum und wartet dann darauf, dass die fünfhundert Yen für Haruyukis Mittagessen auf dessen Konto überwiesen werden. Als nichts passiert, sagt sie etwas irritiert: »Haruyuki, dein Linker ist aus.«

Ach, stimmt ja.

Haruyuki fasst sich eilig in den Nacken und schaltet die Verbindung zum globalen Netz ein. Irgendwie ist ihm dabei, als hätte er etwas vergessen, aber schon signalisiert ihm ein »Pling!«-Geräusch, dass sein digitales Geldkonto aufgeladen wurde.

»Also, dann geh ich jetzt mal«, wiederholt er. Aber er erhält keine Antwort mehr. Leise schließt er die Tür zum Schlafzimmer, zieht sich im Flur seine Sneakers an und verlässt die Wohnung.

Mit dem Fahrstuhl fährt er ins Erdgeschoss und tauscht auf dem Weg durch die Eingangshalle nuschelnd Guten-Morgen-Floskeln mit den Nachbarn aus, von denen er sich kaum jemanden richtig merken kann.

Die Haustür öffnet sich wie immer automatisch, Haruyuki tritt ins Freie. Gerade mal drei Sekunden später ...

»BABANG!!«

Plötzlich donnert wieder dieses Geräusch durch Haruyukis Schädel. Mit einem Mal ist die Welt zappenduster. Das eben noch von der Morgensonne erleuchtete Straßenbild versinkt schlagartig in Dunkelheit.

Was ist los?! Bin ich wieder im Beschleunigungsmodus?! Aber ... wieso, ich hab doch gar nichts gemacht?!

Haruyuki vergisst vor Schreck das Atmen. Da tauchen vor seinen Augen Buchstaben in der ihm bereits bekannten lodernden Schrift auf.

»HERE COMES A NEW CHALLENGER!!«

So eine ähnliche Formulierung hat er doch irgendwo schon mal gesehen. Aber bevor er in seinem Gedächtnis danach kramen kann, verpuffen die Zeichen schon wieder in der Luft. Dafür erscheinen jetzt im oberen Bereich seines Blickfelds einige noch rätselhaftere Elemente.

In der Mitte taucht eine Zahl auf: 1.800. Links und rechts davon ziehen sich zwei blaue Balken in die Länge. Und darunter befindet sich jeweils ein etwas schmalerer, grüner Balken.

Zuletzt formt sich im Zentrum seines Blickfelds ein brennendes »FIGHT!!«.

Die Zahl oben wird zu 1.799.

Unschlüssig, was er jetzt tun soll, schaut Haruyuki zunächst nur dem vierstelligen Wert beim Runterzählen zu.

Eintausendachthundert Sekunden. Dreißig Minuten.

Irgendwoher kommt ihm das bekannt vor. Aber natürlich ... Kuroyukihime hat erwähnt, dass die Beschleunigung genau dieses Zeitlimit aufweist.

Aber heute hat Haruyuki den Befehl zum Eintritt in den Beschleunigungszustand, »Burst Link«, nicht mal ansatzweise ausgesprochen. Und seine Umgebung ist auch kein bisschen blau, sondern besitzt noch ihre ursprünglichen Farben.

Und was sollte das überhaupt eben mit »Challenger« und »Fight«?

Verzweifelt blickt Haruyuki sich um, darauf hoffend, dass ihm irgendetwas dabei hilft, diese Situation einzuschätzen. Und sofort fällt ihm eine Sache auf.

Die milden Strahlen der Oktobersonne sind zwar vollkommen erloschen, aber hinter ihm steht immer noch sein Wohnhaus, so wie er es kennt. Davor liegen die zweispurige Straße und auf der anderen Seite der 24-Stunden-Supermarkt sowie die vertrauten Bürogebäude. Alles ist so wie immer.

Bis auf die Tatsache, dass die eine Seite der Straße, die nach Shinjuku führt, jetzt voller Autos sein müsste. Aber die fehlen genauso wie die sonst zur Schule oder zur Arbeit eilenden Fußgänger auf dem Bürgersteig. Und nicht nur das, die Straße hat jetzt überall Risse und eingebrochene Stellen. Ebenso sind Verkehrsschilder und Geländer völlig verbogen und an den Gebäuden sehr viele Fenster kaputt.

Etwas weiter hinten an einer Kreuzung liegt ein Haufen Gesteinsschutt, als hätte jemand eine Barrikade errichten wollen. Daneben steht eine große Metalltonne, in der etwas vor sich hin brennt. Auch Haruyukis Wohnkomplex sieht ziemlich beschädigt aus. Eingestürzte Betonpfeiler und große Löcher in den Außenwänden zeugen von einem unbewohnbaren Zustand.

Wie sieht es dann nur in meinem Zimmer aus?

Haruyuki will sofort zurückkehren, um nachzuschauen, macht ein paar taumelnde Schritte und späht zwischen den herumliegenden Trümmern in den Hauseingang hinein.

Doch da weiten sich seine Augen entsetzt. Hinter der Eingangstür breitet sich lediglich eine große, einheitlich graue Fläche aus – als ob er sich in einer Spielewelt befände und versuchen würde, in das Innere eines aus Polygonen aufgebauten Gebäudes hineinzuschauen.

Nein ...! Nicht nur als ob.

Genauso muss es sein.

Er hält sich hier zwar in der Realität auf, aber im Grunde auch wieder nicht. Er muss mit der Beschleunigungsfunktion einen Full Dive in eine virtuelle Welt ausgeführt haben. Seine Umgebung ist also eine 3-D-Reproduktion der Wirklichkeit bestehend aus den Aufnahmen der Social Cameras. Genau wie gestern in der Lounge, als sich alles blau verfärbte und die Zeit stillzustehen schien.

Nichtsdestotrotz ist das die realistischste virtuelle Welt, die er je gesehen hat. Nirgendwo stören sichtbare Pixel das Bild. Sogar die Steinchen zu seinen Füßen sind mit einem verblüffenden Detailgrad rekonstruiert worden.

Dann fragt sich Haruyuki, wie er selbst jetzt eigentlich aussieht, und schaut an sich herunter.

Innerlich macht er sich schon darauf gefasst, seinen gewohnten pinkfarbenen Ferkelavatar zu sehen. Doch ...

»W... Was ist das denn?«, entfährt es ihm vor Schreck.

Sein Blick fällt auf einen wie poliert aussehenden Metallkörper mit schnurdünnem Rumpf und ebensolchen Armen und Beinen. Er sieht aus wie ein Roboter – aber leider ohne das Kampfpotenzial der Roboter, die man aus Filmen und Spielen kennt.

Schnell tastet er sein Gesicht ab. Aber seine harten Finger spüren weder eine Nase noch einen Mund. Stattdessen gleiten sie über etwas, das die glatte, gebogene Oberfläche eines Helms zu sein scheint. Eilig schaut er sich erneut in der Gegend um und als sein Blick auf ein noch halbwegs in seinem Rahmen sitzendes Fenster eines Mehrzweckgebäudes zwischen seinem Wohnhaus und der Straße fällt, stürmt er eilig darauf zu, wobei er mit seinen Schritten laute Klappergeräusche erzeugt.

Sein Spiegelbild in dem großen, zersprungenen Fensterglas ähnelt tatsächlich einem Metallroboter. Einem mit einem äußerst schmalen, kleinen Körper, auf dem der stromlinienförmige Helm wie ein viel zu großer Klotz sitzt. Kurz gesagt, er sieht aus wie ein Schwächling.

Hätte man mir nicht wenigstens ein Horn auf die Stirn setzen oder funkelnde Goldaugen geben können? Mann!

Und während er sich auf diese Weise unwillkürlich über den ihm unbekannten Designer des Avatars ärgert, bemerkt er noch etwas.

Hinter seiner eigenen Gestalt zeigt ihm die Spiegelung im Glas ein paar kleine menschliche Silhouetten, die sich auf der anderen Straßenseite zu tummeln scheinen.

Haruyukis Metallkörper zuckt vor Schreck zusammen. Er dreht sich um und zählt drei Gestalten vor dem kleinen Supermarkt gegenüber.

Seit wann stehen sie schon dort?

In der Dunkelheit kann er sie nur schemenhaft erkennen, aber auf jeden Fall sind sie alle um einiges größer als Haruyuki.

Offenbar haben sie die Köpfe zusammengesteckt und reden über irgendetwas. Haruyuki spitzt automatisch die Ohren.

»Mensch, der ist aber schreckhaft.«

»Sein Name sagt mir auch nichts. Ein Newbie vielleicht?

»Aber der ist metallfarben. Könnte also doch was draufhaben?«

Diese Leute ... sind keine NPCs.*

Haruyuki erkennt das instinktiv.

So wie sie reden und sich verhalten, gehören sie definitiv nicht zum Programm, sondern sind reale Menschen.

Und hier in diesem beschleunigten virtuellen Netzwerk können das logischerweise nur Menschen sein, die ebenfalls *Brain Burst* installiert haben.

Dann müssten sie auch wissen, was das alles hier zu bedeuten hat. Am besten frag ich diese drei mal.

Haruyuki tritt zögernd auf die Straße hinaus.

Doch als er den Mittelstreifen erreicht, ist ihm plötzlich, als würden sich noch mehr Augen auf ihn richten. Er bleibt stehen und lässt den Blick rasch in alle Richtungen gleiten.

Tatsächlich! Da sind noch viel mehr als nur diese drei. Wo auch immer sie hergekommen sind, aber auf den Dächern der verfallenen Gebäude, auf den Trümmerhaufen, überall stehen diese seltsamen Gestalten und blicken in Haruyukis Richtung. Allerdings erwecken sie nicht den Anschein, als wollten sie sich ihm weiter nähern. Nein ...! Sie scheinen auf etwas zu warten.

*non-player character: Figur, die nicht von einem Spieler gesteuert wird

Haruyuki weiß nicht, was er jetzt tun soll. Er verharrt regungslos mitten auf der Straße und lässt nur seinen Blick wandern. Der Zähler oben ist schon bei 1.620 angelangt. Dagegen kann er bei den zwei Balken rechts und links davon keine Veränderungen feststellen.

Aber Moment! Da ist noch etwas, das er bisher übersehen hat. Unter beiden Balken steht klein jeweils etwas geschrieben.

Unter dem linken liest Haruyuki »Silver Crow«. Und unter dem rechten »Ash Roller«.

Dieses Layout kommt mir bekannt vor, sehr sogar.

Haruyuki überkommt ein starkes Déjà-vu-Gefühl.

Was er da sieht, ist nicht neu ... Es entstammt einem Spielgenre, das schon dreißig Jahre vor Haruyukis Geburt, Ende der 1990er-Jahre, Japans Gamecenter im Sturm eroberte.

Erst vor Kurzem hab ich so was in der Art gesehen. Wo war das noch gleich ...?

Haruyuki steht noch immer auf der Straße und versucht, sich zu erinnern, als es plötzlich hinter ihm einen lauten Knall gibt und er vor Schreck zusammenfährt.

»...?!«

Beim Versuch, sich umzudrehen, verliert Haruyuki das Gleichgewicht und landet scheppernd auf seinem Hintern. Vor ihm ragt ein riesiger Schatten empor.

Es ist ein Motorrad. Aber keins mit automatischem Antrieb, wie Haruyuki sie kennt, sondern eines mit einem laut knatternden Verbrennungsmotor in der Mitte des Fahrzeugs, was eigentlich schon lange gesetzlich verboten ist.

Zudem steckt zwischen der übermäßig langen Vordergabel des Motorrads ein Vorderreifen von gigantischem Ausmaß.

Der aschgraue grobe Reifengummi verströmt einen leicht verbrannten Geruch.

Haruyukis Blick wandert weiter nach oben und erfasst den Fahrer, der hinter einem viel zu stark gebogenen, protzigen Lenker breitbeinig auf seinem Ledersitz thront.

Er hat seine Arme vor der Brust verschränkt und trägt von Kopf bis Fuß schwarze, nietenbesetzte Lederkleidung. Sein Kopf ist unter einem schwarzen Helm verborgen, dessen auffällige Gesichtspartie einen Totenkopf darstellt.

Sprachlos hört Haruyuki, wie nun aus dem Inneren des Helms eine kratzige Stimme dringt: »Endlich mal wieder die Jahrhundertend-Stage, was für ein Glüüück!«

Der Fahrer hebt einen Zeigefinger, die Arme immer noch verschränkt, und wedelt damit hin und her.

»Und dann noch ein ganz frischer Newbie als Gegner. Was für ein Meeegaglüüück!«

Er stellt sein rechtes Bein auf die Lenkstange und reißt es mit einer geschickten Bewegung wieder herunter. »Bruuuumm!« Die Maschine heult laut auf. Haruyuki fährt wieder vor Schreck zusammen.

Freundlich scheint der ihm jedenfalls nicht gesinnt zu sein. Und sollte Haruyukis gedankliche Verknüpfung eben richtig gewesen sein, dann ist das hier eine Kampfarena ... Und der Motorradfahrer demzufolge –

»W... Waah ...«

Haruyuki macht ein paar zögerliche Schritte nach hinten, dreht sich um und –

»Waaaah!«

– nimmt auf seinen dünnen Roboterbeinchen mit lautem Geklapper Reißaus.

»Grah ha ha ha ha ha!! Lauf nur, lauf nur!!«

Noch einmal hört Haruyuki den Motor hinter sich aufheulen, gefolgt von einem Ohren zerreißenden Quietschen der durchdrehenden Räder ... Nur eine Sekunde später trifft ihn hinterrücks ein Wahnsinnsstoß. Ihn durchfährt ein dumpfer Schmerz und er wird hoch in die Dunkelheit hinaufgeschleudert.

Während er sich mehrmals in der Luft überschlägt, sieht er, wie der blaue Balken über »Silver Crow« kürzer und kürzer wird.

Ich hab es doch geahnt.

Ich bin hier also in ein Kampfspiel geraten und muss als blutiger Anfänger gegen einen geübten Veteranen antreten.

Da kann ich ja nur verlieren!

[Ha ha ha, hat's dich also gleich erwischt. Das kommt davon, dass du dich nicht an unsere Abmachungen hältst, mein Kleiner.]

Es ist Mittagspause.

Genau wie gestern sitzen sie wieder in der Lounge, mit einem Kabel zwischen ihren Linkern, und Kuroyukihime lacht gekonnt mit ihrer Gedankenstimme. Unter ihrem Pony ist ein heilförderndes Pflaster auf der Stirn zu erkennen. Die Verletzung hatte gestern stark geblutet, sich aber zum Glück als einfache Platzwunde erwiesen. Die Sätze, die Haruyuki sich zum Dank und als Entschuldigung mühsam zurechtgelegt hatte, tat Kuroyukihime mit einer einzigen Handbewegung ab.

[D... Das ist nicht lustig. Ich hatte Angst um mein Leben ... Gut, ich gebe zu, ich hätte mich nicht mit dem globalen Netz verbinden sollen, aber trotzdem ...], murrt Haruyuki.

Kuroyukihime schaut ihn vergnügt an, während sie an ihrem Tee nippt. Neben ihr steht ein noch unangerührtes Garnelengratin auf dem Tisch und dampft genauso verführerisch wie das extragroße Schweinecurry vor Haruyukis Nase.

Die anderen Mitglieder der Schülervertretung am Tisch werkeln schon eifrig mit Essstäbchen oder Löffeln herum. Haruyukis Magen gibt einen leisen Klagelaut von sich, aber Kuroyukihime scheint mit ihrem Vortrag – oder ihrer Predigt? – noch lange nicht fertig zu sein.

[Na ja, das erspart mir wenigstens einige Erklärungen. Es war eine teure Lektion für dich, aber jetzt weißt du es.]

[Was ... genau meinst du?]

[Worum es bei *Brain Burst* eigentlich geht. Das Programm ist keine Riesenverschwörung, sondern ...]

[... sondern ein simples Mann-gegen-Mann-Game – mit Überraschungsgefechten in der realen Welt als Schauplatz. Einfach nur Wahnsinn ...]

[Hi hi, ja, es kann einen schon wahnsinnig erschrecken, da geb ich dir recht.]

[Und ich hab mich schon gefragt, wozu man so eine krasse Technologie zur Gedankenbeschleunigung nutzt ... Man macht also einfach nur ein Battle-Game draus! Ich dachte, die wären schon vor dreißig Jahren ausgestorben!]

Daraufhin legt Kuroyukihime nachdenklich den Kopf etwas schief und lächelt ein wenig spöttisch.

[Hm, da hast du wohl doch ein bisschen was falsch verstanden. Wir Burst Linker beschleunigen unsere Gedanken nicht, um im Wettkampf gegeneinander anzutreten. Im Gegenteil – wir kämpfen, um unsere Beschleunigungsfähigkeit zu bewahren. Anders geht es nicht, das ist der unschöne Teil des Programms.]

[Wie ... soll ich das verstehen?]

[Mmh ... Am besten erkläre ich es dir gleich in der Praxis. Aktiviere mal die Beschleunigung.]

[O... Okay ...]

Haruyuki löst bedauernd den Blick von seinem Riesencurry, setzt sich ordentlich hin und ruft dann in Gedanken den Befehl zum Beschleunigen.

[Burst Link!]

»BABANG!«

Wieder trifft der laute Schlag Haruyukis Körper und Bewusstsein. Die anderen Schüler in der Lounge frieren in ihren Bewegungen ein und jegliche Farben verwandeln sich in das durchscheinende Blau.

Auch Kuroyukihime direkt neben ihm bewegt sich nicht mehr, doch da erhebt sich aus der adretten Schuluniform heraus auch schon ihr Avatar in dem wunderschönen schwarzen Kleid – wie ein Geist, der seinen Körper verlässt. Haruyuki tut es ihr nach, springt in seiner Ferkelgestalt vom Stuhl und tritt etwas vor, um seinen dicken realen Körper nicht sehen zu müssen.

»Und ... was jetzt?«

»Siehst du das neue Icon links in deinem Blickfeld?«

Haruyuki schaut ihren Worten folgend nach links und bemerkt zwischen den Startsymbolen diverser Programme tatsächlich ein loderndes »B«, das vorher noch nicht da war. Er klickt es mit der linken Hand an.

»Dadurch öffnet sich jetzt das Menü von *Brain Burst*. Darin kannst du deinen Status und bisherige Kampfergebnisse einsehen sowie andere Burst Linker suchen und sie zum Duell herausfordern. Klick mal auf ›Match Making‹.«

Haruyuki nickt und berührt die unterste Schaltfläche im Menü. Sofort öffnet sich ein neues Fenster, das zuerst nur meldet, dass etwas gesucht wird, im nächsten Moment aber eine Namensliste einblendet.

Wobei Liste fast schon zu viel gesagt ist, denn sie besteht nur aus zwei Namen. Den ersten hat Haruyuki heute Morgen schon mal gesehen. »Silver Crow« – er steht wohl für Haruyuki selbst. Und der zweite ist »Black Lotus«.

So lautet wohl Kuroyukihimes Burst-Linker-Pseudonym. Dessen ist er sich gleich sicher. Trotzdem schaut er kurz nach Bestätigung suchend auf und ist nicht überrascht, als Kuroyukihime mit einem leichten Kopfnicken sagt: »Da wir gerade nicht im globalen Netz sind, sondern nur im schulinternen, müsstest du jetzt eigentlich nur deinen eigenen und meinen Namen sehen.«

»Ja … Black Lotus, richtig?«

Was für ein schöner Name, er passt hervorragend zu dir, würde Haruyuki jetzt gerne sagen, aber natürlich kämen ihm solche Worte nie im Leben über die Lippen. Daher schnüffelt er nur hektisch mit seiner Stempelnase.

»Genau. Dann klick mal auf meinen Namen und fordere mich zum Kampf heraus.«

»W… Waaas?!«

»Wir kämpfen natürlich nicht richtig. Sobald die Zeit abgelaufen ist, lassen wir es im Unentschieden enden.«

Kuroyukihime lächelt etwas gezwungen und bedeutet ihm, der Aufforderung nachzukommen. Haruyuki findet es immer noch komisch, plötzlich einen Mann-gegen-Mann-Kampf zu starten, wo heutzutage doch Spiele mit Tausenden Spielern gleichzeitig auf einem riesigen Feld keine Seltenheit mehr sind. Aber er klickt auf den Namen, wählt aus dem daraufhin erscheinenden Pop-up-Fenster »Duell« aus und bestätigt mit »Ja«.

Sofort nimmt die Umgebung wieder eine neue Gestalt an.

Die Schüler in der in Blau erstarrten Lounge lösen sich alle in nichts auf. Die Einrichtung hingegen erhält wieder ihre richtige Farbe, scheint aber gleichzeitig vor seinen Augen zu vermodern. Auf die Fenster legt sich eine dicke Staubschicht. Der Himmel wird von einem dunklen Orangeton überflutet, von irgendwoher beginnt ein trockener Wind zu wehen und aus dem Boden sprießen Gräser.

Haruyuki erkennt die Zahl 1.800, die wieder im oberen Teil seines Blickfelds erscheint. Zu beiden Seiten davon tauchen zwei lange blaue Balken auf und als Letztes erscheint schließlich das Feuerschriftsignal: »FIGHT!!«

»Sieh mal einer an ... die Dämmerungskulisse. Da hast du was ziemlich Seltenes erwischt«, hört Haruyuki, während er sich eifrig nach allen Seiten umblickt, Kuroyukihimes Stimme neben sich.

»Diese Stage hat folgende Eigenschaften: leicht brennbar, schnell zerstörbar und dunkler, als man denkt.«

»A... Aha ...«

Haruyuki nickt, während er an sich herunterschaut. Sein Ferkelavatar hat sich in den dürren, silberfarbenen Roboter verwandelt.

Wie sieht Kuroyukihime jetzt wohl aus?

Als er wieder hochblickt, steht sie jedoch immer noch völlig unverändert in ihrem schwarzen Glitzerkleid da.

»Das ist also dein Duellavatar. Silver Crow, kein schlechter Name. Farbe und Form gefallen mir auch ziemlich gut.«

Kuroyukihime streckt eine Hand aus und fährt damit über Haruyukis glatten Silberkopf.

Diese deutlich spürbare Berührung bestätigt ihn erneut darin, dass dies hier eine virtuelle Welt ist, so wie sie sein soll – ohne auf Kinder ausgelegte Schutzmaßnahmen wie das Verbot des Anfassens anderer Charaktere.

»D… Danke … Aber irgendwie seh ich auch voll wie ein Loser aus. Ich nehme an, das kann man nicht rückgängig machen … oder? Wüsste ja gerne, wer das Design und diesen Namen zu verantworten hat. Und wieso heißt es überhaupt Duellavatar?«

»Wie der Name schon sagt, das ist der Avatar, mit dem du kämpfst. Und das Aussehen wurde einerseits vom Programm, andererseits aber auch von dir selbst bestimmt. Diese Nacht hattest du sicher einen sehr langen, schlimmen Albtraum?«

»Ja …«

Was darin geschehen ist, kann Haruyuki jetzt nicht mehr sagen, aber dass es ein verdammt schlechter Traum war, das spürt er intuitiv immer noch. Automatisch reibt er mit seinen metallharten Handflächen über die dünnen Roboterarme seines Avatars.

»Das Programm hat in der Zeit auf deine innersten Gedankenbilder zugegriffen. *Brain Burst* schaut sich an, was sein Besitzer für Wünsche, Ängste, Zwangsvorstellungen und Ähnliches hat, und formt daraus den Duellavatar.«

»Meine … Gedankenbilder? Ängste … und Wünsche …?«, wiederholt Haruyuki leise und schaut noch einmal an sich herab.

»Dann ... habe ich mir selbst so einen kleinen, schmächtigen, glatten Körper gewünscht? Okay, ich hab mir schon immer gewünscht, etwas schlanker zu sein ... Aber dann will ich wenigstens etwas mehr wie ein Held oder so aussehen ...«

»Ha ha ha, so einfach ist es dann doch nicht. Das Programm orientiert sich nicht an deinem Idealbild, sondern an deinen Komplexen. So gesehen können wir froh sein, dass es nicht einfach deinen rosa Ferkelavatar übernommen hat. Obwohl ich den ja auch mag.«

»S... Sag das bitte nicht. Ich hasse ihn.«

Eigentlich könnte ich mir jetzt für das Schulnetz einen neuen schwarzen Ritter bauen.

»Hat *Brain Burst* bei dir also deinen Schulavatar übernommen? Steht er etwa für irgendwelche Komplexe? Dabei find ich ihn doch so schön ...«, sagt Haruyuki daraufhin.

»Nein ...«

Kuroyukihimes Blick verfinstert sich ein wenig und sie schlägt die Augen nieder.

»Den hab ich selbst im Editor so konstruiert. Meinen ursprünglichen Duellavatar halte ich momentan versiegelt ... aus bestimmten Gründen. Davon erzähle ich dir später, wenn die richtige Zeit gekommen ist.«

»Versiegelt ...?«

»Er ist leider hässlich. Extrem hässlich. Aber dass ich ihn nicht mehr benutze, liegt nicht daran ... Na ja, reden wir nicht mehr über mich.«

Sie zuckt mit den Schultern und wechselt wieder zu ihrem üblichen, undurchdringlichen Blick zurück. Noch einmal streicht sie mit ihrer weißen Hand über Haruyukis Helm.

»Heute Morgen wurdest du von einem anderen Burst Linker im globalen Netz herausgefordert und dein nagelneuer Avatar ist mit Pauken und Trompeten untergegangen. Nicht wahr?«

»Uff ... Ja, es war eine vernichtende Niederlage.«

»Erinnerst du dich noch an das Ergebnisfenster nach Ende des Kampfs?«

Widerwillig denkt Haruyuki daran zurück, wie er sich vor Schulbeginn urplötzlich in einer Kampfarena wiedergefunden hatte. Der Typ mit dem Totenkopfhelm fuhr mit seinem hässlichen Motorrad schonungslos auf Haruyuki zu und schleuderte ihn durch die nächtlichen Ruinen, sodass Haruyukis Energiebalken mit einem Schlag auf null sank.

Daraufhin erschien, von einem beschämenden, effektvollen Ton begleitet, die Nachricht »YOU LOSE« vor seinen Augen. Und danach –

»Ich glaube ... da standen dann mein Name und ›Level eins‹ sowie noch eine komische Zahl. ›Burst ... Points‹ müsste das gewesen sein. Die sind von 99 auf 89 gesunken.«

»Okay, schön, dass du das noch weißt. Die Burst Points! Genau deretwegen müssen wir uns diesen erbitterten Kämpfen stellen«, ruft Kuroyukihime laut aus. Sie macht ein paar Schritte in Richtung Fenster, dreht sich um und rammt ihren Schirm beidhändig mit der Spitze voran in den Boden. Ein kleiner Kachelsplitter schießt davon.

»Die Burst Points geben sozusagen an, wie oft wir noch die Beschleunigung aktivieren können. Einmal beschleunigen kostet einen Punkt. Direkt nach der Installation hat jeder erst mal hundert als Ausgangswert. Da du dich aber gestern schon einmal hier in der Lounge beschleunigt hast, wurde ein Punkt verbraucht. Und eben hast du es noch einmal getan.«

»Puh ... Wie lädt man die denn auf? Etwa mit realem Geld?«

»Nein«, kommt es entschieden zurück, »man hat nur eine Möglichkeit, die Anzahl der Burst Points wieder zu erhöhen: andere im Kampf besiegen. Kämpft man gegen einen Gegner, der sich auf dem gleichen Level befindet wie man selbst, und gewinnt, erhält man zehn Punkte. Genauso viele werden dem Verlierer abgezogen. So wie bei dir heute.«

Kuroyukihime schaut in den Sonnenuntergang auf der anderen Seite der Glasfront hinaus und fährt leise fort: »Die Beschleunigung ist eine unvorstellbar mächtige Kraft. Abgesehen davon, dass man sich damit bei einem Handgemenge durchsetzen kann, ist es auch ohne Weiteres möglich, in Prüfungen die volle Punktzahl zu holen, bei bestimmten Glücksspielen oder Sportarten den großen Gewinn abzuräumen und so weiter. Zum Beispiel ist der Zehntklässler, der diesen Sommer beim Baseballturnier der Oberschulen einen neuen Homerun-Rekord aufgestellt hat, ebenfalls ein hochrangiger Burst Linker.«

»Wow ...«

Haruyuki kann nur Bauklötze staunen. Kuroyukihime wirft ihm einen etwas wehmütigen Blick zu.

»Deswegen hat man, wenn man erst einmal von diesem verbotenen Nektar gekostet hat, gar keine andere Wahl, als für immer dabeizubleiben. Und für die dafür nötigen Burst Points muss man bis in alle Ewigkeit Kämpfe austragen.«

»W... Warte mal kurz.«

Dieses Genie von einem Schlagmann ist also ein Burst Linker.

Nein, halt, das spielt jetzt keine Rolle. Bin ich nicht gerade bei Kuroyukihimes Ausführungen irgendwie stutzig geworden?

Haruyuki denkt angestrengt nach und fragt schließlich: »Äh ... Du hast doch gerade gesagt, der Gewinner bekommt zehn Punkte und der Verlierer büßt genauso viele ein. Aber das heißt ... Da auch für die Beschleunigung an sich Punkte verbraucht werden, müsste die Gesamtpunktzahl aller Burst Linker zusammen stetig sinken, nicht wahr? Wer also häufig verliert, kann dadurch auch mal bei null landen ... Aber was passiert denn dann ...?«

»Du bist wirklich ein schlaues Köpfchen. Ganz einfach: Die Person verliert *Brain Burst*.«

Kuroyukihime schaut Haruyuki direkt in die Augen. Ihre dunklen Pupillen lodern dabei feurig.

»Das Programm wird automatisch gelöscht und man kann es nie wieder neu installieren. Sich einen neuen Neuro Linker zu beschaffen bringt auch nichts, weil die Identifizierung anhand der individuellen Gehirnströme eines jeden Menschen erfolgt. Wer also alle Punkte verloren hat, kann die Beschleunigung nie wieder nutzen.«

Ihre Stimme klingt kalt, als sie das sagt. Dann fügt sie noch hinzu: »Die Gesamtzahl aller Points muss dabei nicht unbedingt sinken, weil immer wieder neue Nutzer hinzukommen, so wie du. Aber momentan befindet sie sich tatsächlich leicht im Rückgang.«

Das nimmt Haruyuki aber schon fast gar nicht mehr wahr.

»Man ... verliert *Brain Burst*?«

Noch hat er erst zwei oder drei Mal die Erfahrung der Beschleunigung gemacht, aber als er das jetzt hört, läuft ihm ein kalter Schauer über den Rücken. Nicht nur, weil er diese Fähigkeit verlieren würde. Für ihn, der sonst in einer völlig anderen Welt lebt als Kuroyukihime, würde damit auch seine einzige Verbindung zu diesem Mädchen abreißen.

Haruyuki erkennt noch einmal deutlich, wie schwer diese zehn Punkte wiegen, die ihm dieser Totenkopf auf seinem Motorrad geraubt hat.

»Also ... was willst du tun, Haruyuki?«

Kuroyukihimes leise Frage reißt ihn aus seinen Gedanken.

»Was ich tun will? Was meinst du ...?«

»Noch kannst du zurück. In ein Leben ohne Beschleunigung und Kämpfe. Diese Idioten, die dich rumkommandiert haben, werden dich nicht mehr belästigen. Darauf gebe ich dir als Mitglied der Schülervertretung mein Wort.«

»I... Ich ...«

Brain Burst und dieses Beschleunigen sind ihm eigentlich egal. Er will nur bei Kuroyukihime bleiben. Aber das kann er natürlich nicht laut aussprechen. Haruyuki ballt seine silberne Hand zu einer Faust und antwortet stattdessen: »Ich ... schulde dir noch was.«

»Ach?«

»Du hast mich mit *Brain Burst* bekannt gemacht und mich aus meinem Höllendasein befreit. Mir ist schon klar, dass du das nicht gemacht hast, um mir meine anfänglichen hundert Punkte zu klauen. In dem Fall hättest du mich sicher irgendwie geschickt dazu überreden können. Aber da du das nicht tust, musst du auf irgendwas anderes aus sein, das ich für dich tun soll. Etwas, wofür sich die Mühe lohnt, die Bestwerte beim Squash zu verfolgen und mir von Grund auf alles über die Beschleunigung zu erklären. Hab ich recht?«

»Hm. Wie scharfsinnig.«

Der schöne Avatar des Mädchens lächelt kaum merklich.

Haruyuki blickt durch die silberne Front seines Helms direkt in ihr Gesicht.

»Ich … Ich dürfte normalerweise eigentlich gar nicht so wie jetzt mit dir reden. Ich bin dick und hässlich, heule ständig rum, habe nur zwei Freunde, auf die ich ständig neidisch und sauer bin, ich laufe vor Problemen sofort weg und kann eigentlich gar nichts. Ich bin echt widerwärtig.«

Was zur Hölle rede ich da bloß?

Es ist, als wäre in Haruyuki ein Damm gebrochen.

»Aber du hast mich trotzdem angesprochen, wolltest eine Kabelverbindung mit mir eingehen – nur weil ich in so 'nem Spiel ein bisschen gut war. Ich weiß ja, dass es sonst keinen anderen Grund gab, ich weiß es ja! Aber, wie soll ich sagen, ich finde, das reicht nicht, ich meine …«

Mann, warum sage ich das alles? Ich sollte erst nachdenken, bevor ich den Mund aufmache. Genau jetzt wäre die Beschleunigung gut. Ach, verdammt, wir haben uns ja schon beschleunigt.

Heftige Panik ergreift Besitz von Haruyuki, aber nun kann er erst recht nicht mehr an sich halten.

»Also … deswegen … möchte ich dir deinen Wunsch gerne erfüllen. Ich möchte mich für das … M… Mitleid, das du mir entgegengebracht hast, revanchieren. Ich kenne meine Möglichkeiten zwar nicht, aber wenn du gerade in Schwierigkeiten steckst, will ich alles versuchen, was in meiner Macht steht. Und darum … werde ich *Brain Burst* behalten. Ich bleibe ein Burst Linker … und kämpfe.«

Oh Mann, die letzten paar Sätze hätten doch auch gereicht. Was hab ich da nur alles von mir gegeben?

Jetzt, nachdem er sich alles von der Seele geredet hat, schämt sich Haruyuki so sehr dafür, dass er seinen dürren

Avatar noch kleiner macht und den Kopf nach unten sacken lässt.

Sie wird mich eh nur dafür verurteilen, dass ich alles missverstanden und mich selbst viel zu wichtig genommen hab.

Haruyuki bereitet sich innerlich vor. Doch was Kuroyukihime im nächsten Augenblick sagt, erschüttert ihn zutiefst.

»Sprich nicht ... von Mitleid.«

Haruyuki schielt ganz leicht nach oben und schaut in ein Gesicht, das so emotional und verzweifelt aussieht wie noch kein einziges Mal innerhalb dieser paar Tage.

»Ich bin doch nur eine dumme, unfähige Schülerin in der Mittelstufe. Ich stehe hier mit dir am gleichen Ort, ich atme die gleiche Luft, ich bin genauso wie du ein Mensch. Und hier in dieser Kulisse sind wir sowieso zwei völlig gleichgestellte Burst Linker. Die Distanz zwischen uns geht von dir aus. Sind diese virtuellen zwei Meter für dich denn so weit?«

Sacht streckt sie Haruyuki ihre blasse Hand entgegen.

Ja, es ist weit.

Sie kann nicht ahnen, was für eine Furcht es bei Menschen wie ihm auslöst, wenn so eine Person, der die ganze Welt zu Füßen liegt, einen auch nur ansieht. Ihm reicht ein niederes Dasein. Selbst wenn er nur eine Schachfigur sein kann, die ihre Befehle ausführt, wäre das für ihn ein größeres Glück, als er je zu träumen gewagt hätte. Sollte er jetzt diese Hand ergreifen, würde er sich nur falsche Hoffnungen machen. Schädliche Hoffnungen, für die er später garantiert doppelt büßen müsste.

So ist es auch mit Chiyuri und Takumu. Da reicht ihm die Rolle des fetten, fröhlichen Kumpels auch vollkommen aus. Solange sie ihn nicht bemitleiden und bedauern, wird er sich davor hüten, einen höheren Stellenwert anzustreben.

Haruyukis Worte, die jetzt aus seinem Mund dringen, sind so trocken wie der herbstliche Wind, der durch den virtuellen Sonnenuntergang bläst.

»Du ... hast mich wirklich aus der Hölle gerettet. Das macht mich schon glücklich bis an mein Lebensende. Mehr will ich niemals fordern.«

»Ach so«, murmelt Kuroyukihime und lässt den Arm sinken.

Eine eiserne, schwere Stille senkt sich über die Kampfkulisse. Nach einer Weile erhebt sie wieder ihre nahezu unverändert weiche Stimme.

»Dann will ich dein Angebot dankend annehmen. Es stimmt, dass ich derzeit ein etwas lästiges Problem am Hals habe. Ich würde mich freuen, wenn du mir damit hilfst.«

Haruyuki stößt einen leisen Seufzer aus und nickt.

»Ja, ich werde alles tun, was ich kann. Wie soll ich dir behilflich sein?«

»Zunächst einmal musst du lernen, wie man sich duelliert. Klicke mal auf deinen Namen unter der Energieanzeige. Dadurch öffnet sich das Handbuch und du kannst sehen, welche Standard- und Spezialtechniken für deinen Duellavatar konfiguriert sind.«

»Sp... Spezialtechniken?«, wiederholt Haruyuki fragend und hält mitten in der Bewegung inne.

»Ja. Wenn das Programm einen Duellavatar erstellt, teilt es seinen Attributen entsprechend das vorher festgelegte Potenzial auf die jeweiligen Parameter auf. Manche Avatare sind besonders gut im Angriff, andere in der Verteidigung, und andere wiederum haben das Talent, durch ihre Spezialtechnik mitten im Kampf das Blatt zu ihren Gunsten zu wenden.

Vorrangig gilt aber, dass zwei Gegner auf dem gleichen Level auch ein gleich großes Gesamtpotenzial haben. Diese schwere Niederlage in deinem ersten Kampf lag nicht daran, dass du schwach warst. Du wusstest nur nicht, wie du zu kämpfen hast.«

Stimmt, dieser Ash Roller auf seinem Motorrad befand sich auch im ersten Level. Mir kam er unglaublich stark vor. Aber in Wahrheit besitze ich, Silver Crow, also die gleiche Kampfkraft? Das heißt, dieser kleine, magere Roboteravatar muss irgendeine wahnsinnig mächtige Spezialtechnik besitzen, daran besteht überhaupt kein Zweifel.

Aufgeregt streckt Haruyuki wieder seinen silbernen Finger aus und klickt damit auf seinen Namen.

Es öffnet sich unter Begleitung eines Signaltons ein halb transparentes Fenster. Darin zeigen simple animierte Figürchen Körperbewegungen. Rechts davon steht die Bezeichnung der jeweiligen Technik.

Die erste ist ein Faustschlag aus der Hüfte mit der rechten Hand. Eine Standardtechnik: »Punch«.

Bei der zweiten holt man mit dem rechten Fuß nach hinten aus und stößt ihn dann schnell vor. Auch eine Standardtechnik: »Kick«.

Und zum Schluss wird die Spezialtechnik präsentiert: Arme übereinanderkreuzen, schwungvoll auseinanderreißen und mit dem Kopf nach vorne schnellen. Diese Bewegung nennt sich passenderweise »Headbutt«.

Das ist alles. Mehr ist nicht angegeben.

»Oh Mann …«, murmelt Haruyuki fassungslos. »Also die Standardtechniken sind Punch und Kick … Und die Spezialtechnik scheint einfach nur ein Kopfstoß zu sein.«

»Ach?« Kuroyukihime stützt ihr Kinn in die rechte Hand und legt den Kopf schief. In ihrer Mimik lässt sich keine deutliche Veränderung ausmachen, aber Haruyuki schafft es nur kurz, hinzusehen, und senkt sofort wieder den Kopf. Er fürchtet, sonst in ihren schwarzen Augen Enttäuschung zu lesen. Allein bei dieser Vorstellung wird ihm am ganzen Körper heiß vor Scham.

Und schon sprudeln die Worte wie von selbst aus ihm heraus: »Ach, schon gut. Mit so was hab ich irgendwie schon gerechnet. Bei diesem Avatar sieht man doch sofort, dass er zu nichts zu gebrauchen ist. Tut mir leid, dass ich deine Erwartungen enttäusche. Es ist schon okay, du brauchst dich nicht mehr um mich zu kümmern. Ich bin halt wie eine Niete im Lotto.«

»Du ... bist so dumm!!«

Haruyuki zuckt zusammen und schaut nach oben. Kuroyukihime steht jetzt plötzlich direkt vor ihm, die schönen, schmalen Augenbrauen weit in die Höhe gezogen. Sie starrt wutentbrannt auf ihn herunter.

»Zu deiner Lebenseinstellung kann ich nichts sagen, schließlich geh ich selbst erst in die Mittelstufe. Aber in der Welt von *Brain Burst* habe ich sechs Jahre mehr Erfahrung als du. Hab ich's nicht eben gesagt? Jeder Duellavatar hat das gleiche Potenzial. Etwa schon wieder vergessen?«

»A... Aber ... hier ... stehen nur Punch, Kick und so ein Kopfstoß als Kampftechniken ...«

»Dann musst du noch eine andere Stärke haben, die das kompensiert, definitiv.«

Kuroyukihime lässt ein klein wenig die Anspannung aus ihrem Gesicht weichen und fährt belehrend fort: »Du bist selbst der Schöpfer deines Duellavatars. Wenn du nicht an ihn glaubst, wer soll es dann tun?«

Mir selbst vertraue ich nun mal am allerwenigsten.

Haruyuki nickt nichtsdestotrotz und sagt: »Ja, entschuldige bitte. Ich werde an mich glauben … oder zumindest an deine Worte.«

Daraufhin entspannt sich Kuroyukihimes Miene noch ein wenig mehr – auch wenn es nur zu einem gequälten Lächeln reicht. Haruyuki atmet etwas auf.

»Mir scheint, vor dem Kampfprozedere muss ich dir noch etwas anderes beibringen. Weißt du, Stärke …«

Sie macht eine kleine Pause. Ihr Lächeln nimmt einen etwas traurigen Zug an.

»… Stärke lässt sich nicht immer nur daran messen, dass man am Ende als Sieger dasteht. Ich habe selbst sehr lange für diese Erkenntnis gebraucht. Und als ich es endlich begriffen hatte, war es bereits zu spät.«

Für Haruyuki klingen diese leisen, sorgfältig gewählten Worte sehr rätselhaft. Er legt den Kopf schief und will schon nachfragen, aber Kuroyukihime lässt ihm keine Zeit dazu. Sie dreht sich abrupt um und sagt: »So, wir sollten langsam mal.«

Da fällt auch Haruyuki auf, dass der Zähler oben von den anfänglichen 1.800 Sekunden lediglich noch zwanzig als Restzeit anzeigt.

»Für die nächste Lektion gehen wir am besten zur Praxis über.«

»Ja … Äh …? Wie meinst du das …?«

Kuroyukihime schenkt dem verwirrten Haruyuki ein spitzbübisches Lächeln.

»Dumme Frage. Wir holen sie uns natürlich zurück, deine zehn Punkte.«

In dem Moment erscheint auch schon die Ergebnisanzeige, die das Unentschieden verkündet. Das Duell endet und mit ihm auch die Beschleunigung.

Sie sitzen wieder in der echten Schullounge, und Kuroyukihime nimmt Haruyuki jegliche Chance zu einer Erwiderung, indem sie augenblicklich und mit einem Klickgeräusch das Kabel aus ihrem Linker zieht.

»So! Dann lass uns mal essen, Haruyuki. Bevor es noch kalt wird.«

Sie lächelt süß und greift sich ihren zierlichen Löffel vom Tisch. Haruyuki bleibt nichts anderes übrig, als ebenfalls die Hand nach seinem Curry auszustrecken. Das Gericht, das er sich vor gefühlt über dreißig Minuten an der Theke geholt hat, dampft immer noch vor sich hin. Haruyukis Magen zieht sich knurrend zusammen.

Von den anderen Tischen wird er noch immer intensiv mit vorwurfsvollen Blicken bedacht, weswegen Haruyuki sein Essen eigentlich lieber mitnehmen und in einer unauffälligen Ecke der Kantine zu sich nehmen würde. Aber sein Hunger ist stärker. Drei Bissen schafft er, in sich hineinzustopfen, bevor eine ältere Schülerin am selben Tisch Kuroyukihime anspricht und Haruyuki das Curry im Hals stecken bleibt.

»Hime, willst du uns nicht langsam mal einweihen? Wir sterben schon alle vor Neugier. Wer ist dieser Junge und was hast du mit ihm zu schaffen?«

Haruyuki schaut schnell hoch. Das Mädchen der Schülervertretung mit den voluminösen Haaren, das er gestern schon gesehen hat, hat die Frage gestellt. Soweit er weiß, geht sie in die Achte und hat die Aufgabe der Schriftführung übernommen.

»Hm…«

Kuroyukihime legt den Löffel neben ihrem Teller mit dem Gratin ab, hebt dann elegant ihre Teetasse und tut so, als würde sie ein wenig nachdenken. Die gesamte Lounge ist in Schweigen gehüllt.

»Ich sag es mal so, wie es ist: Ich habe ihm ein Geständnis gemacht und er hat mich abblitzen lassen.«

Schreie der Empörung und des Entsetzens füllen den Raum.

Und Haruyuki flitzt davon, mit seinem Teller in der Hand, den Löffel noch im Mund.

»A… Also wirklich!!«, verschafft Haruyuki seinem Protest mit gesenkter Stimme Luft. Irgendwie hat er die letzten zwei Stunden bis zum Unterrichtsschluss unter den messerscharfen Blicken der anderen hinter sich gebracht. Jetzt läuft Kuroyukihime vor ihm auf das Schultor zu.

»Was hast du dir dabei gedacht?! Sie werden mir das Leben wieder zur Hölle machen! Darauf wette ich!!«

»Du bist dir aber verdammt sicher.«

Kuroyukihime kichert und fügt gleichgültig hinzu: »Ich habe doch nur die Wahrheit gesagt. Und so zuwider scheint dir das gar nicht gewesen zu sein.«

Während sie spricht, hantiert sie kurz auf ihrem virtuellen Desktop herum und vollführt eine schnipsende Bewegung. Sofort weist ein aufblinkendes Icon in Haruyukis Blickfeld ihn darauf hin, dass er eine Datei empfangen hat. Als er draufklickt, öffnet sich vor ihm ein großes Bild.

Er sieht sich selbst, wie er mit dem Currylöffel im Mund völlig idiotisch aus der Wäsche guckt.

»Uwaah!!«, schreit Haruyuki sofort und schiebt die Datei blitzschnell in den Papierkorb.

»W...W... Wie hast du es bloß geschafft, so einen Screenshot zu machen?! So schnell konntest du doch gar nicht reagieren!!«

»Ach, ist doch nur ein Andenken.«

Auch jetzt, während dieses Geplänkels, treffen Haruyuki von überallher stechende Blicke, die man wirklich nur als tödlich bezeichnen kann. Obwohl es nichts bringt, zieht er die Schultern ein. Schutz bietet ihm Kuroyukihimes schmale Gestalt allerdings nicht.

»Sei ruhig etwas stolz auf dich. Ich habe an dieser Schule schon sehr vielen Jungs einen Korb gegeben. Bekommen habe ich aber nur von dir einen.«

»Wann soll ich das denn getan haben?!«

»Das fragst du wirklich? Damit kränkst du mich schon wieder ... Oh, aber da fällt mir ein ...«

Schnell setzt Kuroyukihime dem Streit ein vorläufiges Ende und wechselt zu ihrem üblichen Gesichtsausdruck: »Sobald wir durch das Schultor gehen, verbindet sich dein Neuro Linker mit dem globalen Netz. Das heißt, dann kann jeder Burst Linker hier im Kampfbezirk Suginami 3 dich zum Duell zwingen. Also musst du, noch bevor es dazu kommt, die Beschleunigung aktivieren, in der Matching-Liste nach diesem Ash Roller suchen und ihn herausfordern.«

»K... Kampfbezirk? Sind die Bereiche, in denen man sich duellieren kann, etwa eingegrenzt?«

Ein kurzes Nicken seitens Kuroyukihimes bejaht Haruyukis Frage.

»Natürlich. Was bringt es auch, jemanden vom anderen Ende Tokyos herauszufordern, wenn man sich vor Ablauf der dreißig Minuten dann sowieso nicht begegnet? Na ja, später gibt es auch große Kampffelder, auf denen unbegrenzt viele Spieler gegeneinander antreten können, aber die kommen erst in Level vier. Jetzt musst du erst mal diesen einen Kampf hier gewinnen.«

Und etwas strenger schließt Kuroyukihime ihren Vortrag ab: »Eins noch vorweg: Nach einem verlorenen Kampf kann man sich nicht sofort wieder mit demselben Gegner duellieren. Du darfst eine Person nur ein Mal am Tag herausfordern. Ich werde mich außerdem gleich unter die Zuschauer mischen, aber helfen kann ich dir nicht … Jetzt guck doch nicht so verzweifelt. Mach es so, wie ich dir in der E-Mail geschrieben habe, dann verlierst du schon nicht.«

»O… Okay …«

Haruyuki nickt und schluckt. In Gedanken geht er den Text durch, den Kuroyukihime ihm vorhin in der sechsten Stunde geschickt hat.

»Also, Silver Crow, das wird jetzt dein erstes richtiges Duell. Viel Glück!«

Sie gibt ihm einen Klaps auf den Rücken und Haruyuki stolpert auf die Straße hinaus, auf der er seinem Gegner erneut begegnen wird.

4

Der Kampf findet wieder in der Jahrhundertendkulisse mit den verfallenen, von Brandherden erleuchteten Häuserruinen statt.

Haruyuki hat sich auf der Fußgängerbrücke über der siebten Ringstraße versteckt und seinen sowieso nicht sehr großen Avatar noch kleiner zusammengekauert. Jetzt, da er nicht mehr so große Panik hat wie beim ersten Mal, bemerkt er auch, dass ihm außer der restlichen Kampfzeit und seiner Energie noch ein kleiner türkisfarbener Pfeil eingeblendet wird. Dieser markiert die ungefähre Richtung des Gegners.

Momentan zeigt er einfach nur geradeaus die breite Straße entlang nach Norden und zittert ein wenig. Das heißt aber nicht, dass der Gegner, Ash Roller, dort irgendwo ganz still wartet. Nein, höchstwahrscheinlich rast er gerade mit hoher Geschwindigkeit auf Haruyuki zu. Die genaue Entfernung verrät der Cursor nicht.

Haruyuki führt sich mental Kuroyukihimes E-Mail mit dem Plan vor Augen, den sie sich für ihn ausgedacht hat.

【Aus dem, was du mir erzählt hast, lassen sich zwei Schwächen Ash Rollers ableiten. Nummer eins: Er verursacht Lärm beim Fortbewegen.】

Das stimmt. Hätte Haruyuki beim ersten Mal besser darauf geachtet, was um ihn herum geschieht, wäre ihm sicher ziemlich früh das laute Motorengeräusch aufgefallen.

Diesen Fehler macht er diesmal nicht. Er hält den Atem an, konzentriert sich nur aufs Hören, und –

Da!

Der Pfeil rührt sich immer noch nicht. Aber Haruyukis Ohren haben von weit her das tiefe Röhren vernommen. Das Motorrad brettert offensichtlich mit Vollgas über die leere Straße. Wahrscheinlich muss sein Fahrer im Alltag, sofern er da auch ein Zweirad fährt, mit einem langsamen Motorroller durch die ewigen Staus dümpeln und hat hier gerade den Spaß seines Lebens. Zumal ihn noch dazu einer zum Kampf herausgefordert hat, den er heute Morgen erst ohne Mühe haushoch geschlagen hat.

Aber einen zweiten Sieg wird er sich jetzt zumindest nicht ganz so leicht verdienen können. Denn diesmal greift Haruyuki als Erster an.

Mit zusammengebissenen Zähnen starrt er den türkisen Pfeil an.

Der zeigt immer noch schnurstracks geradeaus. Am Motorenlärm lässt sich dagegen eher erkennen, wie nah der Gegner schon ist. Ash Roller sollte Haruyuki hingegen nicht so leicht ausmachen können. Wenn er weiter in dem Tempo auf ihn zurast, ändert der Pfeil die Richtung nämlich erst, wenn er Haruyuki bereits passiert hat.

Haruyuki liegt flach auf den Boden der Fußgängerbrücke gedrückt und fixiert hochkonzentriert den Verlauf der Straße, die den Berg hinunter zum Bahnhof Koenji führt.

Und da ist er auch schon.

Zumindest hat er die Scheinwerfer ausgeschaltet, aber die Brände auf der Straße spiegeln sich sehr gut in der Chromlackierung des Motorrads. In fünfzehn ... nein, zehn Sekunden wird er die Kreuzung erreichen.

Haruyuki hat nur diese eine Chance für seinen Überraschungsangriff. Und da seine Standardtechniken nur aus

Faustschlag und Fußtritt bestehen, bleibt ihm sowieso nichts anderes übrig, als von der Brücke herunterzuspringen und sich einfach auf seinen Gegner zu werfen.

Hilfe, wie soll ich das nur jemals hinkriegen? Aber nein ...

Haruyuki weist sich schon im nächsten Moment selbst für diesen Gedanken zurecht.

Jetzt bloß kein Angsthase sein.

Hier ist er nicht Haruyuki Arita, der dicke dreizehnjährige Junge, sondern ein Burst Linker namens Silver Crow. Und er befindet sich gerade auf einem virtuellen Spielfeld und nicht in der Realität – also in einer Welt, in der er sowieso schon sehr viel Zeit seines Lebens verbringt, und das mit großer Leidenschaft. Man könnte fast sagen, dies ist für Haruyuki die wahre Realität.

Ich kann gar nicht verlieren. Im Gegenteil, diesmal werde ich derjenige sein, der diesen Schädelkopf im Nu außer Gefecht setzt!

»Uaaaaah!«, brüllt Haruyuki los, springt auf und schwingt sich mit einem Satz über das Geländer.

Was er da gerade versucht, würde andere sicher an den Rand der Verzweiflung treiben – aus großer Höhe auf einen Motorradfahrer zu springen, der mit über hundert Kilometern pro Stunde auf einen zurast, und ihm einen gezielten Tritt zu verpassen.

Doch für Haruyuki, der auch beim *Virtual Squash* den kaum sichtbaren Ball stets treffsicher schmettert, ist Ash Rollers Totenkopfhelm ein gigantisch großes Zielobjekt.

Im Sturzflug streckt er sein rechtes Bein vor, balanciert sich dabei mit beiden Armen seitlich aus und schießt wie ein Silberpfeil abwärts.

»Woah?!«

Aus der knöchernen Schutzmaske glaubt Haruyuki, einen Aufschrei dringen zu hören.

Aber da kracht seine silbern ummantelte Fußsohle auch schon mit Karacho genau in die Mitte des Totenkopfgesichts hinein.

Es folgt ein gewaltiges Knacken und auf dem Helm breiten sich nach allen Seiten Risse aus. Der Kopf des Fahrers kippt nach hinten. Haruyuki rutscht ab, knallt auf den asphaltierten Straßenboden und rollt ein Stück.

Im ersten Moment dreht sich ihm alles vor Augen, aber er rappelt sich sofort wieder auf und blickt hinter sich.

Das Motorrad schießt gerade schräg zur rechten Seite weg und aus den Bremsrotoren schießen dabei sehr viele Funken. Am Straßenrand knallt es gegen einen Trümmerhaufen und kommt endlich zum Stillstand. Der Aufprall schleudert den Fahrer mit dem Kopf voran über den Tank des Motorrads. Der Auspuff gibt ein klägliches Geräusch von sich und verstummt.

»G... Geschafft!«, flüstert Haruyuki und ballt die rechte Hand zur Faust. Dann schaut er auf die beiden Energiebalken.

Auf der Seite Silver Crows wurden fünf Prozent abgezogen, wohl wegen des Sturzes aus großer Höhe. Ash Roller dagegen hat einen weitaus größeren Schaden eingesteckt. Der Fußtritt sowie die anschließende Kollision haben seinen Energiestand um mehr als zwanzig Prozent schrumpfen lassen. Zudem hat der Balken nun eine leicht violette Färbung.

Haruyukis erster Angriff war also auf Anhieb ein voller Erfolg. Aber lange kann er sich jetzt nicht darauf ausruhen.

Er richtet sich weiter auf und rennt zu einem fünfstöckigen Gebäude auf der linken Straßenseite hinüber, das er sich schon vorher ausgesucht hat. Von Kuroyukihime weiß er, dass man bei einem Kampf in der Jahrhundertendkulisse nicht in das Innere von Gebäuden gelangen kann, da die Straße das eigentliche Kampffeld ist. Dies gilt jedoch nicht für Leitern an den Außenwänden der Häuser.

Und dieses Gebäude besitzt eine halb verfallene Feuerleiter, die Haruyuki jetzt in einem Zug bis zum Dach erklimmt.

【Ash Rollers Schwäche Nummer zwei: Das Potenzial seines Duellavatars hat er zum Großteil ins Motorrad gesteckt. Er selbst dürfte so gut wie keine Kampfkraft besitzen. Also verpasst du ihm mit dem ersten Angriff einen ordentlichen Schaden und ziehst dich dann auf irgendein Hausdach zurück, wo er mit dem Motorrad nicht hochkommt.】

So lautet Kuroyukihimes Taktik für Haruyuki.

Er soll sich mit seiner Attacke einen Energievorteil verschaffen, dann in die Höhe fliehen und darauf warten, dass die Zeit abläuft. Dann hat er gewonnen. Falls Ash Roller sein Gefährt stehen lässt und ihm folgt, kann er ihn immer noch mühelos mit Punchs und Kicks zusammenschlagen.

Manch einer würde so eine Strategie als feige bezeichnen. Aber Haruyuki liebt es regelrecht, so wie jetzt erst die Schwächen des Gegners auszuloten und diese dann für sich auszunutzen. Darin sieht er sogar den wahren Sinn aller virtuellen Spiele. Aber erst mal will er Ash Roller genauso auslachen, wie der es heute Morgen mit ihm getan hat. Haruyuki tritt zum Rand des Dachs.

Ein Blick nach unten zeigt ihm, dass der Gegner sein verunglücktes Motorrad gerade erst wieder zum Laufen gebracht hat und es jetzt ruckartig aus den Trümmern herauszieht, während der Motor sich im Leerlauf abstrampelt.

Haruyuki fängt an, sich auszumalen, wie er ihn gleich provozieren kann, als er plötzlich das Flüstern einiger Stimmen vernimmt.

»Oha, dieser Zwerg hat ja doch was drauf.«

»Gar kein Vergleich zu vorhin. Wer wohl sein ›Elter‹ ist?«

Haruyuki schaut, woher die Stimmen kommen, und sieht ein Stück weiter auf dem Dach eines benachbarten Gebäudes einen großen Wassertank stehen, von dem aus einige darauf sitzende Silhouetten herüberblicken.

Es sind Zuschauer.

Ein Kampf zwischen zwei Burst Linkern dauert in der Realität maximal 1,8 Sekunden. Aktiviert man seine eigene Beschleunigung erst nachdem ein Duell bereits begonnen hat, schafft man es nicht mehr, es zu sehen. Aus diesem Grund kann man offenbar die Namen von Freunden oder Spielern, für die man sich interessiert, zu einer Merkliste hinzufügen. Immer dann, wenn einer von ihnen einen Kampf startet, aktiviert sich die eigene Beschleunigung automatisch, man führt einen Dive an den Ort des Geschehens aus und kann zuschauen. Dabei werden noch nicht einmal Burst Points verbraucht.

Als Haruyuki sich weiter umschaut, sieht er noch mehr Gestalten auf Häuserdächern oder unten auf der Straße, die sich mit der Zeit dazugesellt haben. Da Haruyuki höchstwahrscheinlich nicht auf ihren Listen steht, sind sie wohl wegen Ash Roller hier.

Nur eine der anwesenden Personen müsste Haruyuki bei sich eingetragen haben – Kuroyukihime natürlich, beziehungsweise Black Lotus.

Wo mag sie nur sein?

Haruyuki blickt sich suchend um. Dabei bemerkt er, wie eine der zwei beieinandersitzenden Silhouetten auf dem Wassertank ihm zuwinkt.

»Falls du dieses Duell gewinnst, trag ich dich auch in meine Liste ein. Streng dich an, Knirps.«

»Na ja, so leicht wird es auch nicht werden.«

Da muss ich euch enttäuschen. Eine spannende Wendung kommt in diesem Kampf nicht mehr. Denn die Zeit wird wohl sein Ende besiegeln.

Haruyuki schmunzelt etwas verlegen und schaut dann noch mal hinunter auf die Straße. Doch was er da sieht, lässt ihn augenblicklich vor Schreck erstarren.

Ash Roller setzt gerade das Vorderrad seines Motorrads, das von hier aus gerade mal die Größe einer Erbse hat, an die Wand des Gebäudes.

Was … hat er denn jetzt vor?!

Die Antwort liefert ihm ein gellender Wutschrei.

»Daaa hast du dich aber was getraut, du Glatzkopf!! Dafür lass ich dich gleich schön zu meinem V-Twin-Sound tanzen!!«

»Bruuumm!! «

Der Motor heult auf. Aus dem verchromten Schalldämpfer des Auspuffs schießt eine Stichflamme heraus.

Und da fährt das gewaltige amerikanische Motorrad auch schon mit Vollgas die Hauswand hoch.

»Was …?!«

Haruyuki fallen unter seiner Silbermaske fast die Augen aus dem Kopf. Er macht einen Schritt nach hinten. Und nur zwei Sekunden später schießt unmittelbar vor seiner Nase, keinen Meter entfernt, der dröhnende, verbrannt stinkende Metallkoloss geradewegs an ihm vorbei nach oben.

Der Motorenlärm überschlägt sich fast, als Ash Roller damit zwei Meter hoch über das Hausdach fliegt. Und von da aus wieder Kurs nach unten nimmt, direkt auf Haruyuki zu.

»Uwaaah!!«

Schnell weicht Haruyuki noch ein paar Schritte nach hinten aus.

Der graue Hinterreifen des Motorrads landet mit einem furchtbaren Knall auf der betonierten Dachfläche, in der sich ausgehend von der Aufprallstelle strahlenförmig Risse ausbreiten. Ein paar Betonsplitter prallen an Haruyukis Metallrüstung ab. Sofort sinkt, wenn auch nur ganz minimal, sein Energiestand – zu Haruyukis Überraschung.

Normalerweise entstehen in einem Spielkampf nur solche Schäden, die vorher ins System einprogrammiert wurden. Es ist also offenbar doch keine normale Software – dieses *Brain Burst*, das so unglaublich realistisch gestaltet ist, dass auch Grafik und Ton sich in der Qualität nicht von echten Sinneswahrnehmungen unterscheiden.

Bestimmt liegt genau darin der Schlüssel, um in dieser Welt zu siegen.

Haruyuki richtet seinen Blick wieder auf seinen sehr viel erfahreneren Gegner.

Dieser funkelt ihn von seinem Motorrad, welches er gekonnt senkrecht in der Luft stehen lässt, wütend an. Und dann beginnt er mit einer schrillen Metallstimme zu sprechen: »Soll ich dir mal was verraten? Durch den Sieg gegen dich vorhin hab ich endlich meine dreihundert Punkte erreicht und konnte ins zweite Level aufsteigen.«

Die Totenkopfmaske an seinem dunkelgrauen, metallisch glänzenden Schutzhelm ist teilweise abgefallen, sodass man ein Stück seines richtigen Gesichts dahinter erkennen kann. Haruyuki hatte vermutet, dass es wohl sehr finster aussehen würde, aber was da hervorblitzt, ist das schmale Gesicht eines Jungen, der wie ein typischer Naturwissenschaftler aussieht.

Das erinnert ihn kurz wieder an Kuroyukihimes Worte, dass der Duellavatar die eigenen Komplexe widerspiegelt.

Ash Rollers dünne Lippen werden von einem zuckenden Lächeln umspielt. Er lässt den Motor aufheulen und fährt fort: »Und dann, weißt du, hab ich laaange überlegt, was ich mit meinem Level-up-Bonus mache. Ich hätte eine neue Spezialtechnik erstehen oder meine Geschwindigkeit steigern können, aber ich nahm die Fähigkeit, Wände hochfahren zu können. Ha ha ha, damit lag ich ja goooldrichtig!!«

Ash Roller nimmt seine Hände vom Lenker und richtet beide Zeigefinger auf Haruyuki.

»Und duuu hast heute gaaanz großes Pech!!«

Danke, das weiß ich auch so schon.

Haruyuki faucht innerlich zurück.

Allerdings hat er nicht einfach nur Ash Rollers Monolog gelauscht, sondern währenddessen angestrengt in alle Richtungen geschaut und mit Kuroyukihimes E-Mail im Hinterkopf verzweifelt nach einem Weg gesucht, die Lage noch umzukehren.

【 Wenn bei deinem ersten Angriff oder auf der Flucht nach oben etwas schiefgeht und du direkt gegen Ash Roller kämpfen musst, während er auf seinem Motorrad sitzt, hast du leider keine allzu große Chance mehr, zu gewinnen. Denn … 】

Danach folgt in der E-Mail eine Erklärung über die sogenannten Affinitäten der Duellavatare.

Jeder Burst Linker bekommt willkürlich einen englischen Namen zugewiesen, in dem eins der Wörter auf jeden Fall eine Farbe darstellt.

Blau steht dabei für direkte Angriffe im Nahkampf, Rot für selbige auf größere Distanz, Gelb für indirekte Kampftechniken. Violett, Grün und andere Mischungen aus zwei der ersten Farben verfügen über Eigenschaften aus den Bereichen der jeweiligen Grundfarben. Dann gibt es aber auch Namen, die keine der Spektralfarben, sondern eine Metallbezeichnung enthalten. Die Stärken dieser Avatare liegen eher in der Verteidigung als im Angriff.

【Das »Silver« in deinem Namen ist ziemlich selten, gehört aber zu einer starken Farbgruppe. Es macht dich resistent gegen Schnitt- und Stoßtechniken, Hitze und Giftanschläge. Und dank der Härte deines Metallkörpers kannst du durchaus gute Angriffe im Nahkampf ausführen. Aber natürlich hast du auch Schwachpunkte. Gegen Säureattacken zum Beispiel kannst du fast gar nichts tun, und vor Schlägen solltest du dich auch hüten.】

Nachdem Kuroyukihime die Eigenschaften Silver Crows so aufgeschlüsselt hat, geht sie noch ausführlich auf Haruyukis Gegner ein, den sie zu dem Zeitpunkt eigentlich noch gar nicht persönlich gesehen hat.

【 Demgegenüber steht das »Ash« von Ash Roller für eine Farbe im blauen Spektrum mit leichter Tendenz zu Grün. Dass es eine schwach gesättigte Farbe ist, weist auf die besondere Art seiner Angriffstechniken hin. Ich vermute stark, dass es Schlagattacken für den Nahkampf sind, auch wenn man das nicht sofort erkennt, weil die Reifen des Motorrads auf den ersten Blick ja keine Waffen sind. Das heißt, dein Panzer bietet so gut wie gar keinen Schutz vor seinen Angriffen. Wenn du also doch unmittelbar gegen Ash Roller kämpfen musst, gibt es nur einen Ausweg.]

Und der lautet: um jeden Preis ausweichen. Aber leichter gesagt als getan.

Verzweifelt versucht Haruyuki, die Größe der Dachfläche abzuschätzen. Breite und Länge können jeweils nicht mehr als zwanzig Meter betragen. Kuroyukihimes Rat, immer zur Seite auszuweichen, setzt natürlich voraus, dass Haruyuki seinem Gegner unten auf der riesigen, leeren Straße gegenübersteht. Die Möglichkeit, dass das Motorrad die Hauswand hinauf bis nach oben fährt, hat sie sicher gar nicht erst in Erwägung gezogen. Letztendlich ist Haruyuki also genau dahin geflohen, wo er noch weniger Chancen hat.

Angesichts der Schnelligkeit meines Gegners werde ich wohl nicht mehr rechtzeitig die Feuertreppe erreichen, um nach unten zu fliehen. Soll ich den Energieverlust in Kauf nehmen und springen? Aber wenn mein Balken danach kürzer ist als der Ash Rollers, kann ich eh einpacken.

Haruyuki fällt einfach nichts Gutes ein. Er steht immer noch regungslos an derselben Stelle. Der Reiter auf seinem Metallross bricht in lautes, siegessicheres Gelächter aus.

»Grah ha ha ha! Du hast mir also nichts zu bieten, du kleiner, schillernder Glatzkopf?! Ich dagegen schon!!«

Nun lässt er auch den Vorderreifen krachend auf den Beton donnern und nimmt geradewegs Kurs auf Haruyuki.

»Uwah!!«

Mit einem Schrei springt dieser nach rechts weg – aber nicht weit genug. Ein Reifen streift Haruyukis Füße. Sofort verkürzt sich sein Energiebalken.

Neben dem lähmenden Schlag spürt Haruyuki, wie ein kurzer Schmerz durch seine Nervenbahnen fährt.

Eigentlich ist das Erzeugen von Schmerzempfindungen in virtuellen Spielen schon seit geraumer Zeit illegal. Aber das hier ist eben in der Tat kein gewöhnliches Spiel. Es ist eine imaginäre, gleichzeitig aber auch sehr reale Welt.

Knapp drei Meter weiter legt das Motorrad unter unheimlich lautem Quietschen eine 180-Grad-Wende hin und kommt zurück.

Gibt es denn keine Rettung mehr? Nichts, womit ich schnell den Vorteil wieder auf meine Seite ziehen kann ...?

Aber natürlich! Meine Spezialtechnik!

Sie trägt zwar nur den einfachen Namen »Headbutt«, aber wer weiß, vielleicht birgt sie so viel Kraft in sich, dass ich damit sogar Felsen spalten kann?!

Mit einem kleinen bisschen Hoffnung kreuzt er seine Arme vor dem Körper, so, wie die Animation im Handbuch es gezeigt hat. Dann beugt er seinen Oberkörper so weit wie möglich nach hinten und breitet die Arme weit aus.

Es erklingt ein ziemlich langweiliger Effektton und Haruyuki bemerkt, wie sein spiegelglatter Kopf weiß zu leuchten anfängt. Ein Raunen geht durch die Zuschauer um ihn herum.

Das könnte klappen ...!!

Haruyuki macht sich selbst Mut und visiert das Riesenmotorrad an, das direkt auf ihn losbraust.

»Uooooh!!«

Mit diesem Schrei stößt Haruyuki seinen strahlenden Kopf nach vorne, dem Scheinwerfer des gegnerischen Gefährts entgegen –

Aber bevor er seinen Treffer überhaupt landen kann, wird er vom Vorderreifen des Motorrads erfasst und rücklings auf den Boden geschleudert. Die Wucht des Aufpralls schlägt ein Loch in den Beton, in der Form und Größe von Haruyukis Körper. Der Leuchteffekt seines Helms verpufft in der Luft und der Balken für die Spezialtechnik schrumpft drastisch in sich zusammen, ohne dass er sie überhaupt benutzt hat.

Die Zuschauer brechen in solches Gelächter aus, dass die Stage davon erzittert. Trotzdem hört Haruyuki noch, wie unter ihnen jemand leise murmelt: »Schade, das war's dann wohl.«

Eine heiße Welle der Scham erfasst seinen Körper. Aber das ist er gewöhnt.

Verdammt. So eine Scheiße!

Virtuelle Spiele sind doch mein Fachgebiet, hier müsste ich der Held sein. Mein Charakter kann einfach viel zu wenig. Seine Spezialtechnik ist also einfach nur dieser »Headbutt«, der nicht mal sein Ziel trifft. Weit komme ich damit nicht.

Haruyuki rappelt sich wieder auf, hat aber eigentlich gar keinen Bock mehr auf das Ganze. Er wird sich gleich einfach wieder hinsetzen. Doch da zieht etwas in der Ferne seine Aufmerksamkeit auf sich.

Die Silhouette eines Avatars, der ganz alleine auf dem Dach eines besonders großen Hochhauses steht.

Lange Haare, die der nächtliche Wind in Bewegung versetzt. Das bauschige Kleid, die durchsichtigen Schmetterlingsflügel.

Kleiner als ein Reiskorn ist sie von hier aus, sodass Haruyuki ihr Gesicht nicht erkennen kann, aber trotzdem ihren strengen Blick auf sich gerichtet spürt.

Nein ... Ich darf jetzt nicht aufgeben.

Wenn ich schon verliere, dann muss ich mich trotzdem bis zum letzten Moment wehren und irgendwann eben elendig untergehen. Sonst werde ich nie auch nur eine kleine Schachfigur für sie sein können.

Haruyuki wischt seine Scham beiseite und ruft sich angestrengt all sein bisheriges Wissen und seine Erfahrungen ins Gedächtnis.

Eine imaginäre, aber doch sehr reale Welt. Das ist die größte Besonderheit dieses Spiels – Brain Burst *– mit seinem überwältigenden Detailreichtum und Echtheitsgefühl. Also wird Ash Rollers Motorrad auch nicht nur aus Polygonen für das äußere Erscheinungsbild bestehen. Gerade in dieser exakten Nachbildung müssen auch seine Schwächen liegen.*

Und was macht eigentlich dieses Motorrad aus ... und seinen Benzinmotor aus dem letzten Jahrhundert?

Es ist laut. Und stinkt. Aber das kann nur zum Problem für den Fahrer werden, solange die Gegner sich noch suchen, jetzt spielt es absolut keine Rolle.

Ohne Benzin kommt das Motorrad nicht vom Fleck. Man müsste ein Loch in den Tank machen ... Aber so genau kann ich gar nicht darauf zielen.

Gibt es denn keine andere Möglichkeit? Wirklich gar nichts mehr?

Ash Roller macht nun schon zum dritten Mal auf einem Punkt kehrt – der Hinterreifen des Motorrads hinterlässt dabei eine verbrannte Spur auf dem Beton – und funkelt Haruyuki wieder aus seinen gelben Punktaugen an.

Genau in der Sekunde trifft diesen schlagartig die Erkenntnis.

Es gibt einen Ausweg. Und der Schlüssel dazu liegt in einer bestimmten Eigenschaft von Verbrennungsmotoren.

»Grah ha ha ha ha!! Ich lass dich jetzt noch höher fliegen!!«

Mit diesem Schrei rast der Stahlkoloss wieder auf Haruyuki zu.

Jetzt tu gleich deine Pflicht, Silver Crow. Dieses eine Mal wenigstens. Sei schneller als er.

Die Zähne fest zusammengebissen, fixiert Haruyuki hoch konzentriert das heranbrausende Motorrad.

Es mag zwar sehr schnell sein ... aber nicht so schnell, dass man es nicht sehen könnte. Und er muss gar nicht weit weg springen, nur gerade so weit, dass es ihn nicht erwischt.

»Ugh...!!«

Haruyuki sammelt seine gesamte Aufmerksamkeit und nur einen Augenblick, bevor er wieder hochgeschleudert worden wäre, springt er einen halben Meter nach rechts.

Der Lenker streift ihn kurz. Ash Roller saust direkt vor seinen Augen an ihm vorbei.

In dem Moment streckt Haruyuki seine Arme aus und packt das schwarze Schutzblech des Hinterrads, wohl wissend, dass ihn das Energie kosten wird. Es reißt ihn so stark mit, dass er das Gefühl hat, gleich seine Finger zu verlieren. Funken sprühen aus allen seinen Armgelenken und sein Energiebalken schrumpft wieder ein wenig.

Doch das Motorrad verliert etwas an Geschwindigkeit. Haruyuki nutzt das sofort, um beide Füße in den Boden zu stemmen und sich so weit wie möglich nach hinten zu lehnen. Seine stählernen Fußsohlen schrammen laut über die Betonfläche. Der Energiebalken schrumpft weiter.

»Grah ha haaah!!«

Ash Roller wirft ihm über die Schulter hinweg sein brüllendes Gelächter zu.

»Du bist ja sooo dämlich!! Meine Monstermaschine kann doch von so einem Winzling wie dir nieeemals angehalten werden!!«

Sein Stiefel tritt schwungvoll ins Pedal, die Hand im schwarzen Handschuh dreht das Gas auf.

Der Motor dreht durch, aus dem Schalldämpfer schießt eine Flamme. Das amerikanische Gefährt beginnt, ein ungeheuer großes Drehmoment zu erzeugen und gewinnt, obwohl Haruyuki immer noch an ihm hängt, wieder an Tempo.

Er hört von seinen Metallsohlen her entsetzliche Schleifgeräusche ausgehen ... und dann ...

»Ah ... Au, au, au, au, au, autsch!!«, brüllt er vor Schmerz. Es fühlt sich an, als würden seine glühenden Füße Stück für Stück an einem groben Reibeisen abgeschabt werden.

»Hrah ha ha ha! Wenn du nicht bald loslässt, wirst du hinterher sehr viel kleiner sein!!«

Ash Rollers siegessicheres Gelächter mischt sich unter dieses schreckliche Geräusch von abschürfendem Metall. Haruyukis Beine leuchten bereits knallrot und seine Energie fällt beunruhigend schnell.

Und dennoch lässt Haruyuki nicht los. Er beißt unter seiner silbernen Maske die Zähne aufeinander. Schmerz und Hitze lassen sich kaum noch ertragen. Trotzdem hält er sich verzweifelt am hinteren Ende der Maschine fest.

Wären sie jetzt noch unten auf der Straße, dann hätte Ash Roller recht, ohne Frage. Silver Crows schmächtiger Metallkörper würde sich mit der Zeit einfach in viele winzig kleine

Eisenpartikel auflösen und verschwinden. Aber jetzt befinden sie sich auf einem Gebäudedach. Also kann das Motorrad nicht ununterbrochen nur geradeaus fahren.

Das kleine Eisengitter kommt stetig näher. »Hyooooh!«, stößt Ash Roller einen merkwürdigen Schrei aus und neigt das Motorrad zur geplanten Kehrtwendung. Die Bremsrotoren fangen an, Funken zu sprühen. Weißer Rauch steigt von den großen Rädern auf.

»Urgh ...!«

Mit Müh und Not schafft es Haruyuki, nicht von den Fliehkräften weggeblasen zu werden.

Gleich. Noch eine halbe Sekunde, dann muss er die einzige Chance nutzen, die ihm noch bleibt.

Der Motor verringert seine Drehzahl. Das Motorrad vollendet seine Wende und will schon wieder losrasen –

Aber genau da gelingt es Haruyuki für einen klitzekleinen Moment, seine Füße vollständig auf den Boden zu setzen.

»Aaaaah!!«, schreit er und zieht mit all seiner Kraft das Schutzblech, das er fest umklammert hält, nach oben. Glutfunken schießen ihm aus Knien, Ellbogen, Schultern ... Der Energiebalken, der sowieso nur noch bei zwanzig Prozent war, fällt noch mal um die Hälfte. Aber Haruyuki hält der gewaltigen Last stand und streckt seine Arme durch.

Keine Sekunde später beginnt sich das riesige Hinterrad wieder wie verrückt zu drehen. Aber die Bewegung erzeugt keinen Antrieb. Denn das Rad schwebt ein winziges Stück über dem Boden.

»W... Was?!«, brüllt Ash Roller, der unmittelbar vor Haruyukis Augen mit dem Rücken zu ihm auf seinem Sitz thront. Hektisch rüttelt seine rechte Hand ein paarmal am Gas.

Dabei heult jedes Mal der Motor auf und das Hinterrad kreist wahnsinnig schnell um die eigene Achse. Aber vom Fleck bewegt sich das Stahlgefährt keinen Millimeter mehr.

Darin liegt sein Schwachpunkt, den Haruyuki aufgedeckt hat. Anders als bei den neueren elektrischen Motorrädern, deren Antrieb im Inneren der beiden Räder verbaut ist, kurbelt dieser alte Verbrennungsmotor über eine Kette als Verbindungselement nur das Hinterrad an. Die ganze Maschine könnte Haruyuki nicht stemmen, aber es reicht, nur den Hinterreifen ein kleines Stück hochzuheben. Das schafft er, wenn nötig, locker eine Stunde lang.

»W... Was machst du da, hä?! Lass sofort los!!«, brüllt Ash Roller ihn über die Schulter an. Haruyuki schaut zu ihm hoch. Sein zufriedenes Grinsen sieht der Gegner aber wohl nicht.

»Nö. Fahr doch mit dem Vorderrad, wenn du so sehr willst.«

Zurück in der unbeschleunigten Welt atmet Haruyuki unter der strahlenden Nachmittagssonne erst einmal tief durch.

Der Kampf endete bereits, als der Zähler noch 600 Sekunden Restzeit anzeigte. Hier in der Realität dauerte er also nur knapp eine Sekunde. Dennoch sind Haruyukis Hände ganz nass vor Schweiß und so kalt, dass sie sich richtig taub anfühlen. Er klickt mit seinen steifen Fingern auf den Knopf am Neuro Linker, um die Verbindung zum globalen Netzwerk zu trennen, und während er ihn gedrückt hält, gibt ihm jemand einen Klaps auf den Rücken.

»Hey, bravo, Silver Crow! Ich dachte schon, du würdest verlieren.«

Als Haruyuki sich umdreht, steht da Kuroyukihime, ausnahmsweise mit einem deutlichen Lächeln in ihrem kleinen

Gesicht. Sie hier zu sehen sollte ihn eigentlich nicht weiter verwundern, da sie gemeinsam das Schulgelände verlassen und sofort die Beschleunigung aktiviert hatten. Während des Kampfes beobachtete ihn Kuroyukihime allerdings von einem weit entfernten Hochhaus aus, weswegen Haruyuki trotzdem zunächst kurz verwirrt ist.

Aber eigentlich trennt sie in der Realität dann doch wieder die gleiche Entfernung wie eben. Haruyuki schärft sich selbst noch mal ein, dass er sich bloß nichts Falsches einbilden darf, und zwingt sich ebenfalls zu einem Lächeln.

»J... Ja, ich hab auch erst geglaubt, das war's.«

»Nur nicht so schüchtern, das war ein fantastischer Sieg. Ich bin gar nicht drauf gekommen, mir auch über den Aufbau des Motorrads Gedanken zu machen. Aber du bist wohl der Erste, dem dieser Schwachpunkt etwas genützt hat, weil dein Avatar so eine enorme Schnelligkeit aufbringen kann. Und das Wichtigste ist, dass du deine Punkte wiederhast.«

»Ich habe sogar mehr bekommen, als ich verloren hatte. Mir wurden zwanzig Punkte gutgeschrieben. Der Typ war nämlich schon ins zweite Level aufgestiegen.«

Kuroyukihime blinzelt verwundert. Dann lächelt sie noch breiter und gibt Haruyuki einen zweiten Klaps auf die Schulter.

»Ha ha ha, alles klar. Deswegen konnte er also einfach die Hauswand hochfahren.«

»Das war nicht lustig. Ich hab mich fast zu Tode erschreckt.«

»Hi hi hi, hach ja, entschuldige. Aber so konntest du doch auf eine interessante und clevere Art gegen Ash Roller gewinnen. Ich hab ein bisschen beobachtet, wie die anderen Zuschauer reagiert haben. Es hat ihn vorher noch keiner mit so einer Taktik überlistet. Du hast dir deinen Sieg also verdient.«

»N… Na dann …«

Nachdem Haruyuki Ash Rollers Hinterreifen hochgestemmt hatte, kam dieser nicht mehr vom Fleck. Er brüllte noch über fünf Minuten lang stur auf seinem Motorrad sitzend herum, bis er schließlich abstieg.

Darauf hatte Haruyuki nur gewartet. Er sprang seinen Gegner an, verwickelte ihn in einen Faustkampf und hatte ihn kurz darauf schon ohne große Mühe besiegt.

»Deine Punchs und Kicks waren sogar wirkungsvoller als gedacht. Bei Faustkämpfern wie dir selbst solltest du also keine großen Schwierigkeiten haben … Oh, aber wir sollten erst mal weitergehen.«

Daraufhin blickt Haruyuki sich um und sieht, dass er und Kuroyukihime, so wie sie hier immer noch zu zweit vor dem Schultor stehen, viele neugierige Blicke der Schüler auf sich ziehen, die entweder gerade aus dem Tor herauskommen oder interessiert stehen geblieben sind.

Haruyuki macht sich vor Schreck so klein, als wolle er sich in seinem eigenen Schatten verstecken. Aber da bleibt ihm zusätzlich auch noch die Luft weg – weit hinten in der Menschentraube hat er Chiyuri entdeckt. Automatisch schaut er in eine andere Richtung.

Nur zu gut erinnert er sich daran, wie er gestern vor ihr und Takumu geflüchtet ist. Außerdem hat er sich immer noch nicht für die Sache mit den Sandwiches entschuldigt, und jetzt erwischt sie ihn schon wieder in so einer blöden Situation.

Wie soll ich mich nur je wieder aus diesem Schlamassel herauswinden?

Aber nein ... Es ist doch gar nicht meine Schuld.

Chiyuri hat ihrem Freund einfach von Haruyukis Problemen mit Arayas Gang erzählt, obwohl er sie ausdrücklich darum gebeten hatte, zu schweigen. Er wollte nie, dass seine Freunde ihn bemitleiden oder bedauern.

Haruyuki blickt trotzig zu Boden.

»Was ist?«, fragt ihn Kuroyukihime ein wenig argwöhnisch. »Lass uns am besten mal in irgendeinem Café weiterreden ... Hm? Du bist doch ...«

»Was hast du mit Haru vor?«, ertönt Chiyuris Stimme plötzlich aus unmittelbarer Nähe. Haruyuki zuckt vor Schreck zusammen.

Schnell schaut er hoch und sieht, wie die kleine Chiyuri sich direkt vor Kuroyukihime aufgebaut hat und sich so weit wie möglich in die Höhe reckt. Und als Einziger der Anwesenden erkennt Haruyuki, dass der Winkel, in dem ihre buschigen Augenbrauen gerade stehen, höchste Angriffslust bedeutet. Leise, aber gereizt spricht sie weiter: »Dir ist schon klar, dass Haruyuki gestern eine gewischt bekommen hat, weil du dich eingemischt hast? Wieso stellst du ihn dann hier wieder so an den Pranger? Macht dir das Spaß?«

Uff ...

Was ist hier los? Was redet sie da nur? Was soll ich jetzt bloß machen?

Haruyukis Körper ist wie gelähmt aufgrund dieser unerwarteten Wendung. Mit so etwas hat er nicht gerechnet. Aber irgendwie schafft er es, seinen steifen Mund etwas sagen zu lassen.

»H... Hey, Chiyu ...«

»Sei du jetzt still, Haru!!«

Es reicht ein funkelnder Blick, wie Haruyuki ihn noch gut aus seiner Kindheit kennt und der auch damals stets Wirkung zeigte und ihn auf der Stelle verstummen ließ.

Kuroyukihime hält Chiyuris feurigem Laserstrahlblick erstaunlich würdevoll stand. Sie lächelt kühl und neigt den Kopf etwas zur Seite.

»Hm … Ich verstehe nicht ganz. Wirfst du mir vor, dass ich Spaß daran hätte, Haruyuki zu etwas zu zwingen, das er nicht will?«

»Stimmt das etwa nicht? Haru hasst es, so im Mittelpunkt zu stehen und von allen angestarrt zu werden. Er fühlt sich hier schon die ganze Zeit unwohl. Aber du merkst das wohl nicht.«

»Ach so. Ja, gut möglich, dass er durch mich in einer für ihn unangenehmen Situation ist. Aber letztendlich entscheidet er doch selbst, was er macht und was er sein lässt. Oder steht dir etwa das Recht zu, da mitzubestimmen?«

»Das tut es in der Tat. Mit mir ist er an dieser Schule am längsten befreundet.«

»Ach … befreundet, soso.«

Auf Chiyuris Ansage hin setzt Kuroyukihime sofort das eisigste Lächeln auf, das ihr blasses Gesicht zu bieten hat.

»Dann habe ich von uns beiden wohl das größere Mitspracherecht. Dir ist es sicher schon zu Ohren gekommen: Ich habe ihm ein Geständnis gemacht und warte derzeit auf seine Antwort. Wir wollten gerade noch auf ein kleines Date gehen.«

Oh mein Gott, Hilfe!

Das ist das Ende der Welt. Morgen muss ich sofort die Schule wechseln.

Chiyuri und die umstehenden Schüler frieren in ihren Posen ein, fast so, als wäre Haruyuki gerade wieder in den Beschleunigungszustand gewechselt. Er selbst verharrt ebenfalls in einer steifen, unnatürlichen Haltung. Lediglich der Schweiß fließt weiter in Strömen von seiner Stirn.

Inmitten dieser Stille zieht Kuroyukihime ein schneeweißes Taschentuch aus der Tasche ihrer Schuluniform hervor.

»Du bist ja seltsam, wir haben doch bald Winter«, sagt sie, während sie ihm die Stirn abwischt. Anschließend hakt sie sich an seinem rechten Arm unter.

»Also, mach's gut, Freundin von Haruyuki.«

Und dann zieht sie Haruyuki hinter sich her durch die Schülermenge hindurch, die rechts und links ein Spalier für sie bildet.

Verängstigt beobachtet Haruyuki, während er rückwärts mitgeschleift wird, wie Chiyuris überraschte Sprachlosigkeit allmählich in rasende Wut umschlägt. Sie steht kurz davor zu explodieren.

»I...I... Ich frag es schon wieder, aber ... Was hast du dir bloß dabei gedacht?!«, schreit Haruyuki.

Nachdem sie von der großen Hauptstraße in eine mit roten Steinen bepflasterte Seitengasse eingebogen sind, konnte er endlich seinen Arm aus Kuroyukihimes Umklammerung befreien.

»N...N... Nur um es mal erwähnt zu haben, manche Dinge auf dieser Welt lassen sich nicht mit Beschleunigung lösen!!«

»Ah ha ha ha ha«, lacht Kuroyukihime darauf schallend, »ha ha ha ... Da hast du das bedeutsamste Geheimnis der Burst Linker ja schon früh ergründet. Das freut mich.«

»Ich find das überhaupt nicht witzig! Wenn ich mich ab morgen nicht mehr zur Schule traue, ist das ganz allein deine Schuld!«

»Aber so ganz unzufrieden hast du dann doch nicht gewirkt. Ich hab es auch diesmal wieder auf einem Screenshot festgehalten. Willst du mal sehen?«

»Nein, danke! Lösch das bitte sofort!!«

»Hi hi hi …«

Sie lacht noch ein wenig, während die Absätze ihrer Halbschuhe laut über das rote Straßenpflaster klackern. Dabei zittern die ganze Zeit leicht ihre Schultern. Schließlich atmet sie kurz durch, wechselt wieder zu ihrem normalen Gesichtsausdruck und fügt ergänzend hinzu: »Ich wollte nur etwas rausfinden … oder man könnte sagen, ich wollte mich vergewissern.«

»Hä? Rausfinden? Du meinst … über Chiyu?«

»Ach, du hast einen Spitznamen für sie?«

»Äh, nein, ich meine, Chiyuri, Chiyuri Kurashima. Klasse 7-A.«

»Ja, ich weiß. Nur dass sie deine beste Freundin sein soll, war mir neu. Seid ihr denn wirklich nur befreundet?«

Sie schaut Haruyuki skeptisch an.

Dieser nickt entschieden.

»Ja. Wir hängen einfach seit unserer Kindheit miteinander rum … Und sie hat einen festen Freund.«

»Ach so? Dafür hat sie aber ganz schön … ach … nein, schon gut.«

»Was ist schon gut?«

»Ach, mir ist nur wieder bewusst geworden, wie tiefgründig die reale Welt doch ist.«

»A… Ach so …«

Haruyuki versteht nur Bahnhof, unterdrückt aber einen ratlosen Seufzer und hakt noch in Bezug auf eine Sache nach, bei der er gerade stutzig geworden ist: »Äh … Du hast gerade gesagt, du kanntest ihren Namen schon?«

»Ja, rein zufällig. Sie hat wie du meine Aufmerksamkeit geweckt, wenn auch auf eine gänzlich andere Art.«

»Wie meinst du das?«

»Das würde jetzt zu lang dauern. Es hat damit zu tun, warum ich dich entdeckt und in die beschleunigte Welt eingeführt habe. Na ja, aber lass uns bei einem gemütlichen Kaffee weiterreden. Ich lade dich ein, zur Feier deines Sieges«, sagt Kuroyukihime und steuert die Tür eines Cafés an, zu dem sie Haruyuki offenbar sowieso die ganze Zeit schon geführt hat.

Es ist erst früher Nachmittag, weswegen drinnen nur ein paar andere Gäste sitzen. Aber Haruyuki merkt, wie sich sofort mehrere Blicke auf sie richten, als Kuroyukihime den Laden betritt. Das macht ihm noch mehr Angst, ihr zu folgen.

Kein Wunder – Haruyuki ist weder nach der Schule noch überhaupt in seinem ganzen bisherigen Leben mit einem Mädchen alleine etwas trinken gegangen. Das legt seinen Kopf augenblicklich völlig lahm. Mechanisch bestellt er sich irgendein großes, süßes Getränk und lässt zu, dass Kuroyukihime für ihn bezahlt. Sie führt ihn zu einem Tisch am hinteren Ende des langen Raums, wo er sich in einen Stuhl fallen lässt. Sofort wird ihm auch schon ein Kabel entgegengestreckt, das er nimmt und in seinen Neuro Linker einstöpselt. Während er das tut, gehen ihm ein paar Gedanken durch den Kopf.

Oh mein Gott, was mach ich hier, das sieht ja wirklich aus wie ein Date … Nein, Quatsch. In dieser Konstellation hält man uns garantiert nur für Bruder und Schwester. Oder eine vornehme Dame mit ihrem Gepäckträger?

[Ich weiß genau, was du denkst.]

Sie funkelt ihn böse an. Haruyuki nippt hastig an seinem süßen Karamellgetränk.

[A… Ach, ich denk gar nichts. Also, warum hast du mich denn nun aufgespürt und …]

[Nicht so eilig. Das ist eine wirklich lange Geschichte.]

Mit einer grazilen Handbewegung führt sie ihren Becher, aus dem es bitter riecht, an die Lippen. Dann seufzt sie leise und stützt leicht ihre Wange in die Hand.

Auch wenn es nur ein junges Mädchen in Schuluniform ist, das vor ihm sitzt, erinnert dessen Gestalt, auf die das blasse, gelbe Sonnenlicht durchs Fenster fällt, Haruyuki an irgendeine Szene aus einem alten ausländischen Film und verschlägt ihm ungewollt die Sprache. Es kommt ihm so vor, als hätte er eine Projektionsleinwand aus vergangener Zeit vor sich, aus der nur das Kabel zu ihm herüberhängt.

Ganz in seine Bewunderung vertieft, springt er vor Schreck fast an die Decke, als Kuroyukihime seine rechte Hand auf dem Tisch kurz tätschelt.

[Du hast vorhin wirklich gut gekämpft. Noch mal Glückwunsch zu deinem Sieg, Haruyuki.]

[J… Ja, danke, das ehrt mich. Aber ich habe es nur deinen Tipps zu verdanken.]

[Nein, du hast selbst schnell und richtig reagiert. Wenn du so weitermachst, steigst du im Nu zu Level zwei auf. Vielleicht sogar noch vor Jahresende Level drei.]

[A… Aha … Das kann ich mir jetzt ehrlich gesagt noch gar nicht vorstellen …]

Bisher hab ich lediglich einen Sieg errungen, und das mit Hängen und Würgen. Und jetzt soll ich noch zehn, zwanzig oder mehr solcher kräftezehrender Kämpfe bestreiten?

Haruyuki starrt Kuroyukihime einfach nur mit großen Augen an.

Bei dieser erlischt daraufhin das Lächeln. Sie nickt, so als wüsste sie, was Haruyuki gerade durch den Kopf gegangen ist.

[Ja, das stimmt. Eigentlich ist der Weg lang, unvorstellbar lang. Man schätzt, dass es insgesamt wohl etwa tausend Burst Linker gibt. Bis ins vierte Level schaffen es davon schon nicht allzu viele. Level fünf und sechs lassen sich gar nicht mehr als Einzelkämpfer erreichen. Und in den Levels sieben und acht schließen sich eigentlich alle Burst Linker zu großen Gruppen zusammen.]

[G… Gruppen …?]

[Ja, so wie Teams oder Gilden in anderen Onlinespielen. Wir nennen sie »Legionen«, wie die früheren römischen Heereseinheiten. Die ganze beschleunigte Welt ist derzeit unter sechs großen Legionen territorial aufgeteilt. Und an deren Spitze wiederum stehen jeweils die einzigen sechs Burst Linker, die ins neunte Level aufsteigen konnten. Man nennt sie die sechs »Könige der reinen Farben«: Blau, Rot, Gelb, Grün, Violett und Weiß.]

Zum Ende hin klingt Kuroyukihimes Stimme in Haruyukis Kopf plötzlich so messerscharf, dass er die Augen weit aufreißt. Als sie seinen Blick bemerkt, blinzelt sie ein paarmal und lächelt dann matt.

[Sorry, dass ich so laut geworden bin.]

[Schon gut … Sind es … wirklich nur sechs Leute?]

Die Gesamtzahl an Spielern fand Haruyuki eben schon überraschend. Aber dass nur ein so kleiner Bruchteil von ihnen im neunten Level ist, kann er gar nicht richtig glauben.

[Ich hab ja selbst schon viele Onlinespiele gezockt, aber in keinem, das ich kenne, sind so wenige Leute im höchsten Level.]

Muss dann aber sicher recht chillig sein.

Haruyuki ist insgeheim ein wenig neidisch. Kuroyukihime hebt jedoch verwundert eine Augenbraue und legt den Kopf schief.

[Ich habe nicht gesagt, dass Level neun schon das höchste ist.]

[Hä …? A… Also gibt es noch ein zehntes? Wie viele Spieler sind da denn …?]

Doch statt einer Antwort winkt sie erneut ab und nimmt noch einen Schluck von ihrem Kaffee.

Ihr Stuhl knarzt ein wenig, als sie sich nach hinten lehnt und den Blick in die Ferne richtet. Das Kabel, das dabei ein Stück mitgezogen wird, schaukelt jetzt silbrig glänzend zwischen ihnen.

[*Brain Burst* – der vollständige Name lautet eigentlich *Brain Burst 2039* – wurde vor sieben Jahren von einem unbekannten Entwickler veröffentlicht und hat schon mehrere Updates bekommen. Aber in dieser ganzen Zeit hat noch kein Burst Linker je das zehnte Level erreicht. Und der Grund dafür liegt einzig und allein in den viel zu strengen Voraussetzungen dafür.]

[Muss man da so viele Kämpfe gewinnen? Tausend … oder zehntausend oder so?]

[Nein, lediglich fünf], antwortet Kuroyukihime zu Haruyukis Überraschung. In ihrem kurzen Lächeln schwingt dabei etwas Bedrohliches mit.

[Allerdings müssen die Gegner ebenfalls alle auf Level neun sein. Dazu kommt noch, dass nach einem Kampf zwischen zwei Spielern auf Level neun der Verlierer all seine Punkte einbüßt und *Brain Burst* bei ihm automatisch deinstalliert wird ...]

Das verschlägt Haruyuki erst mal die Sprache. Kuroyukihimes dunkle Augen blicken ihn jetzt direkt an.

[Haruyuki. *Brain Burst* gibt es jetzt seit sieben Jahren – ein verblüffendes Programm, das es einem ermöglicht, die eigenen Gedanken zu beschleunigen. Findest du es nicht merkwürdig, dass die Öffentlichkeit bis heute nichts von seiner Existenz weiß?]

Diese plötzliche Frage bringt Haruyuki zunächst etwas aus dem Konzept. Aber eigentlich hat Kuroyukihime recht, merkt er dann, das ist wirklich ziemlich seltsam. Bei insgesamt um die tausend Burst Linkern müsste das Geheimnis eigentlich längst irgendwo durchgesickert sein und die Welt in Staunen versetzen.

[Das kommt durch die äußerst strengen Eignungskriterien für Burst Linker.]

[Eignungskriterien ...? Dass man ein geschickter Spieler ist oder so ...?]

Kuroyukihime antwortet darauf mit einem bitteren Lächeln: [Nein, keine so ungenauen Dinge. Die wichtigste Bedingung ist, dass man direkt von Geburt an einen Neuro Linker trägt. Aber die kamen erst vor fünfzehn Jahren überhaupt auf den Markt. Das heißt ...]

Sie legt eine kurze Pause ein und fährt dann langsam fort.

[... es gibt keine erwachsenen Burst Linker. Die ältesten sind gerade mal fünfzehn, also auch noch Kinder. Und gerade deswegen wollen sie natürlich die Privilegien, die das Programm ihnen verleiht, um jeden Preis für sich behalten. Kommt es aber zu einer unfreiwilligen Deinstallation, können sie den Erwachsenen erzählen, was sie wollen – es glaubt ihnen sowieso niemand.]

Ein spöttisches Lächeln huscht für einen Moment über ihre hübschen Lippen.

[Und weil sie alle noch Kinder sind, tragen sie auch identische utopische Fantasien in sich. Im Sommer vor zwei Jahren ... da haben alle jungen Könige fast gleichzeitig Level neun erreicht. Eine Systemnachricht teilte ihnen daraufhin die grausamen Bedingungen für Level zehn mit. Jetzt könnte man denken, es wären sofort blutige Kämpfe ausgebrochen, was? Aber nein! Die Könige wählten stattdessen den ewigen Stillstand. Sie zogen ihr eigenes kleines Paradies einer Weiterentwicklung vor. Daher teilten sie die beschleunigte Welt unter ihren Legionen auf und schlossen Nichtangriffspakte untereinander. Es ist fast zum Lachen ... Schließlich haben sie selbst unzählige andere Spieler aus dem Rennen geworfen, um so weit zu kommen.]

Haruyuki muss erst mal schlucken. Das löst ein Kratzen in seinem trockenen Hals aus, das er schnell mit einem großen Schluck seines bereits etwas geschmolzenen Karamell-Frappés herunterspült. Dann stellt er ängstlich eine Frage: [Heißt das, du willst gegen diese sechs Könige der reinen Farben kämpfen ...?]

Kuroyukihime lächelt tiefgründig.

[Nein, das habe ich schon.]

[Was ...?!]

[Die sechs Könige ... waren früher eigentlich sieben. Sieben Jungen und Mädchen, die einerseits miteinander rivalisierten, andererseits aber eng zusammenhielten. Sie hatten unzählige Kämpfe gegeneinander bestritten, dabei stets genauso viel verloren wie gewonnen, aber doch nie auch nur den geringsten Hass aufeinander entwickelt. Zumindest bis zu jener Nacht vor zwei Jahren, als der Schwarze König sich gegen alle anderen stellte und sie besiegen wollte.]

Der Schwarze ... König ...

Also jemand, der die Farbe Schwarz in seinem Avatarnamen trägt ...

Kuroyukihime erwidert Haruyukis Blick, der sie mit weit aufgerissenen Augen und angehaltenem Atem anstarrt, und nickt langsam.

[Ja ...! Das war ich. Black Lotus, der Schwarze König – ich habe, nachdem alle ins neunte Level aufgestiegen sind, als Einzige den Willen nach Frieden nicht geteilt. Ich wollte, dass wir unseren Zusammenhalt, unsere Freundschaft und gegenseitige Achtung, dass wir all das vergessen und unsere gesamten Punkte in einem Kampf aufs Spiel setzen. Aber das wurde abgelehnt ... Und dann habe ich die Debatte in ein blutiges Schlachtfeld verwandelt.]

[W... Wie ... hast du das gemacht?]

[Es war der letzte Abend, an dem sich alle sieben Könige an einem Ort versammelt hatten. Allerdings natürlich nicht in der realen Welt. Ein Burst Linker muss seine wahre Identität nämlich unter allen Umständen vor den anderen Spielern geheim halten.]

Wieso das denn?, will Haruyuki fragen, als ihm die Antwort selbst in den Sinn kommt. Wenn andere Nutzer des Programms herausfinden, wie man heißt und wie man aussieht, könnte es passieren, dass sie einen irgendwann auch außerhalb des Spiels angreifen. Einer, der gerade verzweifelt Burst Points braucht, wird vor solchen Mitteln sicher kaum zurückschrecken.

Als hätte sie Haruyukis Überlegungen mitbekommen, nickt Kuroyukihime und spricht in Gedanken weiter: [Das Treffen der sieben Könige fand im sogenannten »Battle-Royale-Modus« statt, der es erlaubt, dass sich alle in das gleiche Spielfeld einloggen. Vor mir stand der Rote König. Er appellierte an unsere Freundschaft und forderte Frieden. Aber dann, in einem Moment, als er unvorsichtig war …]

Plötzlich weichen alle Emotionen aus ihrem blassen Gesicht hinter dem schimmernden schwarzen Pony. Mit toten Augen, die auf irgendeinen festen Punkt gerichtet sind, nimmt sie emotionslos den Satz wieder auf: [… habe ich ihm den Kopf abgeschlagen. Es war ein richtiger Volltreffer … Er hat sofort sämtliche Energie verloren. Und durch die neuen Regeln bedeutete das auch den Verlust aller seiner Punkte und damit von *Brain Burst*. Ein anderer nahm später seinen Posten als Roter König ein. Aber direkt nach meiner Tat … brach wirklich die Hölle los, ha ha … Der Violette König, ein Mädchen, das in einem Liebesverhältnis zum Roten König gestanden hatte, weinte bitterlich und der Blaue König tobte vor Wut. Gegen diese beiden kämpfte ich dann auf Leben und Tod. Ehre und gegenseitiger Respekt waren vergessen. Denn mir war klar, dass dies meine erste und einzige Gelegenheit überhaupt war … Ich war total besessen und wollte auch die restlichen vier noch enthaupten. Aber da hatte ich mir dann doch zu viel vorgenommen ...]

Kuroyukihimes fahle Lippen beginnen zu zittern, ein paar kurze Lacher mit ihrer realen Stimme bahnen sich einen Weg nach draußen.

[Ich konnte überhaupt nicht mehr vernünftig denken. Der Wahnsinn trieb mich an. Ich kämpfte, doch es gelang mir nicht, auch nur einen der anderen zu besiegen. Ich selbst fiel aber auch nicht, sodass irgendwann die dreißig Minuten um waren und wir ausgeloggt wurden ... Und seit jenem Tag vor zwei Jahren lebe ich bis heute im Verborgenen. Ich bin die größte Verräterin und die meistgesuchte Person der beschleunigten Welt, und der größte Feigling, den sie je gesehen hat.]

[Aber ... warum ...?]

Nach diesem schockierenden und langen Geständnis ist Haruyuki kaum fähig, einen klaren Gedanken zu fassen. Nur diese eine simple Frage formt sich in seinem Bewusstsein: [Warum hast du das getan ...?]

[Weil ich ein Ziel habe, das mir viel wichtiger ist als Freundschaft oder Ehre. Ich will das zehnte Level erreichen. Man könnte sogar sagen, dass ich nur dafür lebe. In der Systemnachricht stand nämlich noch etwas. Ein Burst Linker, der in das zehnte Level aufsteigt, darf den Schöpfer des Programms treffen und erfährt, wofür es da ist und was damit letztendlich erreicht werden soll. Und ich ... will das wissen. Ich will es unbedingt wissen.]

Kuroyukihime stützt die Ellbogen auf den Tisch und versteckt ihr Gesicht hinter den gefalteten Händen. Mit einer düsteren, wie aus großer Tiefe emporsteigenden Gedankenstimme sagt sie leise zu Haruyuki: [*Brain Burst* kann einem zu Geld, Erfolg und Ruhm verhelfen. Aber ist es wirklich das, wofür wir kämpfen? Was wir uns wünschen? Was wir erreichen können? Gibt es da nicht … mehr …? Mehr … außerhalb dieser … menschlichen Hülle …?]

Oh ja …

Ein wenig … Ein ganz klein wenig versteht Haruyuki, was sie damit meint. Dieses Gefühl, von der unerträglich qualvollen Erdoberfläche aus in den grenzenlos weiten Himmel hinaufzublicken.

Und als hätte Kuroyukihime gespürt, was er soeben gedacht hat, hebt sie langsam den Kopf und mustert ihn eindringlich.

Aber auch nur kurz, dann legt das Mädchen mit dem hübschen Gesicht seine Arme wieder auf den Tisch und sagt leise mit einem trockenen Lächeln: [Und, findest du mich jetzt abstoßend, Haruyuki? Oder hasst du mich nun gar? Vielleicht kommt der Tag, an dem ich auch dich für mein Ziel opfern werde. Wenn du jetzt keine Lust mehr hast, mir zu helfen, kann ich das verstehen. Ich würde das akzeptieren und dir *Brain Burst* auch nicht wegnehmen.]

Haruyuki braucht nur zwei Sekunden zum Nachdenken.

Dann schiebt er zaghaft seine rechte Hand vor und stoppt einen Zentimeter von Kuroyukihimes Fingerspitzen entfernt.

[Also ich finde], beginnt er, [und das egal bei welchem Spiel … Wenn Leute wirklich darauf verzichten, das Ende eines Spiels zu sehen und immer nur die letzte Karte davor rauf- und runterlaufen, dann sind das einfach nur Idioten. Solange es ein noch höheres Level gibt, will man es doch erreichen, ist doch logisch … Dafür ist *Brain Burst* doch überhaupt da, oder?]

Das ist keine Lüge, um Kuroyukihime zu schmeicheln. Seit Haruyuki fähig ist, zu denken, war er immer ein Gamer mit Leib und Seele und vertritt diese Einstellung aus tiefstem Herzen.

Kuroyukihime sieht für einen Moment sehr überrascht aus. Aber ein paar Sekunden später kichert sie leise und sagt: [Hi hi ... Ha ha ha ... Na, so was, du denkst ja schon viel mehr wie ein Burst Linker als ich. Oh Mann ...! Von Logik redest du also ...]

[W... Was ist daran so lustig?]

Haruyuki schmollt ein wenig verletzt. Dann setzt er sich aufrecht hin und fügt hinzu: [W... Was ich damit jedenfalls sagen wollte, ich werde dir auch weiterhin helfen. Und ich möchte selbst irgendwann gerne dorthin ... ins zehnte Level.]

Da löst sich plötzlich Kuroyukihimes linke Hand vom Tisch und umschließt seine rechte mit festem Griff.

[Danke.]

Ein warmer Klang ersetzt nun den bis eben vorhandenen dumpfen Nachhall von Kuroyukihimes Gedankenstimme in Haruyukis Kopf. Dieser gerät umgehend völlig in Panik.

[Ich danke dir, Haruyuki. Das zeigt mir, dass mein Entschluss wohl doch richtig war ... Ich bin wirklich froh, dich gewählt zu haben.]

Jetzt könnte er seine andere Hand um ihre legen, ihr tief in die Augen sehen ... Aber das schafft Haruyuki natürlich nicht mal ansatzweise.

Stattdessen reißt er seine Hand reflexartig zurück, zieht seinen Kopf ganz tief ein wie eine Schildkröte und nuschelt in Gedanken kleinlaut: [A... Ach was ... Ich werde dir sicher eh kaum was nützen ... A... Aber dann sag mir wenigstens, äh ... was ich tun soll. Darum sitzen wir ja hier, oder ...?]

Das Mädchen gegenüber blickt ihn zunächst nur schweigend an. Bildet Haruyuki es sich ein, oder sieht er da Mitleid in ihren Augen?

Nach einem stillen Seufzer antwortet sie schließlich leise.

[Du hast recht. Ich hab viel zu viel drum herumgeredet. Kommen wir nun zum Wesentlichen. Ich habe dir ja gerade erzählt, dass ich mich seit zwei Jahren verstecke, nicht wahr?]

Haruyuki lässt die gesamte angestaute Luft mit einem Mal aus seiner Lunge weichen und schaut zu Kuroyukihime hoch, die wieder ihren gewohnt gleichgültigen Blick aufgesetzt hat.

Er nickt.

[Das heißt jedoch nicht, dass ich so lange die Angriffe der anderen Könige oder sonstiger von ihnen auf mich angesetzter Spieler erfolgreich abgewehrt hätte. Nein ... Ich habe mich nämlich diese ganzen zwei Jahre lang kein einziges Mal ins globale Netzwerk eingeloggt. Solange ich in keiner Matching-Liste auftauche, kann mich niemand herausfordern, nicht wahr?]

[Uff ...! Das ... ist nicht dein Ernst?], stöhnt Haruyuki unwillkürlich. Für ihn ist der Empfang von Informationen aus dem globalen Netzwerk ein genauso unerlässlicher Teil seines Lebens wie Trinkwasser oder Atemluft. Ohne sie würde er wahrscheinlich tot umfallen.

[Doch, mein voller Ernst. E-Mails abrufen und im Internet surfen kann man immer noch mit physischen Lesegeräten, auch wenn deren 2-D-Bildschirme ermüdend auf unsere Augen wirken. Aber man gewöhnt sich dran und dann geht es ... Allerdings gibt es leider noch ein weiteres Netzwerk, das ich aufgrund meiner Position in dieser Gesellschaft zwangsläufig jeden Tag nutzen muss.]

[P... Position ...? Du meinst die als vornehmes Mädchen ... oder gar Prinzessin?]

[Spinnst du?], rügt ihn Kuroyukihime vorwurfsvoll. Da erst fällt Haruyuki wieder ein, dass sie genau wie er ein Schulkind ist.

[Ah ... Ach so. Du meinst das interne Netzwerk der Umesato? Aber ... dann ... Moment mal, du willst mir doch nicht etwa sagen ...]

[Doch, ganz genau.]

Kuroyukihime trinkt ihren Kaffee in einem Zug aus und zerquetscht den Becher mit den Händen.

[Jemand aus unserer Schule hat mich über das lokale Netzwerk zum Kampf herausgefordert. Vor zwei Monaten, am ersten Tag nach den Sommerferien.]

Haruyuki kommt aus dem Staunen gar nicht mehr raus. Aber die nächste Offenbarung setzt dem Ganzen noch eins drauf.

[Und das Schlimmste daran war ... dass ich zu der Zeit statt meines richtigen Duellavatars einen Dummy zum Zuschauen bei anderen Kämpfen genutzt habe.]

[Einen Dummy ... So etwas ist also möglich?]

[Ja. Denn es kommt oft vor, dass man ein Duell beobachten möchte, ohne selbst erkannt zu werden. Und ich hatte leider, auch wenn das im Nachhinein betrachtet äußerst dumm war, einfach meinen schulinternen Avatar als Dummy verwendet. Weil ich nie im Leben erwartet hätte, an der Umesato einem anderen Burst Linker zu begegnen ...]

Im ersten Moment ist Haruyuki sprachlos, aber dann springt er kurz von seinem Stuhl auf, der dabei geräuschvoll über den Boden schrammt.

[Äh … Du meinst deinen Schmetterlingsavatar …?!]

Vor Haruyukis innerem Auge erscheint die wunderschöne digitale Gestalt und legt sich präzise über das Mädchen in Schuluniform, das in der Realität vor ihm sitzt.

[Den hat dein Gegner also gesehen … im Netzwerk der Schule …? Oh Mann …! Das heißt ja …]

[Du begreifst wirklich schnell. Ja, mein Herausforderer hat mich so gesehen …]

Kuroyukihime wirft den Becher aufs Tablett und presst ihre rechte Hand auf die Brust.

[Er hat erfahren, dass ich Black Lotus bin. Einen größeren Fehler kann man als Burst Linker nicht begehen. Ich bekam also Angst, dass die sechs Könige mich in der realen Welt angreifen lassen könnten.]

Angreifen … in der realen Welt?

Haruyuki ahnt, was für schreckliche Dinge in so einem Fall drohen. Identifiziert ein Burst Linker einen Gegner in der realen Welt, könnte es im schlimmsten Fall dazu führen, dass dieser entführt, gefoltert und schließlich sämtlicher Punkte beraubt wird.

Das wäre natürlich ein hoch kriminelles Vergehen. Aber es ist auch bei herkömmlichen Spielen durchaus schon vorgekommen, dass Konflikte in die reale Welt übertragen und blutig ausgetragen wurden. Und *Brain Burst* ist schließlich alles andere als ein gewöhnliches Spiel.

Mit angehaltenem Atem wartet Haruyuki auf die Fortsetzung von Kuroyukihimes Schilderung. Allerdings –

[Aber … es geschah nichts. Keine Angriffe. Im Gegenteil, es gab nicht mal eine Kontaktaufnahme.]

[Hä …?]

[Mich hat das auch sehr verwirrt. Aber letztendlich kann das nur eins bedeuten. Die Person ... will mich alleine besiegen. Sie konnte mich durch Zufall identifizieren und will ihrer Legion nichts darüber berichten, sondern mich nach und nach selbst in die Enge treiben. Auf mich ist ein hohes Kopfgeld ausgesetzt. Da will also jemand meine Punkte ganz für sich allein haben.]

[In die Enge treiben ...?]

Haruyuki legt fragend den Kopf zur Seite.

Kuroyukihime wirft ihm daraufhin einen scharfen Blick zu und räuspert sich. Dann zählt sie in verzweifeltem Ton auf: [Auf der Toilette, beim Umziehen, in der Dusche ... Selbst in der Schule lassen sich genug Momente finden, in denen man schutzlos ist. Wenn der Gegner mich gezielt in so einem Augenblick herausfordert, kann ich mich nicht angemessen verteidigen.]

[Beim ... Duschen?]

Automatisch stellt sich Haruyuki alle aufgezählten Szenen vor und erntet postwendend einen kalten Blick für seine Äußerung.

Aber zu seiner Erleichterung geht Kuroyukihime nicht näher darauf ein, sondern fährt mit einem Seufzer fort: [Tatsächlich hat mich diese Person in den letzten zwei Monaten schon über zehn Mal herausgefordert. Aber weil sie mich dabei nicht immer unvorbereitet erwischt hat, konnte ich bisher jedes Mal mit einem Unentschieden davonkommen.]

[A... Ach so. Klingt, als wäre der Gegner sehr auf einen Sieg versessen. Aber dann hast du ja auch ein wenig Glück im Unglück ...]

[Na ja, besser als Angriffe in der Realität ist das schon. Aber ich kann jetzt auch nicht einfach den Dummy wieder gegen meinen richtigen Duellavatar tauschen und haushoch gewinnen. Wenn mein Herausforderer merkt, dass er so nicht weiterkommt, entscheidet er sich womöglich, auf meine Punkte zu verzichten, stattdessen die lausig kleine Belohnung zu nehmen, welche die Könige auf mich ausgesetzt haben, und mich an sie auszuliefern ...]

[Ah, ach so ...! Uff ...], stöhnt Haruyuki unwillkürlich. So eine verzwickte Situation aber auch.

[Hm, aber ... was kann man denn da jetzt überhaupt tun? Weglaufen geht nicht, zurückschlagen auch nicht ...]

[Was wohl? Es gibt nur eine Möglichkeit. Und zwar, den Gegner ebenfalls zu identifizieren. Ich muss wissen, wie dieser andere Burst Linker heißt und in welche Klasse er geht.]

Aber natürlich!

Haruyuki fällt es wie Schuppen von den Augen. Wenn beide wissen, wer der andere ist, wird es zwangsläufig auf einen Waffenstillstand hinauslaufen, da keiner von ihnen *Brain Burst* verlieren will.

[Ach so, ja, klar. Stimmt, dann könnte die andere Person dir nichts mehr tun. Und ... hey, das geht doch ganz einfach, oder? Zum Beispiel beim Morgenappell versammeln sich doch alle in der Aula. Da kannst du die Beschleunigung aktivieren und den Feind herausfordern. Die Stelle, an der er auftaucht, verrät dann Klasse und Anwesenheitsnummer.]

[Oh, du beeindruckst mich. Für diese Idee habe ich einen ganzen Tag gebraucht.]

[Das ... heißt ... du hast es schon probiert?]

[Oh ja. Und ich war schockiert ... So, wie lange nicht mehr.]

[W... Wer war es denn ...?]

[Niemand.]

Mit dieser Antwort hatte Haruyuki nun wirklich nicht gerechnet.

[Die Matching-Liste enthielt nur meinen Namen. Du weißt selbst, dass kein Schüler unserer Schule sich auch nur für eine Sekunde aus dem lokalen Netzwerk ausloggen darf. Denn damit wird die Anwesenheit überprüft und auch der Unterricht durchgeführt. Und wenn es doch jemand tut, wird er sofort per Durchsage in der ganzen Schule ermahnt. Andernfalls könnte ich mich diesen Angriffen einfach entziehen. Aber mein Gegner ... war trotzdem nicht in der Liste!]

[W... War er vielleicht krank an dem Tag?]

Kuroyukihime funkelt Haruyuki böse an und schnaubt leicht durch die Nase.

[Alle, die zu dem Zeitpunkt abwesend waren, habe ich später, als sie wieder in die Schule kamen, überprüft. Aber selbst unmittelbar nach einem Kampf, wenn ich wieder mühevoll ein Unentschieden erreicht habe, taucht der Name nicht in der Liste auf. Das heißt ... Es fällt mir schwer zu glauben, aber die Person hat wohl irgendeine Möglichkeit, andere zu blockieren. Er oder sie kann beliebig viele Angriffe starten, selbst aber nie von anderen Burst Linkern zum Kampf gezwungen werden. Eine furchtbare Fähigkeit, die jegliche Prinzipien der beschleunigten Welt sabotiert ... So etwas dürfte nur jemandem möglich sein, der es geschafft hat, den eigentlich äußerst angriffsresistenten *Brain Burst*-Code zu verändern – also einem Superhacker ... oder ... jemandem, der mit dem Schöpfer des Programms in Verbindung steht ...]

Gerade erst hatte Kuroyukihime gesagt, dass sie nur dafür lebt, diesen Schöpfer zu treffen und mehr über den wahren Sinn von *Brain Burst* zu erfahren.

Also steckt für sie bei ihrem Vorhaben, die Identität dieses mysteriösen Gegners herauszufinden, viel mehr dahinter als bloßer Selbstschutz.

Als Haruyuki das erkennt, spürt er einen unerklärlichen Stich in seiner Brust, während er leise murmelt: [Dann ... erwartest du also von mir ... dass ich dir helfe, diesen Angreifer ausfindig zu machen?]

Ich soll folglich nicht der Ritter sein, der die schöne Prinzessin vor dem Teufel beschützt. Nein ...! Natürlich nicht.

Auf solche dummen Gedanken darf ich gar nicht kommen. Ich bin nur ein Jagdhund, der das wilde Biest erlegen soll. Oder ein Trüffelschwein, das die Pilze aus der Erde buddelt.

[Hm ... Ja, kann man so sagen.]

Kuroyukihime nickt, scheinbar ohne Haruyukis kurzzeitigen Missmut zu bemerken.

[Ich habe sogar schon eine ganze Reihe an Informationen über den Avatar zusammentragen können. Am besten erzähle ich dir, was ich alles bereits weiß ... Zunächst mal sein Name: Der Duellavatar heißt Cyan Pile. Er ist auf Level vier.]

[Cyan ... Pile ...]

Klingt ziemlich cool. Und stark. Aber Kuroyukihime hat ja vorhin schon gesagt, dass Level vier sozusagen die erste größere Hürde im Spiel darstellt. Das heißt, der Avatar hat wirklich einiges drauf.

[Seine Farbzugehörigkeit ist ein ziemlich reines Blau, steht also für Nahkampf. Ich habe nämlich schon oft gesehen, wie er dünne Wände in den Stages mit den Fäusten zerschlagen hat. Wurfgeschosse hat er dagegen keine. Deswegen schaffe ich es immer, irgendwie zu entkommen … Aber lange halte ich das nicht mehr durch, wenn ich ehrlich bin. Meine Konzentration lässt stark nach.]

Das überrascht Haruyuki nicht. Er selbst wäre sicher nach spätestens drei Tagen völlig fertig, wenn er den ganzen Schultag lang jede Sekunde mit einem Angriff rechnen müsste. Aber Kuroyukihimes Gedankenstimme zeigt überhaupt keine Anzeichen von Erschöpfung, als sie weiterspricht.

[Außerdem … das ist jetzt wirklich nur eine Vermutung, aber ich glaube, Cyan Pile ist auch in Bedrängnis.]

[Hä …? Inwiefern?]

[Ich vermute, er hat selbst Angst vor dem Verlust von *Brain Burst*. Wahrscheinlich hat er kaum noch Burst Points übrig. Spieler mit genügend Punkten zeigen in der Regel mehr Spaß an ihren Kämpfen. So wie Ash Roller, gegen den du angetreten bist.]

[Ah, ja … Stimmt, der hat sich verdammt gut amüsiert …]

[Cyan Pile dagegen lässt sich überhaupt keine Zeit für Spaß. Er spricht nicht, legt keinen Wert auf seine äußere Erscheinung und greift mich sofort wie wahnsinnig an. So verhalten sich in der Regel Burst Linker mit Verlustangst. Er will sich nicht mit dem »spärlichen« Kopfgeld der Könige begnügen, sondern sich alle meine Punkte holen. Wobei diese Information für uns eigentlich keine Rolle spielt …]

[Ja … Du hast recht. Man kann schlecht die Köpfe aller Schüler untersuchen. Ist das schon alles, was du über ihn weißt?]

Eigentlich hat sich Haruyuki bei dieser Frage nichts weiter gedacht.

Aber jetzt kommt es ihm plötzlich so vor, als hätten sich Kuroyukihimes Gedanken ein Stück weit verhärtet. Bevor er jedoch seine Verwirrung äußern kann, schüttelt das Mädchen den Kopf und sagt: [Nein, eine wichtige Informationsquelle gibt es noch ... Und zwar den Richtungspfeil.]

[Was? Du meinst diesen türkisfarbenen?]

[Genau. Dadurch siehst du unmittelbar zu Beginn des Kampfes, in welcher Richtung von dir aus sich dein Gegner befindet. Verstehst du? Selbst wenn ich also nicht sehen kann, wo genau er auftaucht, so kann ich mir merken, wohin der Cursor als Allererstes zeigt. Irgendwo entlang einer daraus verlängerten Geraden muss sich dann der reale Feind aufhalten – theoretisch.]

[Ach ... ja! Natürlich, klar. Das Kampfareal entspricht ja immer der realen Umgebung. Also findet man dadurch ziemlich genau raus, in welchem Bereich des Schulgebäudes sich der Gegner versteckt!]

[Du hast es erfasst. Deswegen habe ich mir bei den über zehn Kämpfen bisher jedes Mal die Richtung des Pfeils gemerkt, mir danach anzeigen lassen, welche Schüler sich dort gerade befanden, und die Namen, die dabei mehrmals vorkamen, herausgefiltert. So konnte ich eine Person ausmachen, die mit ziemlich hoher Wahrscheinlichkeit Cyan Pile ist. Aber das ist noch kein ausreichender Beweis. An Orten wie hier, wo so viele Menschen auf kleinem Raum zusammenkommen, bräuchte man mehr als nur eine verlängerte Linie. Denn entlang dieser findet man immer mehrere Dutzend Schüler. Haruyuki ... Ich möchte daher, dass du Folgendes für mich tust: Logg dich in meinen nächsten Kampf automatisch als Zuschauer ein und merk dir, in welcher Richtung dein Pfeil dir Cyan Pile anzeigt.]

[Und … mit zwei Linien …], stammelt Haruyuki überwältigt. Kuroyukihime nickt, noch ernster als vorher.

[Ja. Mit zwei Linien kann man den genauen Punkt berechnen, an dem sie sich schneiden. Und wenn sich dort dann wieder dieselbe Person aufhält … dann haben wir Gewissheit. Darüber, wer Cyan Pile ist.]

Kuroyukihime presst die Lippen fest aufeinander und führt ein paar schnelle Handbewegungen in der Luft auf dem nur für sie sichtbaren virtuellen Desktop aus. Sie ruft eine Datei auf und will diese gerade zu Haruyuki rüberschieben, als sie plötzlich mitten in der Bewegung innehält.

[…? Was ist? Sag schon, wen verdächtigst du denn jetzt?]

Die Neugier hat Haruyuki so gepackt, dass er seinen großen Frappé inzwischen komplett ausgetrunken hat und sich jetzt räuspernd nach vorn lehnt. Sein Hals ist schon wieder völlig trocken.

Kuroyukihime zögert nur noch mehr, wischt aber schließlich die Datei doch zu ihm rüber und murmelt dabei in einem fast entschuldigenden Ton: [Du sollst wissen, dass ich diese Datei schon angefertigt hatte, bevor ich eine Woche später nach endlos langer Suche endlich den Dritten an dieser Schule gefunden habe, der das Potenzial zum Burst Linker hat … also dich.]

Haruyuki versteht absolut nicht, warum sie ihm das jetzt sagt. Stirnrunzelnd nimmt er die Datei an und tippt ohne einen Moment zu zögern das auf seinem virtuellen Desktop erschienene Icon an.

Ein Bild öffnet sich. Es handelt sich um das Foto einer Schülerin, welches wohl dem Schülerregister entnommen wurde. Das Mädchen ist frontal mit Kopf und Schultern zu sehen.

[Hä …? Was …? Aber … wieso …?]

Diese auf gleiche Länge geschnittenen kurzen Haare, die blauen Haarnadeln, die katzenhaft großen Augen …

Es wäre ziemlich untertrieben, zu sagen, dass ihm das Gesicht nur bekannt vorkommt. Die Züge dieses Mädchens sind ihm nach denen seiner Mutter die vertrautesten auf der Welt.

[Ch… Chiyuri? Sie … soll ein Burst Linker sein …?], flüstert Haruyuki.

Mehr als fünf Sekunden lang sitzt er da wie paralysiert. Dann schaut er fassungslos Kuroyukihime an.

[Nein …! Das glaub ich nicht! Sie hat überhaupt kein Talent für Games. Ganz egal, welches Genre … Sie kann die Voraussetzungen zum Burst Linker überhaupt nicht erfüllen. Ihr Denken ist schwerfällig und man kann ihr alles im Gesicht ablesen … Ich kann mir nicht vorstellen, dass sie dir so hartnäckig auflauern könnte.]

[Du scheinst sie aber gut zu kennen], entgegnet Kuroyukihime, ohne ihn anzuschauen. Eine kleine Spur Härte liegt dabei in ihrer Stimme.

[Na ja … Wir sind zusammen aufgewachsen …]

[Als sie mich vorhin vor dem Schultor so angeschrien hat, bin ich insgeheim erschrocken. Wenn sie wirklich Cyan Pile ist, kennt sie natürlich meine Identität als Black Lotus. Ich habe mich schon gefragt, was sie in dem Fall wohl damit bezweckt hat …]

[Aber … wenn ich es doch sage, sie wär gar nicht schlau genug, um einem so etwas vorzuspielen. Im Gegenteil, sie ist verdammt tollpatschig. Und man sieht ihr immer sofort an, was sie eigentlich denkt.]

Während Haruyuki seine Widersprüche äußert, steigen Kuroyukihimes Augenbrauen immer spitzwinkliger in die Höhe. In einem noch kälteren Ton antwortet sie: [Dann drängt sich umso mehr der Verdacht auf, dass sie Cyan Pile ist, meinst du nicht? Du hast doch sicher auch gesehen, wie feindselig ihr Blick war.]

[Na ja, das ... lag sicher daran, dass ich mit dir über das Kabel geredet habe und so ...]

[Wieso soll sie das wütend machen? Ich dachte, sie hat einen festen Freund? Dann dürfte sie sich eigentlich gar nicht beschweren, wenn ich mit dir eine Kabelverbindung eingehe oder mich bei dir einhake.]

[Das ... stimmt schon ... ja ...], stammelt Haruyuki in seiner Verwirrung. Er würde gerade am liebsten verzweifelt die Arme um seinen Kopf schlingen.

Wieso schlägt das Gespräch jetzt bloß so eine Richtung ein? Natürlich hat Chiyuri ihren Freund, der sich in jeder Hinsicht durch Perfektion auszeichnet. Ich dagegen bin ihr ... ja ... was eigentlich?

Untergebener? Besitz? Etwas, worüber sie frei verfügen kann?

Diese und ähnliche Bezeichnungen, die er lieber nicht aussprechen möchte, kommen Haruyuki in den Sinn. Aber während er sich fragt, wie er das Verhältnis zwischen ihm und seiner Kindheitsfreundin am besten beschreiben soll, streut Kuroyukihime unerbittlich noch einmal Salz in die Wunde.

[Vielleicht kann man ihr Verhalten ja so deuten: Sie ist bereits seit längerer Zeit ein Burst Linker und wollte dich irgendwann zu ihrem »**Kind**« machen. Aber dann kam ich ihr unerwartet zuvor und habe dich ihr weggeschnappt. Da ist sie vor Wut ausgeflippt und deshalb auf mich losgegangen. Was sagst du dazu?]

Das ergibt in der Tat Sinn und gleichzeitig auch wieder nicht. Haruyuki versteht außerdem überhaupt nicht, wieso Kuroyukihime ihm ihre These mit der trotzigen Stimme eines Kleinkindes darlegt. Aber bevor er sichs versieht, verkündet er ihr plötzlich schon enthusiastisch: [O... Okay! Dann werde ich mir eben selbst Gewissheit darüber verschaffen!]

[Ach?], erwidert Kuroyukihime herausfordernd und zuckt dabei mit einer Augenbraue.

[Und wie genau willst du das anstellen? Ich muss dir wohl nicht mehr erklären, dass du sie nicht direkt danach fragen darfst, ob sie ein Burst Linker ist oder nicht. Und Cyan Pile kann Kämpfe beliebig blockieren. Also bringt es dir auch nichts, dich vor ihr aufzubauen, dich zu beschleunigen und eine Herausforderung zu schicken. Es gibt eben keine direkte Möglichkeit, sich zu vergewissern – sonst hätte ich mir all den Aufwand bisher sparen können. Wenn du also einfach nur aus dem Affekt heraus unnütze Dinge vorschlägst, hilft mir das nicht weiter.]

[D... Das schlage ich nicht aus dem Affekt heraus vor!]

Von ihren Worten angestachelt reagiert Haruyuki automatisch und feuert scharf zurück.

[Also gut, ich werde eine Kabelverbindung mit ihr eingehen. Wenn eine Herausforderung zum Duell schon nicht möglich ist, kann ich wenigstens im Speicher ihres Neuro Linkers nachschauen, ob *Brain Burst* dort installiert ist. Das sollte dich sicher zufriedenstellen!]

5

Warum? Wieso?

Diese zwei Worte kreisen pausenlos durch Haruyukis Kopf, als er mit hängenden Schultern den von der Abendsonne erleuchteten Fußweg entlang nach Hause trottet.

Wieso hat sich das Gespräch in so eine Richtung entwickelt?

Ich wollte doch eigentlich nichts weiter, als Kuroyukihimes treu ergebene Schachfigur werden. Aber dann liefere ich mir so ein Wortgefecht mit ihr und renne am Ende einfach aus dem Café.

Warum?

Kann nicht irgendjemand die Zeit um eine halbe Stunde zurückdrehen, bitte?!

Genau danach sehnt sich Haruyuki gerade aus tiefstem Herzen. Aber selbst *Brain Burst* schafft es lediglich, den aktuellen Moment fast zum Stillstand zu bringen, jedoch nicht, ihn rückgängig zu machen.

Und angenommen, er könnte tatsächlich wie in einem Adventure-Game die gleiche Szene noch einmal laden, so würde ihm eine Zustimmung zu der These, dass sich hinter Cyan Pile Chiyuri verbirgt, wohl trotzdem schwerfallen. Haruyuki kann sich einfach nicht vorstellen, dass sie erstens ein Burst Linker ist und zweitens diese Tatsache über einen größeren Zeitraum hinweg geheim halten konnte.

Nein ... vorstellen ist nicht das richtige Wort. Er will es nicht glauben.

Nüchtern betrachtet hat er keinen objektiven Beweis. Anders als in ihrer Kindheit hat er die letzten ein, zwei Jahre gar keine längeren Gespräche mehr mit Chiyuri geführt.

Außerdem ist sie ein Mädchen. Zwar stellt sie für ihn kein so großes Rätsel dar wie Kuroyukihime, aber sie ist immer noch viel geheimnisvoller, als ihm lieb ist.

Und dass sie keine Dinge vor ihm verbergen kann, stimmt genau genommen auch nicht so ganz. Schließlich ist sie, obwohl Haruyuki sie eindringlich um Stillschweigen gebeten hatte, mit seinem Mobbing-Problem zu Takumu gegangen und hat das vor ihm geheim gehalten.

Wenn ich so darüber nachdenke, kann ich mit meiner waghalsigen Bitte, eine Kabelverbindung einzugehen, gar nicht so einfach herausrücken. Vorher muss ich mich wenigstens für die Sache mit den runtergeworfenen Sandwiches entschuldigen. Und dafür muss ich irgendwie den Fakt runterschlucken und akzeptieren, dass meine beiden Sandkastenfreunde meine Probleme erörtert haben.

Allein dafür brauch ich sicher locker eine Woche Zeit. Und eigentlich will ich überhaupt nicht darüber nachdenken. Am besten versuche ich gar nicht erst, mir Gewissheit zu verschaffen. Aber dann wäre ich dazu gezwungen, Kuroyukihime zu glauben, dass Chiyuri Cyan Pile ist.

Was will ich selbst denn eigentlich? Was für ein Verhältnis zu Chiyuri und Takumu wünsche ich mir ... und zu Kuroyukihime?

Haruyuki raucht von so viel angestrengtem Nachdenken schon der Kopf. Schwerfällig betritt er schließlich sein Wohnhaus.

Er wirft einen kurzen Blick auf die Uhranzeige am Rand seines Gesichtsfelds – es ist halb sechs Uhr abends.

Chiyuri ist bestimmt schon zu Hause. Takumu müsste noch in der Schule beim Kendo-Training sein. Also können die beiden gerade weder bei ihm noch bei ihr in der Wohnung zusammen etwas machen oder sich in einem privaten Chat unterhalten.

Im Lift grübelt Haruyuki so lange hin und her, bis der Warnton erklingt.

Dann drückt er auf das 22. Stockwerk, in dem er selbst wohnt.

Und auf halber Fahrthöhe noch mal einen Knopf, zwei Etagen tiefer.

»Oh, Haru! Schön, dich auch mal wieder zu sehen!!«

Kaum dass sich die Tür öffnet, strahlt ihm breit lächelnd Chiyuris Mutter entgegen. Haruyuki murmelt ein »Ja, ist wohl etwas länger her« zurück.

»Mensch, du bist ja ganz schön gewachsen. Wie alt bist du jetzt noch mal? Ach, dumme Frage, dreizehn, genau wie Chiyu, nicht wahr? Du lässt dich seit Beginn der Mittelstufe gar nicht mehr hier blicken. Das finde ich schade. Aber heute hast du Zeit, ja? Dann bleib doch zum Abendessen! Chiyu isst neuerdings immer kaum etwas, da lohnt das Kochen schon fast nicht mehr. Oh, übrigens, heute wollte ich Curry machen. Das magst du doch so gerne! Dann koche ich einen großen Topf und du kannst kräftig zuschlagen. Chiyu wird sich auch freuen, dass du da bist, sie hat sich schon beschwert, dass du nicht mehr mit ihr spielst!«

Dieser Redeschwall wäre noch ewig so weitergegangen, hätte ihn nicht eine scharfe Stimme vom anderen Ende des Flurs unterbrochen.

»Mama!!«

Haruyuki entdeckt Chiyuri, die ihren Kopf aus dem Wohnzimmer steckt und zornig herüberstarrt.

»Erzähl keine blöden Sachen!!«

»Ja, ja … Hach, die Pubertät. Dann viel Spaß euch, Haru.«

Haruyuki schaut Chiyuris Mutter nach, die ihm fröhlich zuwinkt und durch eine Tür auf halber Strecke des Flurs in die Küche verschwindet. Dann lächelt er noch einmal verkrampft.

»H... Hi.«

»...«

Chiyuri wirft ihm einen abschätzigen Blick zu, vollführt eine leichte Bewegung mit ihrem zierlichen Kinn, wohl um anzudeuten, dass er reinkommen kann, und zieht den Kopf wieder ins Wohnzimmer zurück. Haruyuki lässt seinen bis eben angehaltenen Atem entweichen und murmelt, während er sich die Schuhe auszieht: »Ich hoffe, ich störe nicht.«

Früher ... bis zur dritten oder vierten Klasse war es für ihn völlig normal, sich hier bei den Kurashimas aufzuhalten. Chiyuri, Takumu und er spielten bis zum Anbruch der Dunkelheit draußen, kamen dann alle völlig verschwitzt hierher, badeten, aßen zusammen und schauten anschließend noch fern. Danach trottete Haruyuki die Treppe hoch zur leeren Wohnung seiner Familie. Da er zu der Zeit schon in der Schule gemobbt wurde, waren diese Abendstunden für ihn die einzige Zeit, die er genießen konnte.

Aber vor zwei Jahren war es dann auch damit vorbei.

Da gestand Takumu Chiyuri, dass er sie liebt, und diese fragte daraufhin zunächst Haruyuki um Rat.

Im Schuhregal steht noch das Paar Hausschuhe mit den zwei blauen Bärenköpfen, das immer für ihn bestimmt gewesen war. Inzwischen ist die Farbe verblasst. Haruyuki schlüpft hinein, geht zur Wohnzimmertür und öffnet sie vorsichtig. Aber Chiyuri ist nicht mehr zu sehen.

Der dicke Junge wischt sich die schwitzenden Hände an der Hose seiner Schuluniform ab. Dann durchquert er den

Flur der vertrauten Wohnung bis zu Chiyuris Zimmer am hinteren Ende und klopft an die Tür.

»Herein«, hört er nach einer Weile. Er schluckt und drückt die Türklinke herunter.

Zwei Jahre hat er dieses Zimmer nun nicht mehr betreten, aber es ist immer noch fast genauso schlicht eingerichtet wie früher. Möbel wie Bett und Schreibtisch sind schwarzweiß gehalten, und die einfarbigen Vorhänge am Fenster erinnern Haruyuki an die in seinem eigenen Zimmer.

Ein paar Dinge haben sich aber doch verändert. Allem voran der angenehme Duft, der früher nicht da gewesen ist, und die Kleidung des Mädchens, das jetzt schmollend auf dem Bett sitzt.

Allerdings trägt sie nicht die Schuluniform, die es zu Grundschulzeiten noch nicht gab. Aber auch keine ihrer stets burschikosen Freizeitsachen von damals. Stattdessen ist sie jetzt mit einem überraschend schicken, weißen Strickpullover und einem rosafarbenen, weiten Minirock bekleidet.

Okay, das war eigentlich zu erwarten … Schließlich geht sie auch mit Taku aus …

Haruyukis flüchtige Gedanken werden unterbrochen, als Chiyuri unerwartet als Erste anhebt, zu sprechen.

»Ich hab gestern mehrmals versucht, dich anzurufen.«

»Hä …?«, entfährt es Haruyuki. Er ist verwirrt.

Gestern …? Stimmt, da hab ich sie und Takumu einfach stehen lassen und bin weggerannt. Ach du Scheiße, dann muss ich mich ja zuallererst dafür entschuldigen, bevor ich das mit den Sandwiches ansprechen kann.

»A… Ach so, tut mir leid …! Den Rest des Tages war mein Neuro Linker aus …«

»Wenigstens 'ne Mail hättest du mich senden lassen können. Ich bin deswegen total spät ins Bett!«

»S... Sorry ...«

Haruyuki versucht, sich bei Chiyuri zu entschuldigen, die ihre Backen dick aufgeplustert hat.

Nein, es kann nicht sein.

Absolut unvorstellbar, dass dieses Mädchen der Burst Linker Cyan Pile ist, dieser starke Spieler auf Level vier. Oder gar ein Hacker, dem es als Einzigem weltweit gelungen ist, den Code von Brain Burst *zu manipulieren!*

Trotzdem wird es nicht einfach sein, einen stichhaltigen Beweis dafür zu erbringen. Kuroyukihime gegenüber hat er bereits den einzigen Weg genannt, den es dafür gibt: Er muss eine Kabelverbindung zu Chiyuris Neuro Linker herstellen und ihren Datenspeicher durchsuchen.

Aber wie soll ich sie in dieser Situation nur dazu bringen?

Oh ... Moment.

Plötzlich schießt Haruyuki eine Idee durch den Kopf, die ihm auf Anhieb ziemlich solide erscheint.

Vielleicht ist gerade der bisherige Gesprächsverlauf perfekt geeignet? Es würde ihm zwar Chiyuri gegenüber leidtun, aber ... er hintergeht sie damit nicht. Er wird sich aufrichtig bei ihr entschuldigen und parallel dazu ein klein wenig in ihrem Speicher stöbern ...

»Ä... Äh ... Äääh, Ch... Chiyuri!«, beginnt Haruyuki laut zu stottern, ohne dass es gespielt ist.

»W... Was ist?«

»Also ... I... Ich bin eigentlich gekommen, u... um mich für das m... mit den Sandwiches, für die Sache vor dem Schultor u... und so zu entschuldigen. A...A... Aber, äh, ich kann über so was total schlecht reden und … wollte fragen, ob wir das nicht über ein Kabel machen können.«

Haruyuki muss nicht schauspielern, die Schweißtropfen perlen auch so von seiner Stirn. Chiyuri starrt ihn mit offenem Mund an.

Ihre dicken Augenbrauen heben sich zunächst nur verwundert, steigen dann weiter in Richtung Skepsis und noch weiter darüber hinaus in die Höhe.

Haruyuki macht sich innerlich darauf gefasst, gleich angeschrien zu werden. Der Versuch ist wohl gescheitert. Aber klar, so wie er sie damit überrumpelt hat. Doch da erscheint im Gesicht des Mädchens ein merkwürdig provokanter Ausdruck. So blickte sie früher oft drein, wenn sie sich mit Jungs anlegte. Nach dem Motto: Kommt nur, wenn ihr euch traut!

»Hast du denn ein Kabel dabei?«, fragt sie mit fester Stimme. Da erst fällt es Haruyuki siedend heiß ein. Er muss den Kopf schütteln.

»Oh … N… Nein, hab ich nicht.«

»Ach so. Tja, ich kann dir nur das hier anbieten.«

Chiyuri bückt sich und holt eine Kiste unter dem Bett hervor. Daraus nimmt sie ein dunkelweißes XSB-Kabel von höchstens dreißig Zentimetern Länge.

»D… Das ist echt kurz. Benutzt du das immer … mit Taku …?«, rutscht es Haruyuki raus, woraufhin er sofort angeschrien wird: »Q… Quatsch, natürlich nicht!! Taku hat ein Ein-Meter-Kabel. Das hier lag meinem Neuro Linker beim Kauf bei. Es ist zum Verbinden mit dem PC!!«

»A… Ach so …«

XSB steht für Extra Serial Bus – eine standardisierte Übertragungsmethode für Hochgeschwindigkeitskommunikation.

Diese Kabel müssen besonders hochwertig abgeschirmt werden, weswegen kein Gerätehersteller seinen Produkten ein langes Exemplar beilegt. *Trotzdem sind dreißig Zentimeter äußerst wenig. Es muss sich um eine echt geizige Firma handeln.*

Mit diesen Überlegungen versucht Haruyuki, sich abzulenken. Die kleine Chiyuri wirft ihm währenddessen das Kabel hin, das nicht länger ist als der Schwanz einer Katze, schnaubt leise und lässt sich auf ihr Bett fallen.

»Nur zu, ich warte.«

Sie schließt die Augen und dreht den Kopf weg.

Haruyuki hält das Kabel wie einen glühend heißen Metalldraht in den Händen.

»Ä… Äh …«, setzt er zaghaft an, »könntest du dich vielleicht auf den Stuhl setzen und ich dreh mich mit dem Rucken zu dir …?«

Er erhält keine Antwort. Chiyuri liegt mit ausgestreckten Armen und Beinen auf ihrem Bett und macht nicht den Anschein, als wolle sie sich bewegen.

Hm, soll ich mich einfach umdrehen und weglaufen?

Einen Moment lang zieht Haruyuki diese Option ernsthaft in Erwägung, bis ihm einfällt, dass er heute bei Kuroyukihime auch schon davongestürmt ist. Wenn er das jetzt wieder tut, kann er gar nichts mehr retten.

»O… Okay, dann …«

Haruyuki fasst einen Entschluss.

Er schlurft zu Chiyuris Bett und zieht die Hausschuhe aus.

Sachte setzt er ein Knie auf die grau-weiß gestreifte Bettdecke.

»Knarz!«

Das eigentlich stabil wirkende Bettgestell protestiert unter der viel höheren als bisher gewohnten Last.

Auf allen vieren kriecht Haruyuki von rechts bis auf siebzig Zentimeter an Chiyuri heran und steckt dann das eine Ende des Kabels in den Anschluss für externe Verbindungen rechts hinten an seinem Neuro Linker.

Dann verrenkt er seinen Kopf unnatürlich und zieht das Kabel so weit wie möglich in die Länge. Bis zu Chiyuris Anschluss fehlen allerdings immer noch Lichtjahre.

Verdammt, ich hätte mich ihr von der anderen Seite nähern müssen. Soll ich wieder aufstehen und es noch mal von links versuchen?

Doch dafür bringt er die mentale Kraft nicht mehr auf. Und über Chiyuri hinweg zu klettern kommt für ihn auch nicht infrage.

Auf gar keinen Fall.

Die Panik hat fast vollständig von Haruyuki Besitz ergriffen. Er verrenkt seinen Oberkörper so, dass er sich kaum noch im Gleichgewicht halten kann, um seinen Hals näher an Chiyuris heranzuführen. Ihr milchig-süßer Duft steigt in seine Nase. Gleich verliert er die Balance –

Und da rutscht auch schon sein linkes Knie weg. Doch kurz bevor er Chiyuris zierlichen Körper unter seinem Gewicht begräbt, fängt er sich im letzten Moment mit der linken Hand ab.

Das verbessert die Situation allerdings nicht gerade: Sein linkes Knie ist zwischen Chiyuris ausgestreckten Beinen gelandet, die linke Hand dicht neben ihrer rechten Wange. Er hält sich nur mit Mühe aufrecht.

Ach, du heilige Scheiße! Hilfe, Hilfe, Hilfe!!

Haruyukis Panikmeter schießt weit über die rote Zone hinaus. Und in dem Moment öffnet Chiyuri nur zehn Zentimeter unter ihm ihre Augen.

Den Ausdruck darin kann Haruyuki nur zum Teil deuten. Natürlich liegen in ihren Pupillen Zorn, Wut ... Aber diese Gefühle scheinen nicht gegen seine derzeitige unsittliche Position gerichtet zu sein, sondern ... es ist, als gäbe es etwas, das sie schon sehr lange unterdrückt –

Lange erträgt Haruyuki diesen Blick nicht. Mit der rechten Hand steckt er das andere Ende des Kabels in Chiyuris Anschluss ein. Die Warnung »Wired Connection« verdeckt für einen Moment das Gesicht des Mädchens.

Das schenkt ihm zwar nur eine Sekunde Zeit, aber irgendwie schafft es Haruyuki in diesem kurzen Augenblick, seine Gedanken wieder zu ordnen.

Er blinzelt einige Male, wendet seinen Blick von Chiyuris Augen ab und fixiert ihn auf die Stelle, an der ihr Schlüsselbein unter dem weißen Kragen des Pullovers herauslugt.

[Also ... ich ... bin heute hier, um mich bei dir zu entschuldigen.]

Etwas unbeholfen, aber ohne Stottern erklingt sein in Gedanken ausgesprochener Satz in den Ohren der beiden.

[Du hattest extra eine Lunchbox für mich gemacht und ich schmeiße sie auf den Boden. Das tut mir leid, wirklich.]

Die Entschuldigung ist ernst gemeint. Aber während er das sagt, klickt er mit einem Finger seiner rechten Hand, die Chiyuri nicht sehen kann, das Datenspeicher-Icon an.

Ein Fenster öffnet sich, das Chiyuris Gesicht halb verdeckt. Neben dem Ordner von Haruyukis Festplatte erscheint darin auch einer, der mit Chiyuris ID beschriftet ist.

Im Grunde kann er jetzt schon sagen, dass Chiyuri mit sehr hoher Wahrscheinlichkeit nicht Cyan Pile ist. Sonst wüsste sie doch längst, dass Haruyuki Kuroyukihime jetzt als Silver Crow dient, und hätte die Kabelverbindung gar nicht erst zugelassen.

Oder ... hat sie sich deswegen auf das Bett gelegt, damit Haruyuki sein Vorhaben von selbst aufgibt? Ist sie jetzt in Wirklichkeit ganz überrascht darüber, dass er es doch nicht getan hat?

Er fühlt sich nicht gut dabei, dieses Mädchen, mit dem er inzwischen seit zehn Jahren befreundet ist, so zu verdächtigen. Trotzdem richtet er den Cursor auf Chiyuris Festplattenordner.

[Aber ... Aber ich muss sagen ... ein bisschen war es auch ein Schock für mich.]

Dieser Satz verlässt seine Gedanken, als wolle er Haruyukis schlechtes Gewissen überspielen.

[Ich konnte die Vorstellung nicht ertragen, dass ihr ... also, dass du und Taku über mein Problem mit diesen Typen geredet habt ... Ich weiß ja, dass ihr alles nur gut gemeint habt ... Aber ich ...]

... wollte wenigstens von euch kein Mitleid. Gerade weil wir Freunde sind ... wollte ich, dass wenigstens zwischen uns dreien alles so bleibt, wie es ist.

Aber dafür ist es nun wahrscheinlich zu spät.

Haruyuki klickt energisch auf den Ordner.

Daraufhin öffnet sich ein neues halb durchsichtiges Fenster in einer anderen Farbe. Und gleichzeitig vernimmt er Chiyuris Stimme sowohl in seinem Gehirn als auch über sein Gehör.

[Haru … das hast du falsch verstanden.]

Chiyuri weiß in ihrer unbeholfenen Art offenbar nicht, wie das Sprechen mittels Gedanken funktioniert. Ihre zierlich kleinen Lippen direkt vor Haruyukis Augen bewegen sich. So fährt sie fort: [Ich hab Taku nichts gesagt. Wieso sollte ich auch? Ich hab es dir doch versprochen. Von den Sandwiches wusste er nur, weil ich bei seinem Kendo-Wettkampf neulich angedeutet hab, dass ich dir auch mal eine Lunchbox machen will.]

[Was …?]

Haruyuki wollte sich gerade das Ordnerfenster näher ansehen, schaut nun aber unwillkürlich zurück zu Chiyuri. Deren selbstsicherer Blick wird plötzlich schwächer. Etwas wehmütig schlägt sie die Wimpern nieder.

[Wie viele Jahre ist es jetzt her … seit du das letzte Mal über dich selbst gesprochen hast, Haru?]

Darauf kann Haruyuki nichts erwidern. Das Mädchen unter ihm wendet seinen Blick ab und fährt leise fort: [Aber ich … ich war auch nicht fair. Ich war feige. Lange … sehr lange hab ich einfach nur zugesehen, wie du gelitten hast. Dabei hätte ich im Grunde so viel für dich tun können, wenn ich nur gewollt hätte. Ich hätte es den Lehrern sagen oder einen Brief an den Bildungsausschuss schreiben oder meinetwegen auch mit Taku reden können, damit er sie alle verhaut. Aber ich konnte es nicht … Ich dachte, du würdest dann sauer sein und mich hassen … Ich wollte nicht, dass sich etwas zwischen uns ändert.]

Mit angehaltenem Atem beobachtet Haruyuki, wie sich ein paar kristallklare Tröpfchen an den langen Wimpern entlang ihrer Mandelaugen sammeln. Vor zwei Tagen erst hat er sie zum Weinen gebracht, als er ihre Sandwiches zu Boden geschmissen hat. Aber diese Tränen wirken anders als vorgestern, und anders als bei den unzähligen Malen, die sie bisher schon gestritten und dabei immer abwechselnd geheult haben.

[Aber du bist auch fies, Haru.]

Chiyuri presst ihre Augen fest zusammen und spricht mit zitternden Lippen weiter: [Du hast gesagt, dass wir für immer und ewig Freunde bleiben. Dass alles so bleibt, wie es ist. Damals, als ich dich vor zwei Jahren ... wegen Taku um Rat gefragt hab. Wenn ich nicht Takus Freundin werde, würde er nicht mehr mit uns spielen, hast du gesagt. Und du hast versprochen, dass wenn ich mit ihm ausgehe, du für immer mein Freund bleiben würdest. Ich ... Ich wollte doch nur, dass sich nichts ändert. Dass wir drei für immer zusammenbleiben können ...]

Genau das wollte ich doch auch.

Haruyuki kann sich gerade noch davon abhalten, diesen Gedanken an Chiyuri zu übertragen.

Als hätte sie es doch gehört, schaut diese wieder hoch, wodurch ihre Tränen in alle Richtungen spritzen. Chiyuri blickt Haruyuki nun direkt in die Augen.

[Und jetzt ...! Wieso?! Wieso lässt du dir von diesem Mädchen helfen?! Mir sagst du, ich soll nichts tun, aber vor ihr wirfst du dich in den Staub und lässt sie deine Probleme lösen?! Das ist nicht fair ... Das tut weh, wenn ich mir jahrelang den Kopf zerbreche, und dann kommt diese Person ... vertreibt in nur einem Tag all deine Sorgen und ... macht dich praktisch zu ihrem Leibeigenen ...]

Mit »dieser Person« ... meint Chiyuri Kuroyukihime. Haruyuki hat überhaupt nicht damit gerechnet, jetzt auf sie angesprochen zu werden. Sein Vorhaben, Chiyuris Programme durchzusehen, ist dadurch fast völlig in Vergessenheit geraten. Er schüttelt krampfhaft den Kopf.

[N... Nein, ich hab sie nicht um Hilfe gebeten ... Sie wollte nur als stellvertretende Schülersprecherin dem Mobbing ein Ende setzen ...]

[Und wieso schleppt sie dich dann überall mit rum wie ein Schoßhündchen?! Und du machst dich auch noch hinter ihrem Rücken klein, als wärst du ihr Diener!]

[Nein ...! Das stimmt so nicht!]

Haruyuki schüttelt noch einmal heftig den Kopf und merkt dabei, dass er sich eigentlich völlig widersprüchlich benimmt.

Als Kuroyukihime ihn davon überzeugen wollte, dass Chiyuri Cyan Pile ist, hat er das vehement abgestritten. Jetzt schimpft Chiyuri ihrerseits über das schwarzhaarige Mädchen und Haruyuki verteidigt dieses mit aller Macht. Der Wirrwarr ähnelt einem gut durchmischten Puzzle und Haruyuki hat keine Ahnung, wie er es je zusammensetzen soll.

Trotzdem wiederholt er noch mal leiser: [Das stimmt so nicht. Ich meine, mir macht es ... eigentlich nicht viel aus ...]

[Mir aber schon!!], schreit Chiyuri plötzlich so laut, dass man es im Normalfall bis ins Nebenzimmer hören würde.

[Du hast mich seit Beginn der Mittelstufe immer so kalt behandelt. Wir sind nicht mehr zusammen nach Hause gegangen. Wenn ich dich in der Schule anspreche, siehst du immer so aus, als wär dir das unangenehm. Du besuchst mich nicht mehr zu Hause. In der Grundschule war das alles noch ganz anders.]

[Na ja … Mir bleibt gar keine andere Wahl, du hast doch jetzt ei… einen Freund.]

[Aber du hast selbst gesagt, dass ich mit ihm ausgehen soll! Du hast mir gesagt, dass wir, du, Taku und ich, dann für immer genauso zusammenbleiben werden wie bisher!! War das etwa gelogen?!]

[Nein! Natürlich nicht … Aber wir können doch nicht bis in alle Ewigkeit Grundschüler bleiben!!]

Haruyuki schreit nun auch und krallt sich dabei mit beiden Händen rechts und links neben Chiyuris Gesicht in die Bettdecke.

[Früher ging das ja alles noch super! Da konnte ich problemlos auf der Straße neben euch laufen oder wir konnten zusammen Burger essen gehen! Aber … ich kann nicht mehr, das geht nicht mehr! Taku sieht von Tag zu Tag immer besser aus, und du … b… bist auch ein recht hübsches Mädchen. Und dann schau dir mich daneben an! Ich könnte neben euch vor Scham im Boden versinken!]

Noch nie hat Haruyuki Chiyuri … oder überhaupt irgendjemandem so seine Minderwertigkeitskomplexe offenbart. Und obwohl er ganz genau weiß, dass er später vor Scham darüber im Boden versinken wollen wird, kann er seine Gedanken nicht aufhalten.

Hätte er diese Dinge laut auszusprechen versucht, wäre dabei nur ein hoffnungsloses Gestotter herausgekommen. Aber so lässt das Verbindungskabel seinen Gedankenschwall direkt in Chiyuris Gehirn strömen.

[Du denkst das doch auch! Mit mir würdest du nicht Händchen halten wie mit Taku! Also ist er dir wichtiger als ich! Und deswegen spielt es keine Rolle mehr, was ich mal gesagt hab!!]

Chiyuris Augen zwanzig Zentimeter unter ihm sind weit aufgerissen. Gebannt lauscht sie seinem langen Gefühlsausbruch. Ihre Augen beginnen wieder feucht zu glänzen.

Mit einem qualvoll verzogenen Gesicht und stark bebenden Lippen flüstert sie kaum vernehmlich: [Das glaubst du wirklich? Du denkst ernsthaft, der Wert eines Menschen bemisst sich nur nach seinem Aussehen? Es ist immer das Gleiche mit dir, Haru ... Du hörst nicht auf, so streng zu dir selbst zu sein. Warum hasst du dich so? Wieso musst du dich selbst so verdammen?]

[Was soll ich denn sonst tun ... außer mich zu hassen?], erwidert Haruyuki stöhnend. [Wäre ich jemand anderes, dann könnte ich Typen wie mich auf keinen Fall ausstehen. Ich bin fett, stinke nach Schweiß, hab null Selbstbewusstsein ... Was soll man denn an mir bitte mögen? So jemanden will keiner um sich haben ... geschweige denn überhaupt ansehen müssen.]

[Mir würde vieles einfallen. Ganz viele Dinge, die an dir toll sind. Ich könnte sie gar nicht an beiden Händen abzählen!]

Von Schluchzern unterbrochen, die genauso klingen wie damals, als sie noch kleiner war, fährt Chiyuri fort: [Du hast mir immer das größere Kuchenstück gegeben. Als der Anhänger an meinem Schulranzen weg war, hast du ihn bis zum Abend alleine gesucht. Wenn ich Probleme mit meinem Neuro Linker hatte, konntest du ihn immer sofort reparieren. Und das sind nur ein paar der Dinge, die dich von allen anderen abheben. Wie du aussiehst, ist völlig egal. Wenn du ... Wenn du mir vor zwei Jahren ...]

Plötzlich bricht das Mädchen mitten im Satz ab und lächelt traurig.

[Tut mir leid … So was darf ich wohl nicht sagen. Ich … Ich hatte eben Angst, dass du dich nicht nur von den anderen aus der Schule, sondern auch von mir und Taku zurückziehen würdest. Ich wollte dich nicht ganz alleine dastehen sehen. Wollte, dass wir zwei immer deine Freunde bleiben. Deswegen hab ich getan, wozu du mir geraten hast.]

Haruyuki spürt, wie sich in seinem Hals ein gewaltiger Kloß bildet. Trotzdem schafft er es irgendwie, einen Gedanken herauszupressen.

[Du hast das … für mich …? Damit Taku und ich Freunde bleiben …?]

[Du sahst immer am fröhlichsten aus, wenn du mit ihm rumgealbert hast. Und ich fand es am schönsten, euch dabei zuzusehen. Ich wollte, dass uns wenigstens diese Momente für immer erhalten bleiben. Aber … das geht wohl nicht mehr. Alles verändert sich irgendwann. Und dem Herzen kann man nichts befehlen.]

Plötzlich hebt Chiyuri beide Arme, legt sie um Haruyuki und drückt ihn leicht an sich.

Der Junge erstarrt zur Salzsäule. Aus unmittelbarer Nähe schenkt sie ihm ein tränenüberzogenes Lächeln.

[Ich will ehrlich sein … Als ich dich heute mit Kuroyukihime am Schultor gesehen habe, kam mir der Gedanke, dass diese Rolle jetzt vielleicht ihr zusteht. Und das hat mich traurig gemacht. Weil ich davon überzeugt bin, dass ich dich zigmal besser kenne als sie. Aber … wenn sie dazu in der Lage ist, dich zu ändern …]

Ein Strudel der Ratlosigkeit hält Haruyuki gefangen, weswegen er momentan nichts anderes tun kann, als den Worten des Mädchens zu lauschen.

[Aber ... ich bitte dich, lös dich wenigstens von dieser Einstellung. Benimm dich nicht wie ihr Untergebener. Wennschon, dann werde bitte ihr Geliebter. Und versetze die ganze Schule in Staunen.]

Was, wenn ich jetzt, in diesem Moment, Chiyuris Umarmung erwidere?

Einen Augenblick lang stellt Haruyuki sich diese Frage sogar ernsthaft. Aber natürlich bleibt sein Körper völlig regungslos. Nur die Finger seiner rechten Hand machen sich selbstständig und zucken kurz auf.

Dadurch bewegt sich der Holo-Cursor ein Stück, kommt zufällig auf den Programmordner von Chiyuris Festplattenspeicher und wählt diesen aus. Mit einer kurzen Verzögerung öffnet sich lautlos ein neues Fenster.

Automatisch schaut Haruyuki jede einzelne der angezeigten Programmgruppen durch. Und genauso unwillkürlich murmelt er, diesmal mit seiner echten Stimme: »Tut mir leid ... Tut mir leid, Chiyu. Ich ... hab bisher überhaupt nicht daran gedacht, dass du irgendwelche Sorgen oder Probleme haben könntest. Genau das macht mich erst recht zum Versager ...«

»Ja, ich hab auch meine Probleme. Taku ebenfalls. Und auch dieses Mädchen, nehme ich mal an. Alle haben ihre Probleme. Alle sind genau wie du, Haru.«

Chiyuris Stimme und ihre kleinen Hände sind so angenehm warm. Ich muss doch verrückt gewesen sein. Wie konnte ich auch nur einen Moment lang glauben, sie sei vielleicht ein Burst Linker und würde das vor mir verheimlichen.

Man sieht auf den ersten Blick, dass sich kein Icon mit einem lodernden B im Programmordner befindet. Sicherheitshalber überprüft er trotzdem jedes einzelne, findet aber nur handelsübliche Software wie ein E-Mail-Programm, einen Mediaplayer und einfache Spiele, aber keine Spur von irgendwas Ungewöhnlichem.

Wusste ich's doch, sie ist eben nicht Cyan Pile.

Während Haruyuki die Eigenschaften eines Programms öffnet, stutzt er plötzlich.

Der Inhalt des geöffneten Fensters ist nicht das Problem. Das nicht, aber ... das System reagiert schon die ganze Zeit ein klein wenig träge auf seine Befehle.

Bei einer drahtlosen Verbindung über irgendeinen billigen Homeserver wäre das vielleicht normal. Aber jetzt greift er über ein hochwertiges – und dazu noch sehr kurzes Kabel auf Chiyuris Neuro Linker zu. Es sollte also keinen Grund für eine merkliche Verzögerung nach den Klicks geben.

Einzig denkbar wäre in diesem Fall höchstens, dass die Verbindung zu Chiyuri zu einem großen Teil bereits von einer anderen Kommunikationsleitung beansprucht wird.

Das kommt Haruyuki erst recht verdächtig vor. Er öffnet das Netzwerkstatus-Fenster.

Der Neuro Linker seiner langjährigen Freundin hat derzeit drei aktive Verbindungen. Eine zum globalen Netz, eine zum Heimnetzwerk der Kurashimas und die Kabelverbindung zu Haruyuki. Und eigentlich kann nur im letzten Fall gerade eine Datenübertragung stattfinden.

Als Haruyuki die Pfade dahingehend genauer überprüft, entfährt ihm fast ein erstaunter Ausruf. Der überwiegende Teil der Datenpakete wird ins globale Netz gesendet. Und der lokale Absender ist irgendein merkwürdiges Programm, das in einem sehr gründlich versteckten Ordner installiert wurde. Den Empfänger auf der anderen Seite kann Haruyuki nicht identifizieren. Das heißt …

… das ist eine Backdoor!!

Jemand hat Chiyuris Neuro Linker gehackt und sich ohne ihr Wissen von außen damit verbunden. Und dieser Jemand klaut jetzt in diesem Moment die Informationen, die über Chiyuris Seh- und Gehörsinn eingehen.

»Was für ein mieser Typ!!«, will Haruyuki am liebsten schreien, unterdrückt es aber und setzt an, das Schadprogramm sofort zu löschen.

Doch kurz bevor er das Icon über dem Papierkorb abwirft, hält er inne.

Der Hacker muss Cyan Pile sein. Er hat also gar nicht den *Brain Burst*-Code manipuliert, sondern Chiyuris Neuro Linker dafür benutzt, nach Belieben in der Matching-Liste auftauchen und wieder von ihr verschwinden zu können.

Das heißt, wenn Haruyuki herausfindet, wohin die Daten übertragen werden, kann er die Identität des Angreifers aufklären. Allerdings würde dieser es natürlich bemerken, sobald Haruyuki anfangen würde, seine Spur zu verfolgen. Nur während eines Kampfes bestände die Möglichkeit, das unentdeckt zu tun. Also muss er bis zum nächsten Angriff des Gegners so tun, als hätte er die Backdoor gar nicht gefunden.

Haruyuki atmet langsam aus und schließt alle Fenster.

»Danke … Chiyu.«

Das Mädchen, das immerfort leise geschluchzt hat, nimmt seine Arme von Haruyukis Rücken und nickt lächelnd. Haruyuki grinst ungeschickt zurück und zieht mit der linken Hand das Kabel aus ihrem Neuro Linker.

6

Es ist Freitag.

Die Woche nähert sich ihrem Ende und die Gesichter der Kinder auf ihrem Schulweg strahlen in freudiger Erwartung der zwei bevorstehenden freien Tage. Dazwischen trottet Haruyuki mit traurig herabhängenden Schultern den Fußweg entlang.

»Ich bin so blöd … so unglaublich blöd …«, flüstert er leise stöhnend vor sich hin. Obwohl der Tag gerade erst angefangen hat, suhlt er sich schon in immensen Selbstvorwürfen.

Waren seine Träume in der Nacht nach der Installation von *Brain Burst* die schlimmsten seines Lebens, so kann man die von letzter Nacht als die abscheulichsten bezeichnen. Hätte darin nur Kuroyukihime Dinge getan, von denen er nur virtuelle Kenntnisse besitzt, dann hätte es vielleicht der beste Traum werden können, den er je erlebt hat. Aber irgendwann kam eine zweite Person hinzu, und das war ausgerechnet –

»Ah … Aaaaah …«

Mit aller Kraft widersteht Haruyuki dem Impuls, einfach Hals über Kopf loszurennen.

Angeblich stecken die Hersteller der Neuro Linker momentan all ihre Bemühungen in die Entwicklung eines Programms, das Träume aufzeichnen kann. Bloß gut, dass sie noch nicht erfolgreich waren. Obwohl, ein ganz klein wenig schade ist es schon. Aber wirklich nur ein klein wenig.

»Guten Morgen, mein Kleiner!«

Haruyuki fährt zusammen, als ihm plötzlich jemand von hinten auf die Schulter klopft und ihn fröhlich anspricht.

Und erschreckt sich gleich ein zweites Mal fast zu Tode, als er sich umdreht und die schwarz gekleidete Schönheit erkennt.

»Uwah?!«

»Was ist das denn, ein neumodisches Grußwort?«

Kuroyukihime macht ein verwundertes Gesicht. Haruyuki schüttelt eilig den Kopf.

»Nein, d... das war gar nichts!! G... Guten Morgen, Kuroyukihime!«

»Morgen.«

Das hübsche Mädchen legt nun erst recht verwirrt den Kopf schief, räuspert sich kurz und spricht dann weiter: »Hm, ach ... Also wegen gestern ... Das tut mir leid. Ich habe mich auch etwas kindisch verhalten.«

»Q... Quatsch ...! Überhaupt nicht ...! Ich war es doch, der einfach weggerannt ist, ohne sich zu verabschieden ...«

Während die beiden so dastehen und miteinander reden, verlangsamen viele andere Jungen und Mädchen in der gleichen Schuluniform um sie herum ihr Tempo. Nicht nur die Siebt-, auch Acht- und Neuntklässler schauen bewundernd zu Kuroyukihime und wünschen ihr einen guten Morgen. Plötzlich hat sich hinter ihr sogar eine Schlange an Wartenden gebildet, die sie noch grüßen wollen.

Als Kuroyukihime das bemerkt, ruft sie allen Anstehenden ein einziges »Guten Morgen!« zu und läuft schnell wieder los, aber erst nachdem sie Haruyuki einen Klaps auf den Rücken gegeben hat. Dieser beeilt sich, ihr zu folgen. Im Laufen flüstert sie ihm ihre Antwort ins Ohr: »Keine Sorge ... Ich kann schon verstehen, dass du in dem Moment gehen wolltest. Schließlich hab ich eine langjährige Freundin von dir als hinterhältigen Angreifer bezeichnet. Damit hab ich dich sogar dazu getrieben, etwas anzukündigen, das du sowieso nie tun könntest. Tut mir wirklich leid.«

»Hä? A… Aber ich hab es getan … Ich hab mit ihr übers Kabel geredet.«

»Was …?!«

Kuroyukihimes Profil verhärtet sich mit einem Mal. Und noch bevor Haruyuki realisiert, dass dies mal wieder ein beunruhigendes Anzeichen ist, ertönt ein: »Wo?«

Auf diese messerscharfe Frage hin kann er nur ehrlich antworten.

»B… Bei … ihr zu Hause …«

»Wo zu Hause?«

»I… Im Zimmer … In ihrem Zimmer.«

»Ach …«

Aus irgendeinem Grund beschleunigt Kuroyukihime jetzt ihr Tempo. Von Haruyukis Stirn fließt wieder Schweiß herab, als er sich bemüht, mit ihren viel größeren Schritten mitzuhalten. Ein paar Sekunden später hat er sie eingeholt und will ihr von gestern erzählen.

»Ich habe auf ihrer Festplatte nachgeschaut, aber … offenbar ist auf ihrem Neuro Linker …«

»Wie lang war das Kabel?«, nimmt Kuroyukihime ihn mit einer bohrenden Schärfe ins Verhör. Haruyuki antwortet ängstlich: »D… Dreißig … Zentimeter.«

»Aha …«

»Klack, klack, klack, klack, klacklacklacklack«

Sprachlos schaut er ihr hinterher, wie sie mit wehendem Haar blitzschnell in Richtung Schultor davonstolziert, das bereits in Sichtweite ist.

Was sollte das denn jetzt?

Er versteht die Welt nicht mehr.

Haruyuki passt im Unterricht richtig gut auf, auch um an nichts anderes denken zu müssen, und schreibt sehr eifrig mit. Aber als die Schulglocke unaufdringlich die Mittagspause einläutet, gelingt es ihm nicht, sofort zur Tat zu schreiten.

Vernünftig betrachtet müsste er sich jetzt sofort auf den Weg zur Lounge machen, wo er Kuroyukihime wahrscheinlich finden würde. Er müsste ihr von der Backdoor, die Cyan Pile in Chiyuris Neuro Linker eingebaut hat, sowie von der Möglichkeit, wie man die Datenspur verfolgen kann, erzählen. Aber wenn er davor nicht herausfindet, wieso sie seit gestern so merkwürdig schlecht gelaunt wirkt, kann er sich darauf sowieso nicht konzentrieren.

Im Grunde ist es für Haruyuki nichts Ungewöhnliches, dass er anderen die Stimmung vermiest.

Klar, nur die wenigsten werden nicht sauer, wenn ein übergewichtiger Typ, dem der Schweiß in Strömen herunterläuft, sie mit leiser, ängstlicher Stimme anspricht.

Und die wütenden Gesichter seiner Gegenüber lassen Haruyuki dann noch kleiner zusammenschrumpfen und so leise sprechen, dass er kaum noch zu verstehen ist.

Kuroyukihime hat das sicher die ganze Zeit tapfer ausgehalten und jetzt langsam ihr Limit erreicht. Dann sollte ich vielleicht nie, nie wieder versuchen, überhaupt noch von Angesicht zu Angesicht mit ihr zu reden. Wenn ich mich im Full Dive als Avatar mit ihr unterhalte, schwitze ich wenigstens nicht und die Lautstärke meiner Stimme regelt sich automatisch. Vielleicht läuft dann alles viel reibungsloser und sachlicher ab. Das sollte auch für mich selbst nur von Vorteil sein.

Während er sich das traurig auf den Tisch blickend einredet, erklingt plötzlich eine laute, unbekannte Stimme über ihm.

»Hallo! Du bist Haruyuki Arita aus der 7-C, richtig?«

Überrascht hebt er den Kopf. Vor ihm stehen zwei Mädchen, die er nicht auf Anhieb zuordnen kann. Die Schleifen um ihre Hälse haben die Farbe der achten Klasse. Und vor jeder schwebt etwa auf Schulterhöhe ein holografisches Zeichen, das anzeigt, dass sie gerade einer AG-Aktivität nachgehen. Der Text darauf lautet »Schülerzeitung«.

Urgs!

Haruyuki weicht angewidert zurück, als ein neues Icon in seinem Blickfeld aufleuchtet. »REC« lautet es und teilt ihm mit, dass eine der ihm gegenüberstehenden Personen das Gespräch mit ihrem Neuro Linker aufzeichnet. Natürlich unterliegt die Nutzung dieser Funktion strengen Vorschriften. In der Schule wird sie daher auch nur in einigen wenigen Fällen gestattet – zum Beispiel, wenn man für die Schülerzeitung schreibt.

Die überaus neugierigen Blicke seiner Mitschüler bemerkt Haruyuki gar nicht. Er möchte hier nur noch weg, egal, was die anderen von ihm denken, und will schon die Flucht ergreifen. Aber die zwei Mädchen haben offensichtlich Erfahrung. Eins steht blitzschnell hinter ihm und versperrt den rettenden Weg.

Haruyuki friert in einer noch nicht ganz aufrechten Position ein. Das stürmische Reportermädchen bringt seine Hände auf der holografischen Tastatur in Position und feuert eine Frage mitten in seinen wunden Punkt hinein.

»Wir schreiben für die Rubrik ›Headshot: Die Person kennen wir doch!‹ der *Umesato Real Times!* Dürfen wir dich einmal ganz direkt fragen, ob du wirklich, so wie die Gerüchte es behaupten, mit Kuroyukihime gehst?!«

»Blink, blink« – Haruyuki blickt kurz auf das flackernde Aufnahmesymbol.

Dann antwortet er unter allerhöchster Anstrengung in einem Ton, der durchaus als ruhig durchgehen kann.

»Nein. Das hat jemand erfunden. Das Gerücht ist eine Lüge.«

Alle zehn Finger des Mädchens hämmern auf die unsichtbare Tastatur ein. Dann kommt eine zweite Frage geschossen.

»Aber unseren Informationen zufolge habt ihr in der Lounge gleich zwei Mal ein Kabel zur Kommunikation genutzt, und nicht nur dort, sondern später sogar noch bei einem Date in diesem Café unweit der Schule!!«

»W…«

Woher wissen die das?!

Haruyuki ist entsetzt. Das Zeitungsmädchen blickt auf ihn herunter, wobei sich das Licht in seiner Brille spiegelt – einer echten, wie sie mittlerweile kaum noch jemand trägt.

Das ist jetzt schlecht, ganz, ganz schlecht.

Wenn er in dieser Situation etwas Falsches sagt, wird ihm das sein Leben lang nachhängen.

Vor seinem inneren Auge sieht Haruyuki schon mehrere Sensationsschlagzeilen auftauchen. Und gleichzeitig bildet er sich ein, von irgendwoher auch die wilden Schreie von Kuroyukihimes Fanklub zu hören, dessen treue Mitglieder sie bis aufs Blut verteidigen würden.

Haruyukis Gesicht zuckt auf einer Seite krampfartig, während er sein Gehirn in einer Geschwindigkeit zu arbeiten zwingt, die noch dreimal höher ist als bei seinem Kampf gegen Ash Roller. Schließlich findet er eine Antwort, welche die Situation zumindest nicht verschlimmern sollte.

»A... Aaalso das, äh, war nur, weil ich ein wenig Ahnung hab vom Betriebssystem der Neuro Linker und sie mich darum gebeten hat, mir ein paar Probleme bei ihr anzuschauen. Das hab ich getan, und im Café hat sie sich bloß noch dafür bedankt. Das war alles. Mehr war da absolut nicht zwischen uns.«

Haruyuki grinst steif und schüttelt zur Verdeutlichung noch den Kopf. Das Mädchen hört auf zu tippen und runzelt die Stirn.

Es gibt an sich keine Möglichkeit, festzustellen, ob zwei Personen über die Kabelverbindung ein Gespräch führen oder nur etwas am Neuro Linker des anderen durchführen. Darum sollte sie gegen Haruyukis Erklärung nichts einwenden können, auch wenn diese ziemlich an den Haaren herbeigezogen ist.

Er atmet innerlich ein wenig auf. Und fügt seiner gerade aufgebauten Verteidigungsmauer noch einen Argumentationsstein hinzu.

»Ü... Überhaupt braucht ihr euch nur anzuschauen, wie sie sich in meiner Gegenwart verhält. Sie bekommt beim Reden mit mir sofort schlechte Laune. Wie kommt ihr da nur auf die Idee, ich würde mit ihr gehen?«

Das sollte die beiden endgültig zufriedenstellen.

Das ist zumindest Haruyukis Meinung. Aber das Mädchen vor ihm neigt den Kopf zur Seite und fragt skeptisch zurück: »Schlechte Laune? Das sah für uns ganz anders aus ...«

»E… Es stimmt aber! Heute Morgen hat sie mich auch wieder plötzlich wütend stehen gelassen … als es um Chiyu, äh … Chiyuri Kurashima ging …«

»Chiyuri …? Das ist doch dieses Mädchen, das sich mit Kuroyukihime vor dem Schultor angelegt hat …?«

Hinter den Brillengläsern blinzelt es ein paarmal.

Dann löst die Zeitungsschreiberin ihre theatralische Haltung, hantiert etwas mit den Fingern herum und das Aufnahme-Icon verschwindet aus Haruyukis Blickfeld.

»…? Ist das Interview jetzt vorbei?«

»Äh, nein … Nicht wirklich, aber …«, murmelt das Mädchen in einem merkwürdigen Tonfall und wechselt einen Blick mit seiner Partnerin hinter Haruyuki. Dann spricht sie weiter, diesmal so, wie sie wohl redet, wenn sie nicht interviewt.

»Hör mal, wir haben ja selbst an der Richtigkeit der Gerüchte gezweifelt. Beziehungsweise gingen wir bei unserer Recherche stets nur von irgendeinem Missverständnis aus. Aber …«

»Hä …?«

Das Mädchen beugt sich jetzt zu Haruyuki herunter und flüstert so leise, dass nur er es hören kann: »Jetzt sag schon, Haruyuki. Das klingt … echt total verrückt und abstrus, aber … du und Kuroyukihime, habt ihr etwa … wirklich was miteinander?«

»Hääh?!«

»Ich meine, du sagst, wenn es um diese Chiyuri geht, mit der du dich gut verstehst, wird sie sauer … Also?«

Und das andere Mädchen, das an Haruyukis Seite getreten ist, ergänzt:

»Ja, das kann nur eins bedeuten …«

Und dann säuseln sie Haruyuki beide gleichzeitig ins Ohr, wie zwei Tempelmädchen in einem Shintoschrein, die den Orakelspruch verkünden: »Sie muss eifersüchtig sein!«

Als Haruyuki wieder zu sich kommt, sitzt er in seiner üblichen Kabine auf dem Jungsklo.

Ist er also letztendlich auch diesmal wie so oft der unangenehmen Situation entflohen? Doch ihm fehlt jetzt die Muße, um sich wieder selbst dafür zu tadeln.

Eifersüchtig? Was? Das Wort ist in meinem Wortschatz doch überhaupt nicht vorhanden.

Zumindest wäre es schön, wenn er sich das einreden könnte. Aber längst hat die Erklärung für dieses Wort sich wie ein glutrotes Brandmal in sein Gehirn eingebrannt.

Wenn es um Chiyuri geht, bekommt Kuroyukihime schlechte Laune, weil ... sie auf deren enge Beziehung zu mir neidisch ist. Genau das wollten die zwei Mädchen vorhin damit sagen.

Eifersucht? Neid? Das heißt, Kuroyukihime macht das weder zum Spaß, noch spielt sie mir etwas vor, nein, sondern –

»Das kann nicht sein«, murmelt Haruyuki und stoppt den Gedanken damit vorzeitig.

Das kann überhaupt nicht sein. So was passiert allen anderen, aber doch nicht mir. Gar nicht erst darüber nachdenken. Bloß nicht anfangen zu hoffen. Sonst werde ich es später doppelt und dreifach bereuen.

Haruyuki schlägt seinen Hinterkopf immer wieder gegen den Wasserspülkasten hinter sich und wiederholt noch einmal laut: »Das kann nicht sein ... Das kann nicht sein.«

Aber je öfter er es laut ausspricht, desto mehr unzählige bruchstückhafte Erinnerungen an verschiedene Ausdrücke,

Gesten und auch Worte Kuroyukihimes kommen ihm in den Sinn.

Wie dieser eine Moment ... oder der andere da, oder der – hat sie da etwa wirklich ...?

»Das kann nicht sein ...!!!«

»BAMM!«

Haruyuki schlägt mit der rechten Faust derb gegen die Kabinentrennwand und vergräbt den Kopf in den Händen.

Dieses Grübeln hält er nicht länger aus. Er will noch weiter weg fliehen. Gleich wird er den Befehl zum Full Dive aussprechen und ... Aber nein, da fällt es ihm wieder ein.

Kuroyukihime hat im *Virtual Squash* diesen unglaublichen Rekord aufgestellt. Den wird er niemals übertreffen können. Das heißt, in diesem Spiel findet er keine Zuflucht mehr vor der Realität.

»Warum ...?«, sagt er stöhnend. Und noch etwas lauter: »Warum?! Warum ausgerechnet ich?!«

Sie besitzt doch alles: Schönheit, Intelligenz, physische Gewandtheit, Popularität ... ja, selbst das Einzige, worauf ich noch stolz sein konnte: Schnelligkeit in virtuellen Spielen.

Ich dagegen mit meinem dümmlichen Gesicht und dem fetten Leib, der immer so unglaublich schwitzt, werde von allen nur gehasst.

Es gibt also überhaupt nichts, worin ich ihr überlegen bin.

»Wie soll ich da so was ... nur glauben ...«

Es stimmt zwar, dass ich geeignet war, Brain Burst *installieren zu können. Aber es gibt an meiner Schule offenbar gleich zwei andere Leute, auf die das ebenfalls zugetroffen hat – und somit ist auch das nichts wirklich Besonderes mehr.*

Außerdem ist mein Duellavatar Silver Crow nur eine drahtdünne Missgeburt mit einem gigantischen Helmkopf, die nichts kann außer Schlagen, Treten und einem Kopfstoß. Mit so etwas kann ich wohl höchstens ein wenig bei der Identifizierung des Gegners, Cyan Pile, helfen. Aber dann möchte ich bitte auch dementsprechend behandelt werden. Kühl und gleichgültig soll sie mir wie einer Marionette nur die nötigen Befehle erteilen.

Mehr wünsche ich mir gar nicht. Nie würde ich wagen, von Größerem zu träumen. Warum also ... Warum behandelt sie mich so? Warum zieht sie solche Gesichter? Warum schaut sie mich so an?

Schließlich findet Haruyuki eine Antwort, an die er erst einmal zu glauben beschließt, um nicht noch länger darüber nachzugrübeln. Andere Erklärungen wollen ihm sowieso nicht mehr einfallen.

Wieder hat Haruyuki nichts zu Mittag gegessen, obwohl ihm inzwischen niemand mehr sein Geld dafür wegnimmt. Den Rest des Unterrichts lässt er teilnahmslos an sich vorüberziehen, ohne das Knurren seines Magens überhaupt zu bemerken.

In der letzten Stunde sagt der Klassenlehrer offenbar noch kurz etwas über Araya und seine Gang, aber auch da hört Haruyuki überhaupt nicht zu. Als die Schulglocke klingelt, stürmen alle sofort in freudiger Erwartung auf das Wochenende aus dem Raum. Nur Haruyuki steht langsam, mit seiner Tasche in der Hand auf.

Ohne Eile läuft er zum Ausgang, zieht seine Straßenschuhe an und verlässt das Gebäude.

Es ist noch nicht einmal vier Uhr nachmittags, aber die späte Herbstsonne steht bereits ziemlich tief am Himmel und lässt das Schulhaus in kräftigen Farben erstrahlen. Haruyuki sieht eine schwarze Silhouette am Eingangstor lehnen. Er geht schlurfenden Schritts auf sie zu.

»Hey.«

Kuroyukihime hält im Tippen auf ihrer Holo-Tastatur inne und hebt mit einem leicht steifen Lächeln ihre Hand zum Gruß. Anscheinend hat sie die Arbeit, die sie normalerweise im Büro der Schülervertretung verrichten muss, extra hierher in die Kälte mitgenommen.

Haruyuki nickt zur Antwort jedoch nur mit dem Kopf.

Es folgt kurz eine unangenehme Stille. Der kalte Wind bläst an ihnen vorbei und wirbelt ein paar Herbstblätter zu ihren Füßen auf.

Haruyuki hält noch immer seinen Kopf gesenkt. Daraufhin räuspert Kuroyukihime sich demonstrativ und sagt: »Wollen wir beim Laufen reden?«

»Ja«, stimmt Haruyuki kaum vernehmlich zu und nickt.

Kuroyukihime setzt sich schweigend in Bewegung. Er tut es ihr gleich, bleibt aber einen Schritt links hinter ihr auf Abstand. So passieren sie das Schultor.

Ein, zwei Minuten lang laufen beide weiter, ohne etwas zu sagen. Dann räuspert sich Kuroyukihime erneut und ergreift das Wort: »Ich, äh ... wollte mich für heute Morgen entschuldigen. Ich habe erkannt, dass ich mich seltsam benommen habe.«

»Ach, schon gut ... War nicht weiter schlimm. Mir tut es auch leid, dass ich heute Mittag nicht da war.«

Kuroyukihime scheint sich ein wenig zu wundern, dass Haruyuki diesmal nicht stottert wie sonst, akzeptiert seine Entschuldigung aber nickend.

»Dann wäre das ja abgehakt ... Es ist nur, na ja ... Ich komme mir selbst dumm dabei vor, aber ... wenn es um Cyan Pile geht, kann ich einfach nicht ruhig bleiben ...«

Haruyuki erwidert den Blick, den sie ihm zuwirft. Kuroyukihime hat ein wenig schnell gesprochen und scheint noch nicht fertig zu sein, aber da …

… schneidet Haruyuki ihr sachlich das Wort ab.

»Genau darüber wollte ich mit dir reden. Ich weiß jetzt, was Chiyuri und Cyan Pile miteinander zu tun haben.«

»Was …? A… Ach so. Dann erzähl mir das lieber übers Kabel. Sonst hört noch jemand irgendwas Wichtiges mit«, sagt Kuroyukihime schnell, steckt ihre Hand aber nicht in das Täschchen ihres Blazers, sondern in die Schultasche, die sie am rechten Arm trägt. Dieser entnimmt sie eine Papiertüte, deren Beschriftung sie als Ware des Kiosks auf dem Gelände der Umesato-Mittelschule ausweist. Sie reißt das Klebeband daran auf und entnimmt der Tüte ein nagelneues XSB-Kabel.

»Das, was wir bis gestern benutzt haben, ist leider kaputtgegangen. Und hier … hatten sie nur so eins«, sagt sie in einem fast schon rechtfertigenden Ton.

Das Kabel, das sie ihm zeigt, ist einen Meter lang – das kürzeste, das der Kiosk anbietet. Haruyuki blendet bewusst den Gedanken daran aus, was sie zu diesem Kauf bewogen hat. Wortlos und ohne dem Mädchen in die Augen zu schauen, nimmt er ein Ende des Kabels an und steckt es in seinen Neuro Linker.

»…«

Kuroyukihime scheint zunächst noch darauf zu warten, dass Haruyuki etwas sagt. Dann aber stöpselt sie das andere Kabelende bei sich sein. Die übliche Warnanzeige erscheint, und als sie verschwindet, beginnt Haruyuki sofort, Kuroyukihime sachlich seine Gedanken darzulegen.

[Chiyuri selbst ist nicht Cyan Pile. Er hat einen Virus auf ihrem Neuro Linker installiert und sich so eine Backdoor geschaffen. Deswegen haben die Koordinaten nach seinem Erscheinen immer auf Chiyuri gezeigt], erklärt Haruyuki alles mit einem Mal.

Kuroyukihime antwortet nicht sofort.

Als ihre Stimme schließlich in seinem Kopf ertönt, klingt sie skeptisch ... vielleicht sogar ein wenig ängstlich.

[Sag mal ... ist irgendwas mit dir? Du ... hörst dich die ganze Zeit schon etwas ... seltsam an.]

[Nein ... alles in Ordnung], antwortet Haruyuki trotzig, ohne das einen Meter neben ihm laufende Mädchen anzuschauen.

[Aber ... bilde ich mir das ein oder bist du sauer? Wegen meines merkwürdigen Verhaltens heute Morgen und auch gestern ...]

[Quatsch. Wie könnte ich jemals sauer auf dich sein? Aber reden wir nicht über mich ... Wir waren doch gerade bei etwas viel Wichtigerem.]

Wieder dringt nur Schweigen durch das dünne Kabel.

Bald wird die Dämmerung einsetzen. Die Gebäude auf der linken Seite werfen dunkle Schatten auf den Fußweg, wodurch man die vorbeilaufenden Menschen nur als schwarze Schemen erkennt. Keiner von ihnen beachtet Haruyuki und Kuroyukihime oder das Kabel zwischen ihnen. Es scheint fast, als würden sie durch ein weites Land der Schatten wandern.

[Hast du denn einen Beweis?]

Mit einem Mal erklingt die Stimme unerwartet kalt in seinem Kopf.

[Kannst du mir beweisen, dass es sich bei Chiyuri nicht um Cyan Pile handelt?]

[Nein. Er hätte es bemerkt, wenn ich angefangen hätte, etwas mit dem Virus anzustellen. Darum hab ich es bei der Überprüfung belassen.]

[Aha. Eine rationale Entscheidung, die aber deine Argumentation deutlich entkräftet. Nicht einmal ich habe je davon gehört, dass man über einen Backdoor-Virus auf den Matching-Server von *Brain Burst* zugreifen kann. Warum soll ich dir das also glauben?]

Während sie das sagt, scheint Kuroyukihimes Stimme mit jedem Wort an Schärfe zu gewinnen. Haruyuki beißt fest die Zähne zusammen und schickt einen noch monotoneren Gedanken durch das Kabel.

[Du willst also damit andeuten, dass ich mir die Geschichte mit dem Virus nur ausgedacht ... und mich auf die Seite Chiyuris beziehungsweise Cyan Piles geschlagen haben könnte? In dem Fall würden Beweise dich auch nicht überzeugen. Entscheide dich einfach, ob du mir glaubst oder nicht.]

[Das habe ich gar nicht behauptet. Du denkst viel zu weit.]

Kuroyukihimes Stimme zittert ein wenig. Aber Haruyuki schweigt dennoch trotzig.

Plötzlich bleibt das schöne Mädchen stehen.

[Oder meinst du das wirklich ernst?], fragt sie hölzern und um noch ein paar Grad kälter. Kurz bevor der Abstand zwischen ihnen so groß wird, dass das Kabel sich spannt, stoppt Haruyuki ebenfalls.

[Sobald ich glaube, dass du übergelaufen bist, kannst du aber was erleben. Ich werde dir alle deine mickrigen Burst Points abjagen, sodass dein *Brain Burst* sich automatisch deinstalliert. Du wirst die Beschleunigung für immer verlieren. Ist dir das klar, wenn du solche Dinge von dir gibst?]

[Ja, das weiß ich. Du darfst mit mir alles machen, was du willst. Ich bin nur eine Marionette, nichts weiter als ein Werkzeug. Wenn du mich mal nicht mehr brauchst, kannst du mich ruhig wegwerfen.]

[Du …]

Plötzlich spürt Haruyuki eine leichte Berührung an seiner linken Schulter.

Als er den Kopf hebt, sieht er Kuroyukihimes Gesicht unmittelbar vor sich. Darin liegt eine immense Härte – einer Eisskulptur gleich. Einzig in ihren pechschwarzen Augen scheinen ihre Gefühle feurig rot zu lodern.

[Du bist doch sauer. Ich gebe zu, ich war nicht perfekt. Dafür entschuldige ich mich. Aber …]

Ihre Lippen zittern kaum merklich. Dann presst sie mühsam beherrscht heraus: [Ich … habe meine Gefühle auch nicht immer unter Kontrolle. Manchmal überkommen auch mich Wut oder Unsicherheit. Besonders in Bezug auf … dich und Chiyuri …]

Kuroyukihime schlägt kurz die Augen nieder. Ihre blassen Wangen versteifen sich zunehmend, als sie schnell weiterspricht.

[Also gut, du willst den Grund wissen, dann sage ich ihn dir. Ich …]

[Nein, lassen wir das.]

[Wie? W… Was meinst du …?]

[Mir tut allein dieser Anblick schon weh. Ich ertrag das nicht.]

[Was … heißt das? Wovon redest du?]

Haruyuki fixiert fest einen Pflasterstein rechts unten in seinem Blickfeld. Und spricht die einzig mögliche Erklärung aus, die er heute Mittag für sich gefunden hat.

[Du … Du hasst dich selbst, nicht wahr?]

Gegenüber wird scharf die Luft eingezogen.

Haruyuki weiß, dass er gerade etwas gesagt hat, dass er nie mehr zurücknehmen kann.

Dunkel fallen ihm wieder Chiyuris ermutigende Worte von gestern Abend ein. Aber jetzt, da er einmal angefangen hat, kann er seine Gedanken nicht mehr stoppen.

[Du hasst dich dafür, dass du in allem so perfekt bist. Darum versuchst du dich selbst zu beschmutzen. Hab ich recht?]

Kuroyukihimes Hand liegt nun schwer wie Stahl auf seiner linken Schulter.

Das wird gewiss die letzte Berührung von ihr gewesen sein.

Haruyuki holt zum letzten Wortschlag aus, der wohl alles zerstören wird.

[Du hast mich … den dicken, hässlichen, von allen gehassten Jungen angesprochen, meine Hand genommen, mir liebe … na ja, freundliche Dinge gesagt, und alles nur, um dich selbst mit Dreck zu bewerfen. Aber … das musst du nicht. Ich tue auch so, was du von mir willst. Ich brauche nichts, keine Entschädigung oder so. Ich bin eine unbedeutende Schachfigur, ein Werkzeug, das Befehle ausführt, und so solltest du mich auch behandeln. Das weißt du doch sicher selbst!!]

Langsam … ganz langsam löst sich die weiße Hand von seiner Schulter.

So ist es gut.

Keine Berührungen mehr, kein Blickkontakt.

Sie soll mich einfach nur wie eine Marionette behandeln, ohne dass wir uns je wieder in der Realität gegenüberstehen.

Vielleicht werden diese Gedanken jetzt auch an sie übertragen – Haruyuki weiß es nicht.

Als Letztes will er noch ein Lebewohl flüstern, als plötzlich und ohne Vorwarnung –

»Batsch!!«

Seine linke Wange wird wie von einer Peitsche getroffen.

Eine brennende Hitze breitet sich darauf aus. Haruyuki schaut verdutzt hoch.

»Du Idiot …!!«, schießt ihre richtige Stimme zwischen den blassen Lippen hervor.

Haruyuki muss sprachlos mit ansehen, wie Tränen in Sturzbächen über das bis aufs Äußerste verzogene, aber dabei immer noch schaurig-schöne Gesicht fließen.

Die rechte Hand, die den Schlag ausgeführt hat, verharrt noch in der Luft. Kuroyukihime kneift ihr Antlitz jämmerlich wie ein kleines Kind zusammen und hört nicht auf zu weinen.

»Du Idiot … Du Idiot …«

Diese sich ständig wiederholende Phrase erinnert überhaupt nicht mehr an die vielen Momente, in denen sie ihn bisher mit dem säuerlichen Lächeln einer erwachsenen Frau als »dumm« bezeichnet hat.

Jetzt kommt in ihr ein ganz gewöhnliches … ein vierzehnjähriges Mädchen zum Vorschein, das ihn wieder und wieder wütend anschreit.

Haruyuki dagegen fällt gerade überhaupt nichts von dem ein, was ein dreizehnjähriger Junge wie er jetzt eigentlich entgegnen könnte. Er schaut sie bloß mit weit aufgerissenen Augen an und rührt sich nicht von der Stelle.

Seine Worte haben das Mädchen sehr verletzt. So viel ist ihm klar.

Allerdings hätte er eher erwartet, dass diese in jeglicher Hinsicht perfekte Person, die sogar einige Erwachsene in ihrer Vernunft und Klugheit übertrifft, ihn jetzt einfach nur hassen, die Freundschaft beenden, sich von ihm abwenden würde.

Nicht, dass sie so weint. Dass ihre Gesichtszüge so entgleisen. Nein ... damit hat er nicht gerechnet ...

Haruyuki öffnet den Mund, um etwas zu sagen.

Kuroyukihime legt ihre blassen Hände auf ihr tränenüberströmtes Gesicht.

Ein kurzer Windstoß erfasst die beiden Kinder, die auf dem vom Abendrot beleuchteten Bürgersteig stehen.

Und da ...

... dringt das grauenhafte Geräusch aneinanderreibenden Metalls zu Haruyukis Ohren durch.

Zuerst denkt er, der Neuro Linker würde plötzlich ein Störgeräusch verursachen, so fremdartig kommt es ihm vor.

Der Schock bringt sein Herz dazu, wie wild zu schlagen. Er wendet Kopf und Oberkörper nach rechts.

Was er da sieht ... ist einfach nur unglaublich.

Ein weißes Auto drückt sich mit dem linken Ende seiner vorderen Stoßstange durch das Geländer zwischen Fahrspur und Bürgersteig und rast geradewegs in seine Richtung.

Ein Unfall?! Nein! Es sind keine Bremsgeräusche zu hören.

Diese drei Gedanken schießen Haruyuki im Bruchteil einer Sekunde durch den Kopf.

Sein Mund öffnet sich fast von selbst und schreit ein Kommando, das er im gleichen Moment in einer anderen Stimme durch das Kabel widerhallen hört.

»Burst Link!«

[Burst Link!]

»BABAAANG!!«

Ein lauter Knall wie ein Donnerschlag ertönt und die Welt kommt zum Stillstand.

Blau.

Alles um ihn herum ist eingefroren und hat ein durchscheinendes Blau angenommen.

Doch da merkt Haruyuki wieder, dass die Zeit in Wirklichkeit nicht vollkommen angehalten hat.

Das Auto direkt vor seinen Augen ist eine große Limousine, die scheinbar dieser Bewegungslosigkeit trotzen will, denn langsam, Stück für Stück drehen sich ihre Räder weiter, bohren sich in den Asphalt und kommen näher.

»Uwah ...?!«

Erst jetzt entweicht Haruyukis Schrei. Er macht einen Satz zur Seite. Sofort verschwindet die Karosse aus seinem Blickfeld. Und zwar hinter seinem eigenen rundlichen Rücken, der die Schuluniform der Umesato-Mittelschule trägt.

Diese blau gefärbte Welt ist nicht die eigentliche Realität, sondern eine Nachbildung, geschaffen von *Brain Burst*, das sich der Aufnahmedaten der unzähligen in den Straßen angebrachten Social Cameras bemächtigt und daraus auf Basis von Polygonen eine neue künstliche Wirklichkeit erschafft.

Als er flüchtig an sich hinunterschaut, erblickt Haruyuki wieder die vertraute Gestalt seines pinkfarbenen Ferkelavatars. Diesen setzt er in Bewegung und läuft um seinen realen Körper herum, um noch einmal einen Blick auf die weiße Limousine zu werfen.

Der Wagen hat Kurs schräg von der Fahrbahn weg auf eine Lücke im Straßengeländer genommen und quetscht sich allmählich dort hinein. Zwischen ihm und Haruyuki liegen keine drei Meter Abstand. Zwar bewegt sich das Auto nur langsam vorwärts, aber sogar hier in der beschleunigten Welt wird es in schätzungsweise maximal zehn Minuten mit ihm zusammenstoßen.

Was hat das zu bedeuten ...?!

Trotz seiner Verwirrung versucht Haruyuki angestrengt, nachzudenken.

Normalerweise kann ein Auto nicht von der Straße abkommen. Sobald eine Abweichung vom vorgeschriebenen Kurs erkannt wird, entzieht der Autopilot dem Fahrer die Kontrolle über das Lenkrad und beginnt automatisch, die Fahrtrichtung zu korrigieren, das Tempo zu verringern sowie das Auto anzuhalten.

Das heißt, bei dieser Limousine ist entweder der Autopilot kaputt oder der Fahrer hat ihn kurzzeitig ausgeschaltet.

Dann trifft wahrscheinlich Letzteres zu, erkennt Haruyuki schnell. Denn sonst hätte er das Quietschen der bremsenden Reifen auf dem Asphalt hören müssen.

Der Fahrer hat also die Bremsen nicht betätigt. Im Gegenteil, er hat mit Vollgas auf ihn zugehalten.

Das heißt, es ist eine vorsätzliche Tat. Kuroyukihime hat so eine Möglichkeit bereits einmal angedeutet – reale Angriffe auf Burst Linker.

Dies alles begreift Haruyuki innerhalb eines Augenblicks. Er tritt noch einige Schritte vor, um durch die Frontscheibe des Wagens einen Blick auf den Fahrer zu werfen.

Sitzt da ein ihm unbekannter Burst Linker aus einer der königlichen Legionen? Oder jemand von seiner Schule ... der wahre Cyan Pile?

Die Social Cameras in der Umgebung scheinen das Innere der Limousine kaum zu erfassen, weswegen er durch die Scheibe nicht allzu viel erkennt. Haruyuki testet andere Blickwinkel, strengt seine Augen an und findet schließlich eine Position, in der er den Wageninnenraum überblicken kann.

Er reckt seinen kleinen Ferkelkörper so weit es geht in die Höhe, sodass er schon fast auf der Motorhaube liegt, und – erkennt den Fahrer ...

»Wa...?!«

Sofort entfährt ihm ein zweiter erschrockener Ausruf, der aber eher einem Schrei des Entsetzens gleicht.

Er kennt dieses Gesicht, viel zu gut sogar. Es gehört zu einem Schüler aus seiner Klasse, den er eigentlich nie wiedersehen wollte.

»A... Araya ...?! A... Aber wieso ...?«

Was macht der denn hier?! Den haben sie doch gerade erst unter wahrhaft eindeutiger Beweislast festgenommen.

Nach seinem Gewaltausbruch fand man auf Arayas Neuro Linker neben einem Warnprogramm vor Social Cameras weitere Dinge wie illegal kopierte Spiele, Filme, sogar digitale Drogen.

Wurde er etwa nicht in ein Erziehungsheim gesteckt, wo er für lange, lange Zeit ... oder zumindest bis ich nicht mehr auf diese Schule gehe, bleiben muss?

Haruyuki blinzelt ein paarmal, weil er seinen Augen nicht trauen kann, und starrt in das blau eingefrorene Gesicht des Fahrers.

Aber die stachelige Igelfrisur, die hochgezogenen schmalen Augenbrauen, die nadellochkleinen Pupillen, dieser vor brutaler Erregung verzogene Mund ... und dazu noch die Angst, die dieses Gesicht in Haruyuki auslöst, all das zeigt ihm, dass es sich bei diesem Kerl wirklich um Araya handeln muss.

»Heute Morgen ... haben sie ihn wieder freigelassen«, erklingt es plötzlich traurig neben ihm. Haruyuki reißt den Kopf herum.

Dort steht Kuroyukihime in Gestalt ihres Avatars, der Feenprinzessin mit den schwarzen Schmetterlingsflügeln, und beißt sich mit aller Kraft auf die Lippe.

»Anfang nächster Woche sollte das Familiengericht ein Urteil fällen und ich hatte gehört, dass ihm eine Haft von mindestens einem Jahr droht ... Darum hielt ich es nicht für nötig, noch weitere Gedanken an ihn zu verschwenden. Aber ... wer hätte das erwartet ...«, sagt Kuroyukihime mit belegter Stimme.

Dann schlägt sie ihre langen Wimpern nieder und schüttelt langsam den Kopf.

»Nein ...! Ich hätte es ahnen und dich warnen müssen. Ich dachte, ich wüsste, dass man Menschen auch ohne die Kraft der Beschleunigung angreifen kann ... dass ein Messer oder so ein Auto dafür schon ausreichen ... Aber anscheinend war es mir doch nicht klar genug ...«

Kuroyukihime sagt das in ihrem üblichen Tonfall, nichts scheint mehr darauf hinzudeuten, dass sie bis vor Kurzem noch wie ein kleines Kind bitterlich geweint hat.

Nein, halt, das wünsche ich mir doch nur selbst.

Haruyuki tadelt sich sofort für den Gedanken.

In den Augen ihres Avatars, die doch eigentlich künstliche Erzeugnisse sind, liegt unverkennbar eine unheimlich intensive Reue, aber auch so etwas wie Entschlossenheit.

Jetzt schließt Kuroyukihime ihre Augen, atmet tief ein und murmelt leise: »Das ist wohl meine gerechte Strafe. Dafür, dass ich menschliche Gefühle nicht verstehe, nicht verstehen will, und mich die ganze Zeit nur über sie lustig gemacht habe.«

»W... Was ... Was redest du denn da?«, bringt Haruyuki nun endlich etwas heraus.

Kuroyukihime antwortet nicht sofort auf seine Frage. Stattdessen dreht sie sich zu ihm um und lässt ihren Avatar, der fast doppelt so groß ist wie seiner, vor ihm in die Knie gehen.

Der Saum des schwarzen Kleids fällt auf den Boden. Sie neigt sich so weit hinunter, bis sie sich mit Haruyuki auf Augenhöhe befindet, und blickt ihm ins Gesicht.

»Haruyuki ...«

Als sie seinen Namen ausspricht, streichelt der Klang ihrer Stimme Haruyukis Ohr um ein Vielfaches sanfter und wärmer, als er es bisher in Erinnerung hatte.

»Es tut mir leid. Ich habe diese Situation heraufbeschworen. Darum lasse ich dir jetzt nichts zustoßen. Ich beschütze dich, koste es, was es wolle.«

»Hä ...? W... Was ...«, stammelt Haruyuki wieder fassungslos.

Es ist zu spät, selbst wenn sie jetzt noch die Beschleunigung aufheben und versuchen, etwas zu tun.

Sobald sie in die Realität zurückkehren, wird die Limousine, die nun schon ganz nah ist, im Nu die restliche Strecke überwinden und zuerst Haruyuki und dann die hinter ihm stehende Kuroyukihime erfassen.

Gut, dass es nicht andersrum ist.

Dadurch, dass Haruyuki sie abschirmt, besteht zumindest noch eine klitzekleine Chance, dass sie ohne schwere Verletzungen davonkommt.

Doch da überrascht ihn Kuroyukihime, indem sie fest entschlossen sagt: »Ich rette dich, um jeden Preis. Mit der stärksten und größten Kraft von *Brain Burst* ... von der ich dir noch nicht erzählt habe.«

»Hä ...?!«

Retten ...? Sie, meine Herrin – mich, ihr Werkzeug ...?

»D... Das darfst du nicht!! Auf gar keinen Fall!! Wenn es so ein Mittel gibt, dann lass mich es nutzen! Ich beschütze dich damit!! Ich bin dein Diener ... Also muss ich dich natürlich verteidigen!!«

Haruyuki streckt seine kurzen Ärmchen weit aus und schreit: »Sag es mir, bitte ... Was ist das für eine große Kraft?! Mit welchem Befehl benutzt man sie?!«

»Nein. Das Kommando wirkt erst ab Level neun. Außerdem werden dadurch neunundneunzig Prozent der eigenen Punkte verbraucht. Und was noch wichtiger ist ... Ich bin dein Elter. Als solcher muss ich doch mein Kind beschützen.«

»A... Aber ... Aber, trotzdem!!«

»Schau nicht so. Für mich ... hat diese Situation sogar etwas Gutes.«

»Hä ...? E... Etwas Gutes ...?«

»Ja. Denn alles, was ich dir jetzt sage, wirst du mir sicher glauben, vor allem, wenn es meine letzten Worte sein könnten, nicht wahr?«

Kuroyukihime hebt sanft beide Arme und legt ihre ausgestreckten Handflächen vor ihrer Brust aneinander.

Dann schließt sie ihre Augen. Ein Lächeln entspringt wie eine sich öffnende Blumenknospe ihren Lippen –

Und diese sagen einen Satz. Einen Satz, der wie ein Edelstein von ihnen abperlt, ganz langsam.

»Haruyuki, ich liebe dich.«

Ihre Wimpern klappen wieder nach oben. Die schwarzen Augen darunter bergen einen unermesslichen Glanz in sich und schauen Haruyuki unverwandt an.

»Ich spüre so etwas zum ersten Mal in meinem Leben. Ich habe keine Kontrolle mehr über mich, weiß nicht mehr ein noch aus. Egal ob ich in der Schule sitze oder zu Hause auf dem Bett liege, ich denke immer nur an dich, bin dabei mal glücklich, mal traurig. So fühlt sich also Liebe an ... Es ist so schön ... Ein wahres Wunder.«

Sie drückt ihre Hände vor der Brust fest gegeneinander und lacht.

Lacht auf eine so warme, sanfte, angenehme Art, und doch erfüllt von einem so durchdringenden Schmerz, dass es Haruyuki mitten ins Herz trifft.

Ich möchte es gern glauben. Ich möchte es glauben. Ich möchte es ja glauben ...

Haruyukis Sicht verschwimmt in den vielen Tränen, die in den Augen seines Avatars aufsteigen.

Rasch wischt er sie weg, erwidert den Blick der schwarzen Pupillen direkt vor ihm und fragt mit heiserer Stimme: »Warum ... Ich meine, wieso ich? Wieso ... ausgerechnet so jemand wie ich?«

»Hm, du willst einen Grund wissen? Da gibt es unzählige ... Aber nein, eigentlich braucht Liebe keine Gründe. Hm ... Ich kann dir ja den Auslöser nennen.«

Lächelnd streckt Kuroyukihime ihre Arme vor und legt sie auf seine Schultern.

»Haruyuki. Erinnerst du dich an unsere erste Begegnung?«

»Ja ... Ja, natürlich. Das war im *Virtual Squash*-Room des Schulnetzes, wo du mich gefragt hast, ob ich nicht noch schneller werden will.«

»Das stimmt. Und vorher habe ich dort selbst einen neuen Rekord aufgestellt ...«

Ihr Lächeln nimmt auf einmal einen leicht spöttischen Zug an.

»Allerdings mithilfe der Beschleunigung.«

»W... Was?!«

»Sonst hätte ich das niemals geschafft. Aber ich wollte es unbedingt, um so dein Interesse zu wecken und dich leichter überzeugen zu können. Weißt du, ich ...«

Sie bricht kurz ab und schaut in den Himmel der beschleunigten Welt hinauf.

»Ich wurde schon vor sechs Jahren zum Burst Linker, mit gerade mal acht Jahren. Seitdem durste ich stetig danach, immer schneller und stärker zu werden. Ich habe unzählige Feinde besiegt und das neunte Level erreicht. Aber selbst das hat mir nicht gereicht, ich musste meine Hände sogar mit dem Blut meiner Freunde beflecken. Und trotz alldem hätte ich niemals deinen Spielrekord brechen können.«

Ihr Gesicht wird ernst und sie wirft Haruyuki einen durchdringenden Blick aus ihren kraftvollen Augen zu.

»Hör zu, Haruyuki. Du bist schnell. Du kannst schneller sein als jeder andere. Schneller noch als ich ... oder die anderen Könige. Schnelligkeit ist die allergrößte Kraft eines Burst Linkers. Eines Tages wird wohl die ganze Welt deinen

Namen als den des schnellsten Burst Linkers aller Zeiten kennen. Du kannst die Könige besiegen, die letzte Grenze überwinden und bis zur Quelle von *Brain Burst* vordringen. Und dann wirst du es erfahren. Welches ultimative Potenzial im Menschen ... in unseren Köpfen und Seelen schlummert.«

Kuroyukihime nickt einmal bedächtig und spricht dann weiter.

»Als ich ... Als ich dich dort spielen sah, war ich tief erschüttert. So sehr hatte mich noch nie etwas gleichermaßen schockiert und begeistert. Ich wusste nicht, dass Menschen so schnell sein können. Heureka ... Dies muss der wahre König dieser von uns entdeckten und zum Stillstand gekommenen Welt sein, der sie wieder beschleunigen wird, das habe ich innerlich gerufen.«

Mehr, als ihr sprachlos zuzuhören, kann Haruyuki gerade nicht.

Ausgerechnet ich soll schneller sein als jeder andere?

Das kann ich doch nicht glauben, so von jetzt auf gleich. Andererseits darf ich angesichts dieser Situation ihre Worte überhaupt nicht anzweifeln, auf gar keinen Fall!

»Aber ... obwohl du solch eine Kraft und so ein großes Potenzial in dir trägst, ist dein reales Ich sehr zerbrechlich ... und so unglaublich mitleiderregend, dass es mir fast das Herz zerrissen hat. Ich wollte vor dem zukünftigen König niederknien, dich aber auch in die Arme nehmen und beschützen. Diese widersprüchlichen Gefühle in mir wuchsen immer mehr ... bis ich irgendwann nur noch Augen für dich hatte. Ich habe mich verliebt. Endgültig gemerkt habe ich es allerdings erst gestern.«

»Gestern …?«

»Ja. Als du von Chiyuri erzählt hast. Wie soll ich sagen … Ich wurde eifersüchtig, auch das kannte ich vorher noch gar nicht, und konnte mich daher nicht mehr beherrschen. Darum habe ich mich so merkwürdig benommen. Heute Morgen auch. Ich habe es wohl nur zu spät gemerkt … Nein, sicher spät, aber nicht zu spät. Denn schließlich …«

Sie übt leichten Druck mit ihren Händen auf Haruyukis Schultern aus, führt ihr Gesicht noch näher an seins heran und lächelt ihn an.

»… schließlich habe ich es dir ja jetzt gesagt. Gerne hätte ich dieses Geständnis zwar in der Realität gemacht …«

Auf einmal füllen sich die tiefschwarzen, glänzenden Augen mit kugelrunden kleinen Tränen, die sich als Tropfen in ihren Augenwinkeln sammeln.

»Also … Nun müssen wir uns bald verabschieden.«

»Was … Was hast du vor? Ich möchte … mich nicht verabschieden, wieso …?«

Haruyuki bleibt der Satz im Hals stecken. Er schüttelt den Kopf. Kuroyukihime richtet ihre eindringlichen Schlussworte an ihn.

»Ich bitte dich. Werde stark … und schnell. Besiege die Könige an meiner Stelle, steige bis zur Spitze auf und sehe das, was ich selbst erleben wollte.«

»Nein …! Nicht!!«, schreit Haruyuki fast schon verzweifelt auf.

»Das darfst du nicht!! Nein …! Du kannst doch nicht alleine fortgehen!! Ich beschütze dich …! Und wenn ich das nicht kann, dann gehe ich mit dir!! Lass mich nicht allein zurück …! Ich konnte dir noch gar nichts … noch überhaupt nichts …«

Von Schluchzern unterbrochen sprudeln die Worte aus Haruyukis Mund, bis ...

... Kuroyukihimes Lippen sich langsam nähern und ihn verschließen.

Auch wenn sie beide sich in ihrer virtuellen Avatargestalt befinden, fühlt sich dieser Kuss weicher, zärtlicher und inniger an als alles andere auf der Welt.

In der Realität dauert er nur den tausendsten Bruchteil einer Sekunde, für Haruyuki hingegen ist es eine Ewigkeit. Dann löst Kuroyukihime langsam ihre Lippen von seinen und flüstert: »Irgendwann ... sehen wir uns sicher wieder.«

Als sie sich aufrichtet, fallen ihrer Bewegung entgegengesetzt einige Tränentropfen in einer silbern glitzernden Spur herab.

Entschlossen stellt sie sich mit dem Rücken zu Haruyuki dem immer näher kommenden Auto entgegen. Dabei strahlt sie eine so unglaubliche Willenskraft aus, dass Haruyuki sich weder vom Fleck rühren, geschweige denn etwas sagen kann.

Kuroyukihime breitet ihre Arme weit aus, streckt den Rücken durch und ruft majestätisch: »Physical Full Burst!!«

»Flasssh ...!«

Kuroyukihimes Avatar wird von einem grellen weißen Licht umfasst und verschwindet.

Wieso?

Was hat das zu bedeuten?

In Haruyuki detonieren Unsicherheit, Nervosität und allem voran ein Gefühl, das er gar nicht eindeutig benennen kann.

»Kuroyukihime!!«, schreit er aus Leibeskräften.

Wieder kommen ihm die Tränen, der verschwommene Blick lässt ihn das Gleichgewicht verlieren, er taumelt einige Schritte nach hinten.

Und dann traut er seinen Augen nicht.

Kuroyukihime ... die echte Kuroyukihime, in durchscheinendes Blau getaucht, bewegt sich.

Sie, die eigentlich hinter Haruyukis realem Körper vom Auto abgeschirmt stand, nimmt jetzt, zwar zehnmal langsamer als normal, aber doch deutlich erkennbar einen Fuß nach vorn, stößt sich damit vom Boden ab und bewegt sich aus seiner Deckung heraus.

Wie ... ist das überhaupt möglich?!

Brain Burst *beschleunigt doch nur das Bewusstsein des Nutzers, indem es die Quantensignale, die auf seinem Herzschlag beruhen, um das Tausendfache übertaktet.*

Umgekehrt kann man also sagen, dass dies auf den physischen Körper keinerlei Auswirkung hat. Das heißt, während der Beschleunigung kann man sich nicht bewegen, ja noch nicht einmal die Augen in eine andere Richtung drehen. Deswegen lässt das Programm jemanden, der sich beschleunigt, automatisch einen Full Dive ausführen, um sein Bewusstsein vom Körper zu trennen, und versetzt ihn in eine künstliche Realität, zusammengesetzt aus den Aufnahmen der Social Cameras.

Und doch bewegt sich Kuroyukihimes realer Körper gerade in einem Tempo, das selbst Haruyuki im Zustand seiner Beschleunigung optisch wahrnimmt. Ab und zu wirken Teile ihres frostfarbenen Körpers verschwommen – wahrscheinlich kommen die Social Cameras mit den Aufnahmen nicht so schnell hinterher.

Aber das heißt … in der Wirklichkeit stürmt dieses Mädchen gerade hundertmal so schnell wie ein normaler Mensch vorwärts!

Ist das diese stärkste und größte Kraft von *Brain Burst*? Ein wahrhaft sündiger Befehl, der nicht nur den Geist, sondern gleich den ganzen Körper übertaktet, der das sicher nicht ohne Schäden überstehen kann!

Während Kuroyukihime vorwärtsschießt, erkennt Haruyuki in ihrem Gesicht wilde Entschlossenheit … aber auch eine Verbissenheit, als würde sie all ihre psychische Kraft aufbringen, um sich gegen etwas zu wehren.

Und dieses Etwas müssen rasende Schmerzen sein.

Ihre Muskeln und Gelenke müssen in diesem Moment aufschreien von dieser schier unglaublichen Kraft, die sie antreibt.

Aber Kuroyukihime läuft weiter.

Ein Schritt, ein zweiter, beim dritten steht sie links neben Haruyukis realem Körper.

Nur noch knapp achtzig Zentimeter liegen zwischen ihm und der Stoßstange des Autos mit Araya am Steuer.

Kuroyukihime streckt ihre Arme aus und legt sie so langsam um Haruyuki, als wolle sie ihn umarmen.

Dann drückt sie ihn sacht. Haruyukis Körper beginnt, zur Seite zu kippen –

Und da …

… spürt Haruyuki einen heftigen Stoß, der ihn von Kopf bis Fuß erfasst. Es wird dunkel vor seinen Augen.

Kuroyukihimes Bewegungen sahen zwar sanft aus, aber tatsächlich muss sie sich mit unglaublicher Wucht gegen ihn geworfen haben. Dieser gewaltige Aufprall löste den

Sicherheitsmechanismus seines Neuro Linkers aus und beendete den Full Dive.

Im nächsten Augenblick beginnen Lichtstrahlen die Dunkelheit zu durchbrechen, breiten sich in alle Richtungen aus und bringen die Welt mit ihren wahren Farben zurück.

In dem Moment, in dem Haruyuki sich in seinem richtigen Körper wiederfindet, knallt der auch schon rücklings auf das Straßenpflaster. Ihm bleibt die Luft weg.

Aber er vergisst sogar, wieder einzuatmen. Denn direkt vor seinen Augen ...

... erblickt er Kuroyukihime, immer noch mit nach vorne gestreckten Armen, die ihm offenbar kurz zulächelt.

Doch da schießt schon das weiße Auto mit Karacho auf den Bürgersteig und erfasst ihren schlanken Körper.

Die Stoßstange reißt sie von den Beinen, das Mädchen wird auf die Motorhaube geschleudert, schlägt gegen die Frontscheibe und wirbelt weiter in die Höhe.

Ihre langen schwarzen Haare beschreiben einen Kreis in der Luft und leuchten orange in der Abendsonne auf.

Unweit davon schlägt das losgerissene Verbindungskabel weiß tanzend Purzelbäume.

7

Die nachfolgenden Ereignisse behält Haruyukis ausgelaugtes Bewusstsein nur in Form dreier Farben im Gedächtnis.

Schwarz ... wie die unnatürlich verdrehte zierliche Gestalt auf dem Kopfsteinpflaster des Fußwegs.

Rot ... wie die unglaublich große Menge an Blut, die unter ihrem Körper hervorquillt.

Weiß ... wie die Farbe ihrer bleichen Wangen und der geschlossenen Augenlider.

Auch Haruyukis Hände und seine Krawatte, mit der er versucht, das Blut zu stoppen, färben sich augenblicklich rot.

Aus der weißen Limousine, die gegen eine Ladenwand gekracht ist, kriecht ein grölender Araya – seine Kleidung ist ebenfalls rot.

Rot blinkt auch die Signalleuchte des heranbrausenden Polizeiwagens, in den Araya, der immer noch vor sich hin gackert, grob hineinverfrachtet wird.

Und da trifft auch schon mit dem gleichen Blinklicht ein weißer Rettungswagen ein, aus dem weiß gekleidete Männer aussteigen und Kuroyukihime auf eine Trage legen. Ihrer Aufforderung folgend steigt Haruyuki ebenfalls ein und sie preschen in einem Wahnsinnstempo davon ...

Jetzt sitzt er in einer Ecke des einheitlich weißen Krankenhausflurs und schaut zur rot leuchtenden Anzeige der Tür des Notaufnahmeraums hoch, hinter der gerade operiert wird.

An Dinge in der Zukunft kann Haruyuki jetzt überhaupt noch nicht denken.

Alles, was in seinem Kopf auftaucht, sind Erinnerungen an die letzten vier Tage, seit Kuroyukihime ihm zum ersten Mal gegenüberstand, und was seitdem alles geschehen ist.

Zig Momente fallen ihm ein, in denen er sich hätte anders verhalten können.

Und hätte ich das getan, wäre es nicht so weit gekommen.

Kuroyukihime hat ihre Hand nach mir ausgestreckt, mir ihre Gefühle gezeigt. Warum habe ich nicht wenigstens ein bisschen versucht, sie als Wahrheit zu akzeptieren? Hätte ich nicht stur zu Boden geschaut und mich stattdessen darauf eingelassen, dann hätte ich mich nicht dort auf der Straße so mit ihr gestritten und das auf mich zurasende Auto mit Sicherheit bemerkt.

Ich habe schon viele Fehler in meinem Leben begangen, aber vor allem diesen einen werde ich nie wiedergutmachen können.

Wie in Trance verfolgt Haruyuki die vielen Scheidepunkte in seinem Gedächtnis zurück und versucht, irgendwo den Weg in eine andere Zukunft zu finden. Aber nicht einmal *Brain Burst* könnte ihm je helfen, das Geschehene rückgängig zu machen.

Er weiß schon gar nicht mehr, wie lange er die leuchtende Anzeige jetzt schon anstarrt.

Plötzlich gleitet die Tür auf, obwohl das OP-Lämpchen immer noch eingeschaltet ist. Eine Krankenschwester tritt heraus.

Ihrem jungen Aussehen nach hat sie wohl gerade erst ihre Ausbildung beendet. Das Gesicht unter dem ordentlichen Pony wirkt angespannt. Fast wie von selbst bewegt sich Haruyukis Mund: »Wie … sieht es aus?«

»Der Arzt und alle Assistenten geben ihr Bestes.«

Die Stimme der Krankenschwester klingt etwas angeschlagen und steif.

»Aber … es wurden sehr viele innere Organe verletzt. Mit den Mikromaschinen auf Hochtouren können wir aktuell eine Verschlimmerung ihres Zustands hinauszögern. Deswegen wollten wir … na ja, ihrer Familie … Bescheid geben, konnten jedoch in ihrem Neuro Linker keine Kontaktdaten für Notfälle finden.«

»Oh …«

Haruyuki fehlen die Worte. Die Krankenschwester hat neben ihm Platz genommen und lehnt sich jetzt nach vorn.

»Und jetzt dachten wir«, fährt sie fort, »vielleicht kennst du ihre Telefonnummer. Du bist doch … ihr …?«

Die Stimme der Schwester geht fragend hoch. Aber Haruyuki kann nicht sofort darauf antworten.

Als was sehe ich mich denn selbst in Bezug auf Kuroyukihime? Eine Schachfigur, ein Werkzeug – so will ich mich nicht mehr bezeichnen. Aber Bekannter oder Schulkamerad fühlt sich auch nicht mehr richtig an.

Haruyuki bleibt stumm. Doch da spricht die Krankenschwester ihren Satz zu Ende, und er hebt verblüfft den Kopf.

»Du bist doch ihr Freund, nicht wahr?«

»Was …? W… Wie kommen Sie darauf?«

Wenn man sich Kuroyukihimes schönes Gesicht anschaut, das wie durch ein Wunder unverletzt geblieben ist, und dann meinen Körperbau und meine Visage dazu sieht, denkt man doch im Leben nicht an so was.

Unwillkürlich macht Haruyuki sich klein. Aber dann reicht die Schwester ihm etwas – ein kleines Notizbuch.

Es ist ein Schülerheft der Umesato-Mittelschule, dessen blauen Umschlag aus Kunstleder ein goldenes Emblem ziert.

»Ich habe in ihren Sachen nach Kontaktdaten gesucht und dabei zufällig auch das hier gesehen. Entschuldige bitte.«

Auf den angespannten Wangen der Schwester zeigt sich der Anflug eines Lächelns, als sie die letzte Seite des Hefts aufschlägt.

Links steckt in einer Klarsichthülle Kuroyukihimes Schülerausweis mit ihrem Foto darauf.

Und rechts daneben sieht Haruyuki ein vertrautes rundes Gesicht.

Mit zitternden Händen nimmt er das Buch entgegen und starrt entgeistert auf das Foto, das ihn selbst zeigt. Es ist zweifellos der Screenshot, den sie von seiner Reaktion auf das erste »Geständnis« in der Lounge gemacht hat.

»Plopp!«

Ein Wassertropfen fällt auf das Bild.

Dass dieser aus seinen Augen gekommen sein muss, realisiert Haruyuki erst nach einer Weile.

»Kuro...yukihime ...«, flüstert er und seine Stimme bebt dabei stark. Nicht lange und sie schlägt in ein lautes, kindliches Weinen um.

»Uh... U...aah ... Uaaaah!!«

Haruyuki weint, das Notizbuch an die Brust gepresst, den Oberkörper nach vorn gebeugt.

Die Tränen fließen unaufhörlich, laufen über seine Wangen und fallen auf den Boden. Und irgendwo tief in dem Schmerz, der ein Loch in sein Herz zu fressen scheint, entdeckt er zum ersten Mal seine wahren Gefühle.

Fast fünf Stunden dauert die Operation.

Während die Uhr am Rand von Haruyukis Blickfeld langsam vom frühen Abend in die Nachtstunden übergeht, schickt

Haruyuki lediglich eine kurze Textnachricht an seine Mutter – eine Freundin sei in einen Unfall verwickelt worden und er werde deswegen heute erst spät oder gar nicht nach Hause kommen. Ansonsten sitzt er die ganze Zeit nur nichts tuend auf seinem Stuhl.

Zu Kuroyukihimes Elternhaus wurde über die Schule anscheinend doch noch Kontakt aufgenommen. Aber überraschenderweise ist danach nur ein Anwalt der Familie aufgetaucht.

Der Mann mittleren Alters, der einen großformatigen Neuro Linker am Hals trägt und selbst wie eine Maschine aussieht, erledigt sachlich die Formalitäten und ist nach nur fünfzehn Minuten bereits wieder verschwunden, ohne Haruyuki in der Zeit auch nur eines Blickes zu würdigen.

Nach vielen langen Stunden schließlich erlischt gegen 22 Uhr die rote Anzeige über dem OP-Saal.

Ein völlig erschöpft wirkender junger Arzt tritt heraus, der ein wenig verwundert ist, als er nur Haruyuki auf dem Gang vorfindet. Aber dann klärt er ihn freundlich über Kuroyukihimes Zustand auf.

Sie konnten zwar den Blutfluss stillen, aber die inneren Verletzungen sind so schwerwiegend, dass sie jederzeit in einen Schockzustand verfallen könnte.

Eine Reihe von Mikromaschinen läuft unter vollem Einsatz, um mithilfe künstlicher Proteine die zerstörten Gewebestrukturen wiederherzustellen oder neu aufzubauen, aber letztendlich hängt der Erfolg von der Kraft der Patientin ab.

»Alles in allem muss ich den Zustand somit als kritisch bezeichnen. Man kann sagen ... dass die kommenden zwölf Stunden die entscheidenden sein werden«, schließt der Arzt streng dreinblickend ab – und geht mit seinen Assistenten über den weißen Flur davon.

Nur die Krankenschwester bleibt zurück.

Sie wirft einen flüchtigen Blick auf das Notizbuch, das Haruyuki immer noch starr umklammert hält, und sagt sanft zu ihm: »Du … solltest auch besser nach Hause gehen und schlafen. Morgen kommt jemand aus ihrer Familie hierher.«

»Morgen … ist zu spät«, antwortet Haruyuki, fest entschlossen, sich keinen Schritt fortzubewegen.

»Der Arzt hat gesagt, auf die nächsten zwölf Stunden kommt es an. Sie kämpft doch so sehr, und wenn jetzt niemand bei ihr wäre … das … wäre so grausam.«

»Ja … ja, da hast du recht. Weiß deine Familie Bescheid?«

»Ja. Meine Mutter kommt sowieso nicht vor ein Uhr nach Hause.«

»Ach so. Na gut, dann bringe ich dir mal eine Decke. Warte kurz.«

Sie läuft flink zum Schwesternzimmer am Ende des Gangs und kehrt sogleich mit einer Decke aus dünnem Stoff zurück. Diese reicht sie Haruyuki mit einem bekräftigenden Nicken.

»Keine Sorge. Sie schafft es bestimmt. So hübsch, wie sie ist … und mit einem so wunderbaren Freund wie dir. Sie hat noch alles Schöne in ihrem Leben vor sich.«

Oh ja …! Sie hat sogar noch sehr viel mehr vor sich, als diese Krankenschwester ahnt. Sie wird Cyan Pile besiegen, die Legionen der Könige eine nach der anderen zu Fall bringen und schließlich an den Ort ihrer Wünsche gelangen. Und natürlich werde ich sie dabei begleiten …

»V… Vielen Dank. Äh …? Wann kann ich sie denn sehen?«, fragt Haruyuki.

»Jetzt noch nicht, der Raum mit den Mikromaschinen ist luftdicht abgeriegelt. Aber ich kann dir eine Videoübertragung über das Krankenhausnetz zeigen. Ausnahmsweise.«

Die Krankenschwester lächelt und schwingt ihre Finger durch die Luft. Als sie eine schnipsende Bewegung macht, taucht vor Haruyukis Augen sofort eine Zugriffsmeldung auf.

Er wundert sich, dass der Neuro Linker der Krankenschwester eine Drahtlosverbindung zu seinem Gerät aufbauen kann, begreift aber sofort, dass diese wohl über das lokale Netzwerk des Krankenhauses läuft.

Ein Klick auf das Icon öffnet ein Videofenster. Das Bild ist dunkel und verschwommen, aber als Haruyuki genau hinschaut, erkennt er in der Mitte ein merkwürdig aussehendes Bett.

Von außen gleicht es einer halb geöffneten Kapsel, die bis oben hin mit einer leicht durchsichtigen Flüssigkeit gefüllt ist. Darin ist vom Kopf bis knapp unter die Schultern ein blasser Körper zu erkennen.

Der Anblick der Schläuche, die zu Mund und Armen führen, ist kaum zu ertragen. Die geschlossenen Augen des Mädchens bewegen sich kein bisschen.

»Kuroyukihime …«, flüstert Haruyuki unwillkürlich ihren Namen.

In diesem zierlichen Körper kämpfen gerade zahlreiche Mikromaschinen zusammen mit der eigenen Lebenskraft des Mädchens gegen die ungeheuren Verletzungen. Es ist eine Schlacht, bei der Haruyuki diesmal überhaupt nicht imstande ist zu helfen. Nur beten kann er. »Alles wird gut. Sie wird sicher wieder gesund«, sagt die Krankenschwester noch einmal, streicht Haruyuki kurz über den Rücken und steht auf.

»Ihr Zustand wird genau überwacht. Wenn also irgendwas ist, komme ich sofort. Ruh du dich auch etwas aus.«

»Okay. D... Das ist nett von Ihnen«, bedankt sich Haruyuki bei der Schwester, die gerade wieder gehen will, und setzt mit dem Kopf zu einer Verbeugung an, als plötzlich ...

Irgendwas an dem Videofenster, das im rechten Teil seines Blickfelds weiterläuft, erregt sein Misstrauen. Sein von der langen Erfahrung mit virtuellen Spielen geschärftes Gefühl sagt ihm, dass ihm dort irgendwas auffällt, dass er über irgendwas nachdenken muss.

Was ist es ...? Was habe ich da gerade gesehen?

Kuroyukihime ist nackt bis zur Schulter. Aber eine Sache hat man ihr nicht ausgezogen.

Man erkennt ihn kaum, weil er in der halb durchsichtigen Flüssigkeit liegt, aber ... da, dieses schwarze Ding hinten an ihrem Nacken, das ist ihr Neuro Linker. Und in dessen Anschluss für Direktverbindungen steckt ein dünnes Kabel. Es läuft parallel zum Sauerstoffschlauch über den Rand des Betts hinaus und endet in einem großen Gerät daneben.

»W... Warten Sie!«, ruft Haruyuki der Krankenschwester schnell hinterher. Diese bleibt stehen und schaut über die Schulter zurück.

»Was ist?«

»Ach, äh ... Kuro... Ich meine, sie trägt immer noch ihren Neuro Linker?«

»Ja. Darüber messen wir ihre Gehirnströme.«

»Ach so, und ... ich nehme an, das Gerät, zu dem das Kabel führt, arbeitet nicht allein, sondern ...«

»Ja, natürlich ist es mit dem Krankenhausnetz verbunden.«

Wie bitte?!

Haruyuki bleibt die Luft weg. Die Krankenschwester schaut ihn verwundert an und lächelt beschwichtigend.

»Was denn, machst du dir Sorgen um die Sicherheit? Nur keine Panik, Behandlungen im Netz laufen hinter einer sehr starken Firewall ab. Kein Hacker könnte ihr etwas Böses antun.«

Dann winkt sie zum Abschied mit der Hand und verschwindet im Schwesternzimmer. Haruyuki stöhnt indes innerlich auf.

Im Normalfall hätte sie recht. Aber dieser Fall hier ist nicht normal. Denn ein Code auf dieser Welt kann selbst die stärkste Firewall des Landes, die der Social Cameras, mühelos knacken und daraus die Echtzeitaufnahmen entwenden ...

Brain Burst.

Haruyuki ist nun wieder alleine auf dem Flur. Immer noch die Decke in der linken Hand, plumpst er zurück auf die Sitzbank.

Kuroyukihimes Neuro Linker ist vollständig vom globalen Netz abgemeldet. Aber es besteht, und sei es nur für medizinische Zwecke, eine Kabelverbindung zum Krankenhausnetz. Das heißt ...

Mit zitternder Stimme murmelt Haruyuki:

»Burst Link.«

Im gleichen Moment, in dem er das ausspricht, friert die Welt um ihn herum ein.

Taumelnd steht Haruyuki in Gestalt seines Ferkelavatars auf, sucht innerlich betend in den Icons auf der linken Seite seines virtuellen Desktops das lodernde B-Zeichen und klickt es an.

Das Programm wird gestartet, es öffnet sich die Matching-Liste.

Nach der anfänglichen Suchmeldung erscheint der Name »Silver Crow« in der Tabelle.

Und ein klein wenig später ... noch ein zweiter, »Black Lotus«.

»I... Ich glaub's nicht ...«

Haruyuki stöhnt auf.

Er selbst kann seinen Neuro Linker vom Krankenhausnetz trennen und sich so aus der Matching-Liste entfernen. Bei Kuroyukihime jedoch, deren Gehirnströme überwacht werden, geht das nicht.

Natürlich können jetzt nicht alle möglichen Personen das Mädchen attackieren, da es keine Verbindung zum globalen Netzwerk hat. Aber angenommen, hier im Krankenhaus würde sich ein Burst Linker aufhalten ... und *Brain Burst* aktivieren, dann würde er Black Lotus in der Liste sehen, könnte sie herausfordern ...

... und Kuroyukihime würde gnadenlos verlieren, da sie bewusstlos ist.

Moment, so groß ist das Risiko nicht, dass sich hier im Krankenhaus ein weiterer Burst Linker aufhält. Um diese Uhrzeit kommt niemand mehr herein oder verlässt das Krankenhaus, und selbst wenn doch ein anderer Brain Burst*-Nutzer ins Krankenhausnetz eingeloggt wäre, müsste sein Name ebenfalls in der Liste auftauchen.*

Also kein Grund zur Panik!

Während Haruyuki versucht, sich das einzureden, will das Gefühl von austretendem Schweiß an den runden Pranken seines Avatars kein bisschen schwächer werden.

Ja …! Da muss noch etwas sein. Irgendwas hat er in seinen Überlegungen nicht bedacht.

Was, wenn … ein Burst Linker es fertigbringt, herauszubekommen, dass Black Lotus, auf die das höchste Kopfgeld der beschleunigten Welt ausgesetzt ist, schwer verletzt im Krankenhaus liegt, und sogar in welchem?

Haruyuki will schon beschließen, dass es so jemanden gar nicht geben kann, als ein Schauder ihn durchfährt und er die Augen weit aufreißt.

Doch. Einer könnte dazu imstande sein: Cyan Pile.

Dieser rätselhafte Gegenspieler, über dessen wahre Identität Haruyuki bisher nicht mehr weiß, als dass er erfolgreich einen Virus in Chiyuris Neuro Linker eingeschleust hat. Momentan lässt sich nur sagen, dass es irgendjemand aus der Umesato ist.

Zudem weiß die Schule bereits über Kuroyukihimes Unfall Bescheid. Und dass der Verursacher ausgerechnet der frisch freigelassene Araya war, der sich ohne Führerschein ans Steuer gesetzt und sie angefahren hat, macht die Sache erst recht zu einer heißen Nachricht. Zweifellos verbreitet sie sich bereits wie ein Lauffeuer unter den Schülern.

Zumindest haben sie wohl noch nicht den Namen des Krankenhauses erfahren. Wenn die Mädels aus der Siebten, die Kuroyukihime verehren, oder Mitglieder ihres Fanklubs die Adresse wüssten, würden sie längst in Scharen hier hereinströmen.

Aber … Die Lehrer wissen Bescheid. Daher ist es nur eine Frage der Zeit, bis es auch zu den Schülern vordringt. Viele werden Kuroyukihime besuchen, und sollte Cyan Pile sich dann unter sie mischen, wird er kaum zu identifizieren sein.

Also … bleibt Haruyuki keine andere Wahl.

Er lässt seine Schultern sinken und nimmt neben seinem blau eingefrorenen realen Körper Platz.

Kuroyukihime kämpft gerade um ihr Leben. Anders ausgedrückt hat sie jetzt gar nicht die Zeit und Kraft für ein weiteres Duell.

Glücklicherweise darf man nur einmal am Tag dieselbe Person herausfordern. Dann muss Kuroyukihime bis zu ihrer Genesung eben ein-, zweimal Punkte an Cyan Pile verlieren, daran führt wohl kein Weg vorbei …

Moment …! Bin ich eigentlich total bescheuert?! Was hat Kuroyukihime vorhin gleich noch gesagt?!

Haruyuki ballt seine beiden vorderen Klauen zu Fäusten und springt von der Bank auf.

Der letzte Befehl, den sie ausgesprochen hat, um mich zu retten: Physical Full Burst.

Er beschleunigt neben dem Bewusstsein sogar noch den eigentlichen Körper, hat aber laut ihrer Aussage einen sehr hohen Preis: Man verliert neunundneunzig Prozent der eigenen Burst Points.

Dann hat Kuroyukihime momentan so gut wie gar keine Punkte mehr. Wahrscheinlich wird eine einzige Niederlage gegen Cyan Pile, der sich auf einem weitaus tieferen Level befindet, ausreichen, damit ihr Punktestand endgültig auf null fällt.

Das wird bewirken, dass sich Brain Burst *automatisch auf ihrem Neuro Linker deinstalliert.*

Und das wäre für sie … nachdem sie all ihre bisherigen Kämpfe nur für das Ziel, das zehnte Level zu erreichen, bestritten hat, fast genauso schlimm wie zu sterben.

Nein, das darf nicht geschehen.

Er darf nicht zulassen, dass Cyan Pile auch nur ein Mal gegen Kuroyukihime kämpft.

Sie hat ihr Leben riskiert, um Haruyuki zu retten.

Darum ist diesmal er an der Reihe, sie zu beschützen. Zumindest eine Hälfte von ihr.

Er wird genau von diesem Moment an kein Auge mehr zumachen und den Eingang des Krankenhauses überwachen. Selbst wenn dafür alle seine Punkte draufgehen sollten, wird er jetzt immer wenn ein Schüler der Umesato auftaucht, seine Beschleunigung aktivieren, und sobald er Cyan Piles Namen sieht, fordert er ihn heraus.

Und ... besiegt ihn. Er wird diesen Typen, der selbst kaum noch Punkte hat, vernichten und ihn für immer aus der beschleunigten Welt verbannen.

»Ich beschütze dich. Ich beschütze dich, um jeden Preis«, sagt Haruyuki laut in diese bläuliche Umgebung hinein, in der außer ihm niemand ist.

»Denn ... ich ... ich muss dir unbedingt etwas sagen. Gleich, wenn wir uns das nächste Mal wiedersehen. Darum bin diesmal ich mit Kämpfen dran«, verkündet er mit fester Stimme, seinen Blick auf die blaue Wand gerichtet, hinter der Kuroyukihime liegen muss.

Nachdem Haruyuki mit dem »Burst Out«-Kommando in die Realität zurückgekehrt ist, setzt er sich seitlich auf die Bank, wickelt sich in die Decke ein, schlingt die Arme um seine Beine und richtet seinen Blick auf den Eingangsbereich am linken Ende des Flurs.

Man kann das Krankenhaus zwar auch über andere Eingänge betreten, aber zum Einloggen ins lokale Netzwerk muss man seinen Neuro Linker authentifizieren, und das geht nur hier. Darum wird Cyan Pile auf jeden Fall hier auftauchen.

Es ist gerade halb elf Uhr nachts.

Da die Besuchszeit schon lange vorbei ist, kommen um diese Zeit zwar keine normalen Besucher mehr, aber der Gegner steht ziemlich unter Zugzwang. Wenn er Kuroyukihime unbedingt noch im bewusstlosen Zustand erwischen will, kann es also durchaus sein, dass er sofort zum Angriff loszieht, sobald er den Namen des Krankenhauses in Erfahrung gebracht hat.

Haruyuki dreht die Lautstärke des Weckers seines Neuro Linkers so hoch wie möglich. Sollte er nun doch irgendwann einschlafen, wird ihn das ohrenbetäubende Klingeln wach prügeln.

Noch nie hat er eine Nacht erlebt, in der die Zeit so langsam verstrichen ist.

Aber ihn überkommt weder Langeweile noch Müdigkeit. Die allermeiste Zeit hält Haruyuki seinen Blick auf den dunklen Eingang geheftet, nur ab und zu lässt er ihn zum verkleinerten Videofenster des Notaufnahmeraums gleiten.

Obwohl Kuroyukihimes bleicher Körper in dem Kapselbett sich kein Stück regt, spürt Haruyuki deutlich, dass dort gerade ein verzweifelter Kampf tobt.

Du schaffst es. Du schaffst es.

Er betet jedes Mal innig, wenn er das Bild betrachtet. Sie ist mit ihm verbunden, einmal über das Krankenhausnetz und ihre beiden Neuro Linker und zudem noch über *Brain Burst*. Deswegen erreicht sein Gebet sie bestimmt. Daran hegt Haruyuki überhaupt keinen Zweifel.

Gegen zwei Uhr nachts erscheint noch einmal die Krankenschwester, um nach ihm zu sehen. Sie hat einen Pappbecher Kaffee in der Hand und schaut besorgt. Haruyuki lehnt Milch und Zucker ab und trinkt zum ersten Mal in seinem Leben schwarzen Kaffee. Dieser schmeckt so bitter, dass ihm danach die Zunge schmerzt.

Um fünf Uhr morgens dringt vom Eingang her ganz schwach die erste Morgenröte herein. Haruyuki überlegt kurz hin und her, wetzt schließlich zur Toilette, verrichtet sein Geschäft so schnell wie noch nie zuvor und rollt sich dann wieder auf der Bank ein.

Sechs Uhr morgens. Die Krankenhausangestellten auf dem Flur werden langsam zahlreicher und Haruyuki steigert seine Aufmerksamkeit noch weiter.

Sieben Uhr morgens. Der Dienst des Nachtpersonals ist vorbei und einer nach dem anderen verlässt das Gebäude. Die Krankenschwester bringt Haruyuki noch einen zweiten Kaffee sowie ein Sandwich, sagt ihm irgendwas Nettes und geht schließlich auch.

Acht Uhr dreißig –

Die Nachtaufnahme schließt, stattdessen wird die automatische Tür des Haupteingangs in Betrieb genommen.

Sogleich drängen einige Patienten herein, hauptsächlich ältere Menschen, die offenbar schon darauf gewartet haben, dass man die Tür öffnet.

Haruyuki fühlt sich jetzt noch wacher als vorher. Er sperrt beide Augen weit auf und beobachtet den Menschenstrom.

Obwohl er schon seit einem halben Jahr auf die Umesato geht und es eine kleine Schule mit nur drei Klassen pro Jahrgang ist, kennt er natürlich nicht alle seine Mitschüler.

Sobald er ein junges Gesicht sieht, das er nicht eindeutig zuordnen kann, darf er nicht erst überlegen, sondern muss sofort seine Beschleunigung aktivieren und in der Matching-Liste nachsehen.

Während er sich so stark wie nur irgend möglich konzentriert, schreitet die Zeit in der Ecke seines Blickfelds unglaublich langsam voran. Ihm kommt es vor, als würde sie ihn dabei auslachen.

Acht Uhr fünfunddreißig. Acht Uhr vierzig.

Ob Kuroyukihimes Zustand immer noch so kritisch ist? Mehr als zehn der zwölf Stunden, von denen der Arzt gesprochen hat, sind bereits vorüber.

Bitte, erlang schnell dein Bewusstsein wieder.

Und dann sollen sie die Überwachung deiner Gehirnströme abschalten, fleht Haruyuki mit aller Kraft.

Noch einmal ... Noch einmal will er ihr alleine in der beschleunigten Welt gegenüberstehen.

Dann würde er endlich offen reden.

Über seine Gefühle. Er würde ihr das Innerste seines Herzens offenbaren.

Acht Uhr ... fünfundvierzig.

Da sieht Haruyuki zum ersten Mal, seit er mit der Beobachtung des Eingangs begonnen hat, ein bekanntes Gesicht.

Für einen Moment bleibt ihm die Luft weg ... Dann lässt er sie langsam wieder entweichen.

Es ist nicht nur irgendein bekanntes Gesicht. Es gehört zu einem der zwei Menschen, mit denen er auf dieser Welt bisher die meiste Zeit seines Lebens verbracht hat.

Der Junge ist schlank, groß gewachsen, hat eine aufrechte Körperhaltung und sieht in seiner Veloursjacke und den

Baumwollhosen sehr erwachsen aus. Seine luftig frisierten Haare schimmern leuchtend braun im morgendlichen Licht.

Er will wohl zu mir …

Haruyuki lässt die Anspannung aus seinen Schultern weichen und beginnt zu lächeln.

»Hey, Taku! Hierher!«, ruft er durch den Flur in Richtung Eingang, etwas zu laut dafür, dass er hier in einem Krankenhaus ist. Und in dem Moment, als seine Stimme Takumu vermutlich erreicht, hält der … hält Takumu Mayuzumi, der gerade mit dem rechten Bein den nächsten Schritt machen wollte, mitten in der Bewegung inne.

Offenbar hat er Haruyuki noch nicht bemerkt. Er schaut einmal nach links und rechts und wendet sich dann doch wieder direkt dem Gang zu, der von der Eingangshalle aus zur Notaufnahme führt.

Dann trifft sein Blick auf Haruyukis, der gerade aufgestanden ist und noch mal winkt.

Der große Junge legt ein klein wenig den Kopf schief, blinzelt ein paarmal kräftig …

… und lächelt dann genauso hell und heiter, wie er es immer tut.

Er hebt den rechten Arm in der navyfarbenen Jacke und tippt mit dem Finger gegen seinen blauen Neuro Linker.

Das soll wohl heißen: Warte, bis das Krankenhausnetz mich authentifiziert hat, erkennt Haruyuki sofort. Und muss gleichzeitig kichern. Wie korrekt sein Kindheitsfreund doch immer ist.

Wenn man vom Eingang aus weiter in das Krankenhaus hineingehen will, muss man sich, egal ob als Besucher oder Patient, entweder in das lokale Netzwerk einloggen oder an der Aufnahme ausweisen und ein Schildchen tragen. Diese Regel gilt in allen Krankenhäusern des Landes.

Ob man allerdings die dreißig Sekunden, die das strenge Authentifizierungssystem braucht, im Empfangsbereich abwartet oder währenddessen schon weitergeht, um Zeit zu sparen, macht keinen großen Unterschied. Als Haruyuki gestern Abend hier ankam, rannte er direkt bis zum Notaufnahmeraum, ohne auch nur einmal anzuhalten. Die Erkennung durch das Netzwerk wurde also erst abgeschlossen, nachdem Kuroyukihime schon hinter der Tür verschwunden war.

Takumu dagegen scheint nicht mal so einen kleinen Regelverstoß begehen zu wollen. Er blickt Haruyuki an, macht dabei ein ungeduldiges Gesicht, steht aber weiter mitten in der Eingangshalle und wartet auf das Ende der Authentifizierung.

Doch plötzlich dreht er sich zur Seite, als hätte er irgendwas bemerkt.

Er schaut zur automatischen Eingangstür und legt dann die linke Hand an den Mund, so wie man es tut, wenn man jemanden laut rufen will.

Kommt Chiyuri etwa auch?

Haruyuki will schon selbst in die Richtung schauen, um zu sehen, was sich draußen hinter der Tür befindet …

Doch kurz bevor er seinen Blick von Takumu abwendet … überkommt ihn das leise Gefühl, dass etwas nicht stimmt.

Würde Takumu, der im Gegensatz zu Haruyuki doch so gute Manieren hat, in einem Krankenhaus laut die Stimme erheben?

Es wirkt fast, als wolle er die Hand nicht als Megafonersatz benutzen, sondern … sie vor seinen Mund legen. Vor das, war er dahinter sagt.

Als wolle er … diese Worte vor Haruyuki verstecken.

Das leise Gefühl verwandelt sich in einen Schauder. Nadeln kalt wie Eis schießen senkrecht durch Haruyukis Rückenmark.

Die Augen weit aufgerissen und wie zur Salzsäule erstarrt, rasen Haruyuki mehrere Gedanken gleichzeitig durch den Kopf.

Wieso … bin ich nur davon ausgegangen, dass dieser Typ, also Cyan Pile, auf die Umesato geht?

Klar, weil er einen Virus in Chiyuris Neuro Linker eingeschleust hat.

Aber was, wenn diese Hintertür dafür geschaffen wurde, um aus dem globalen Netz auf einen Linker zugreifen zu können? Dann beschränken sich die Tatverdächtigen nicht nur auf Haruyukis Mitschüler, sondern es kann jeder in ganz Japan gewesen sein.

Allerdings entsteht daraus gleich wieder ein neues Ausschlusskriterium.

Warum Chiyuri? Natürlich weil der Gegner leicht an sie herankommen konnte.

Also jemand, der zwar nicht auf die Umesato geht, ihr aber sehr nahe steht. Jemand, der sogar eine Direktverbindung mit ihr eingehen kann. Und da gibt es nur einen Einzigen, auf den all dies zutrifft. Den, der momentan knapp zwanzig Meter von Haruyuki entfernt steht –

Als seine Gedanken an diesen Punkt gelangen, öffnet sich sein Mund bereits wie von selbst und feuert das Kommando ab.

»Burst Link!!«

Takumu, der Junge, mit dem Chiyuri von klein auf befreundet und jetzt zusammen ist.

»BABAAANG!!«

Ein kalter, trockener Donnerschlag lässt die Welt gefrieren.

Auch Takumu, von Haruyuki aus nur klein zu sehen, verfärbt sich blau und verharrt in seiner Pose, die linke Hand am Mund.

Aber das ist nur die halbe Wahrheit. Denn verdeckt hat er den gleichen Befehl ausgesprochen. Und sein Bewusstsein in genauso einen Raum des Stillstands hinein beschleunigt.

Warst du es? Warst du es wirklich? Unmöglich. Das kann nicht sein. Wieso? Warum bloß?

Und obwohl in Haruyukis Kopf gerade diese Fragen wild durcheinanderpurzeln, flitzt seine rechte Hand, so schnell sie nur kann, über seinen virtuellen Desktop.

Wahrscheinlich macht Takumu jetzt exakt das Gleiche. Er startet die *Brain Burst*-Benutzeroberfläche und wartet auf das Aktualisieren der Matching-Liste. Und dann wird er sich die reife Frucht, Black Lotus, pflücken, indem er ihren Namen zum Senden der Herausforderung anklickt.

Haruyuki muss Cyan Pile in einen Kampf verwickeln, bevor das passieren kann.

Er beißt die Zähne zusammen, reißt seine Augen weit auf und starrt auf die Suchanzeige der Matching-Liste.

Da, sein eigener Name taucht an erster Stelle auf: Silver Crow.

Dann der Name des Mädchens, das er so innig liebt und beschützen muss: Black Lotus.

Und schließlich der Name des Feindes, den es zu vernichten gilt. Zum ersten Mal erscheint er als sichtbarer Schriftzug vor Haruyukis Augen: Cyan Pile.

Ich muss schneller sein als er …!!

Mit all seiner körperlichen und geistigen Kraft klickt Haruyuki in Windeseile den Namen an und hämmert im auftauchenden Pop-up-Fenster mit dem Finger auf den Befehl zum Duell.

8

»Klong, klong, klong, klong!!«

Einen Moment lang erschüttert ein hässlicher Klang, wie von unzähligen gegeneinanderreibenden Metallteilen den Raum.

Die hellen morgendlichen Sonnenstrahlen, die noch einen Moment zuvor vom Eingang her hereingeleuchtet hatten, nehmen jetzt einen unheimlichen dunklen Gelbton an.

Beginnend unter Haruyukis Füßen, werden Boden und Wände um ihn herum plötzlich von einer rostbraunen, rissigen Metallkruste und einer Schleimschicht überzogen, die fast zu leben scheint. Die Säulen spalten sich in mehrere wie ein Insektenbauch von Trennlinien durchzogene Teile auf und krümmen sich. An der Decke bilden sich einige unheimliche, Augäpfeln ähnliche Beulen heraus.

In nur wenigen Sekunden haben sich die sauberen, modernen Innenräume des Krankenhauses mit einem metallorganischen Schmutz überzogen, der genauso gut dem Albtraumszenario eines klassischen Cyberpunk-Autors entsprungen sein könnte.

Und als Haruyukis Ferkelgestalt sich in seinen Duellavatar Silver Crow verwandelt, macht es fast gleichzeitig »Prrrr!« und im oberen Bereich seines Blickfelds tauchen die beiden Energiebalken auf.

Dazwischen eine Zahl: 1.800.

Und schlussendlich lodert in der Mitte ein Feuer auf, aus dem die Buchstaben »FIGHT!!« hervortreten, hochrot leuchten und wieder verpuffen.

Haruyuki wirft einen kurzen Blick auf den Counter, der die Zeit rückwärts zu zählen beginnt.

Geschafft!

Er seufzt. Dann schaut er wieder den Gang hinunter, dahin, wo Takumu gestanden hat.

Aber wer ihm jetzt genau dort an der gleichen Stelle sein seitliches Profil zeigt, ist ein Duellavatar, wie er ihn sich niemals hätte vorstellen können.

Das ... soll Takumu sein?! Das ist Cyan Pile?!

Vor Überraschung stolpert Haruyuki unwillkürlich einen Schritt zurück.

Der Avatar ist riesig. Gut, so groß dann eigentlich auch wieder nicht. Takumu gehört mit seinen 1,75 m schon zu den größten Jungen seines Alters, und der Avatar überragt ihn um gerade mal fünf weitere Zentimeter ... Das ist trotzdem ein gewaltiger Unterschied zu dem 1,55 cm kleinen Silver Crow.

Am allermeisten verblüfft jedoch die Wuchtigkeit Cyan Piles. Man kann ihn nicht als dick bezeichnen. Oberkörper, Arme und Beine sind einfach sehr muskulös, wie die eines Profi-Wrestlers. Und darüber liegt eine hautenge, metallblaue Rüstung.

Außerdem trägt er dunkelblaue, klobige Stiefel und am linken Arm einen riesigen Handschuh in der gleichen Farbe.

Er gleicht den Macho-Helden der amerikanischen Comics. Das vollkommene Gegenteil zu dem schlanken Takumu in der Realität.

Völlig verunsichert steht Haruyuki einfach nur stocksteif da.

Cyan Pile dreht sich langsam nach links um und schaut ihm direkt ins Gesicht.

Seinen Kopf bedeckt eine tropfenförmige Maske, die als Einziges an seiner gesamten Erscheinung elegant wirkt. Über die Gesichtspartie verlaufen horizontal mehrere schmale Schlitzöffnungen, die nur in der Mitte von einem länglichen Stützstab unterbrochen werden. Es ist durchaus eine gewisse Ähnlichkeit mit einem Kendo-Helm vorhanden.

Da funkeln plötzlich hinter einem der Schlitze zwei eisblaue Augen grell auf. Der Avatar hebt langsam sein linkes Bein und stampft damit schwerfällig auf den Boden, sodass der Schleim, der sich dort angesammelt hat, zu beiden Seiten davonfliegt.

Haruyuki tritt noch einen Schritt zurück. Dabei fällt sein Blick auf den jetzt unverdeckten rechten Arm Cyan Piles.

Was … ist das denn?!

Der Arm endet nicht in einem großen Handschuh wie der linke. Stattdessen verläuft ab dem Ellbogen abwärts eine lange Röhre von etwa fünfzehn Zentimetern Durchmesser und einem Meter Länge. Und aus der Öffnung am unteren Ende guckt die Spitze einer Metallstange heraus, die wohl das Innere des Rohrs füllt und gefährlich funkelt.

Cyan Piles Affinität lässt sich, auch durch die Farbe seiner Ganzkörperrüstung, dem Blau für Nahkampf zuordnen. Es ist wirklich ein nahezu vollkommen reines Blau, wie Kuroyukihime bereits gesagt hat. Dann wird diese Stange zumindest keine Wurf- oder Schusswaffe sein.

Und obwohl er zu diesem Schluss kommt, tritt Haruyuki unwillkürlich noch einen weiteren Schritt zurück.

Cyan Pile beginnt jetzt, langsam einen Fuß vor den anderen zu setzen, einmal und noch einmal, und verringert so die Distanz zwischen ihnen in diesem von Rost und Schleim überzogenen Gang, wie um den nahezu regungslosen, kleinen Haruyuki damit zu ärgern. Dann bleibt er plötzlich stehen.

Der Burst Linker mit der Schlitzmaske schaut sich nach allen Seiten um. Dann lässt sich aus der Tiefe der Maske eine Stimme vernehmen ... Düster und verzerrt, aber für Haruyuki deutlich erkennbar als die nach den vielen Jahren sehr vertraute, klare Stimme seines Freundes Takumu.

»Hm, die Fegefeuerkulisse also? Die hatte ich ja ewig nicht mehr. Was waren gleich noch ihre Eigenschaften?«, sagt er völlig entspannt. Haruyukis Mund öffnet sich daraufhin unwillkürlich.

»Ta... Taku ...«

»Kriiiiiek!!«

Plötzlich reißt Cyan Pile seinen rechten Arm mit dem Eisenstab hoch, stößt ihn in die rostige Wand und fügt dieser einen hässlichen Riss zu. Metallsplitter und Schleim schießen in alle Richtungen davon und fallen zu Boden, zusammen mit irgendwelchen zerdrückten Insekten, von denen Haruyuki nicht weiß, wie sie heißen.

Haruyuki zuckt vor Schreck zusammen, die Worte bleiben ihm im Hals stecken.

Cyan Pile registriert das mit einem flüchtigen Blick und fährt noch vergnügter fort: »Schon etwas hart. Dürfte nicht einfach sein, diese Stage zu zerstören.«

»Stampf!«

Der blaue Riese setzt seinen Weg weiter fort und rückt immer näher auf Haruyuki zu.

»Haru, Haru ... Du bist am virtuellen Desktop immer so schnell. Ich hätte nur noch den Duellbutton drücken müssen, aber da hast du mir dazwischengefunkt.«

»Ta... Taku ...«

Ist er das, wirklich? Warum? Seit wann?

Wie lange ist er schon ein Burst Linker?

Doch bevor er diese Fragen, die ihm so auf der Seele brennen, stellen kann, spricht Takumu bereits weiter: »Ausgerechnet du bist nun auch ein Burst Linker ... Hätte ich nicht gedacht. Da war ich gestern schon etwas wütend. Dass ein Freund mich so hintergehen kann, Haru.«

»Ta... Taku ... N... Nein. Das gestern ...«, beeilt Haruyuki sich mit heiserer Stimme zu sagen, doch da fährt der Eisenstab wieder in die Wand und sein restlicher Satz geht in dem Lärm unter.

»Na, wie war es, Haru? Mit Chi auf ihrem Bett liegend über das Kabel zu reden? Wie war es, sie zu umarmen? Wie hat es sich angefühlt, sie zu berühren und dabei an mich zu denken?«

Das ... ist nicht Takumu!

Der lautlose Schrei hallt in Haruyuki wider.

Das ist nicht der Takumu, den ich kenne. Taku würde so etwas nicht sagen. Er ist doch immer fröhlich und vergnügt, zeigt nie auch nur den kleinsten Anflug negativer Emotionen.

Jemand anderes ist Cyan Pile. Bestimmt hat er auch in Takumus Neuro Linker eine Backdoor gesetzt und verbindet sich gerade von irgendwoher aus der Ferne damit.

Das versucht sich Haruyuki mit aller Macht einzureden. Doch gestern hat ihn schon mal so ein Gefühl beschlichen. Dass ein versteckter Beobachter im Hintergrund Augen und Ohren weit aufsperrte, während er bei seiner Direktverbindung mit Chiyuri den Virus auf ihrem Linker entdeckte. Genau diese Aura spürt er jetzt ganz deutlich von Takumu ausgehen.

Und vielleicht handelte es sich auch damals um dieses Gefühl, wenn Haruyuki mit Chiyuri rumalberte und Takumu ihm manchmal so einen Blick zuwarf.

»Taku ... hast du das getan?«

Als Haruyuki das durch seine silberne Maske hindurch sagt, ist er selbst überrascht, wie scharf und stark seine Stimme widerhallt.

»Hast du den Virus in Chiyus Neuro Linker eingeschleust? Hast du dich heimlich damit verbunden und einfach beobachtet, was sie gespeichert hat, was sie gerade sieht und hört?!«

»Virus klingt gleich so schlimm ...«

Der riesige Avatar bleibt nur fünf Meter vor Haruyuki stehen und breitet die linke Hand mit einer Bewegung aus, die zum ersten Mal wirklich an Takumu erinnert.

»Chi ist doch meine Freundin. Also verbinden wir uns natürlich auch übers Kabel. Und das heißt, dass man dem anderen seinen Neuro Linker zur freien Verfügung stellt. Man kann ohne Passwort die Festplatte durchforsten, alle Dateien öffnen, jedes beliebige Programm installieren, der Partner erklärt sich mit allem einverstanden. Nicht wahr? Haru, du hast doch auch ...«

Obwohl Haruyuki sein Gesicht nicht sehen kann, spürt er, wie Cyan Pile hinter den horizontalen Schlitzen seines Helms hässlich grinst.

»Du hast das doch auch mit Chi gemacht und heimlich in ihre Daten geschaut, oder? Und dabei seid ihr nicht mal ein Paar oder so. Also bist du derjenige von uns, der ihre Freundlichkeit für niedere Zwecke ausgenutzt hat, stimmt's?«

»D... Das ...«

»So warst du schon immer, Haru ...«, sagt Cyan Pile ruhig, während ein großes, merkwürdig geformtes Metallinsekt rechts von ihm die Wand entlangkriecht.

Beiläufig hebt Cyan Pile seinen rechten Arm mit der gewaltigen Speerspitze und bohrt sie ohne Anstrengung in den Rücken des Insekts. Dieses schreit auf, als es nicht mehr von der Stelle kommt, und beginnt, wild mit seinen unzähligen Beinen zu rudern, um sich zu befreien.

»Ständig, ständig hast du vor Chiyu den Armen, den Bemitleidenswerten gespielt, der Zuwendung braucht. Vielleicht nicht mit Worten, aber durch dein Verhalten, deine Blicke ... deine ganze Existenz.«

Knirschend bohrt sich die Stabspitze noch tiefer in den Insektenpanzer. Eine grüne Flüssigkeit spritzt heraus und das virtuelle Getier fängt noch heftiger an zu strampeln.

»Mädchen soll einer kapieren, was? Wenn ich ihre Hand genommen hab, sah Chi nie so fröhlich aus wie dann, wenn sie dich meckernd hinter sich herzog. Sie hatte wohl schon immer viel Spaß daran, sich um dich zu kümmern, dich zu bemuttern ... Wusstest du, dass sie stets ein Handtuch mit einpackt? Um dir damit den Schweiß abzuwischen.«

»Flatsch!!«

Das Geräusch, als das Insekt zermalmt wird, geht durch Mark und Bein. Die tiefgrünen Panzerteile und Beine schießen Schleimspuren hinterlassend davon.

Haruyuki sieht die Körperflüssigkeit des Tiers von der Speerspitze tropfen und fragt etwas benommen: »Deswegen also …? Deswegen hast du Chiyu vor zwei Jahren gefragt, ob sie mit dir gehen will? So als ob … du es eilig hättest …?«

»Nicht nur als ob, es war so. Ich hatte Angst, dass sie beschließen könnte, lebenslang auf dich aufzupassen. Wie in diesen uralten Manga, die sich bei dir stapeln. Nach dem Motto: Dann heirate ich dich eben, ohne mich wärst du doch aufgeschmissen … Oder gehörte das auch zu deinem Plan? Wolltest du Chi so rumkriegen? Ha ha ha!«

Cyan Pile lacht ausgelassen, aber mit einem verzerrten Nachklang, der Haruyuki Schauer über den Rücken jagt.

Nein. Nein …

Du irrst dich, Takumu. Chiyuri hatte definitiv niemals Spaß daran, mich armselige Kreatur zu bemuttern. Sie hat wirklich gelitten und sich gequält.

Wie er das Takumu jedoch glaubhaft machen soll, weiß Haruyuki nicht. Oberflächlich betrachtet hat dieser mit seinen Behauptungen nämlich in gewisser Weise sogar recht.

Während Haruyuki immer noch zur Salzsäule erstarrt dasteht, macht Cyan Pile wieder einen Schritt auf ihn zu.

»Als Chi sich vor zwei Jahren für mich entschieden hat, da war ich froh. Ich dachte, sie habe es endlich auch verstanden. Dass sie viel besser dran ist, wenn sie sich nicht als deine Beschützerin abplagt, sondern an meiner Seite glücklich wird. So was nennt man … eine realistische Entscheidung, oder?«

»Rea…listisch …?«

»Wir können doch nicht für immer Kinder bleiben ... nicht wahr?«

Etwas Ähnliches hat Haruyuki gestern zu Chiyuri gesagt. Cyan Pile hebt die nun grün getönte Spitze seiner Metallstange hoch in die Luft, als wolle er sich damit Zustimmung erbitten.

»Chi ist ein Mädchen ... Nein, eine Frau. Irgendwann wird sie erkennen, dass sie weitaus glücklicher wird mit einem Freund, den sie ihren Freundinnen vorführen kann, mit einer schönen Hochzeit und einem reichhaltigen Leben. Dafür hab ich mich angestrengt. Bis zum Umfallen hab ich gelernt, um auf diese Schule zu kommen, hab jeden Tag meinen Körper trainiert. In der Zeit, in der du blöde Games gezockt hast, Haru.«

»Das ... glaubst du wirklich?«, schreit Haruyuki, fast nur aus Reflex. Er kann die Gedanken in seinem Kopf nicht ordnen.

»Du glaubst echt, Chiyu hat sich aus Berechnung für dich entschieden?!«

»Das Wort Berechnung mag ich nicht. Es ist eher eine objektive Entscheidung«, sagt Cyan Pile und kichert erneut.

»Chi hat das Recht, glücklich zu werden. Und zwar mit mir zusammen, einem Jahrgangsbesten und Wettkampfsieger im Kendo.«

».........«

Haruyuki zieht scharf die Luft ein und hält sie abrupt an.

Nein, das ist in der Tat nicht Takumu.

Er kann nicht glauben, dass sich hier gerade der wahre Charakter seines Freundes zeigen soll. Er will es nicht glauben.

Irgendwas zwingt Takumu, so zu reden.

Gut, eine Ursache dafür kann durchaus das Verhältnis zwischen mir und Chiyuri sein. Auch als Takumus Freundin hat sie immer noch viel an mich gedacht. Das hat ihn wohl in die Enge getrieben.

Aber ... noch stärker hat ihn wahrscheinlich eine andere Sache verändert.

»Du ... irrst dich, Taku.«

Haruyuki hebt seinen silbernen Helmkopf und schaut direkt in Cyan Piles durchdringende Augen.

»Deine Noten und der Sieg beim Wettkampf waren gar nicht dein eigener Verdienst. Du hast es mithilfe von *Brain Burst* ... mit der Beschleunigung geschafft. Wie lange geht das schon? Wie lange bist du jetzt ein Burst Linker?«

Für eine Weile legt sich Stille über die Fegefeuerkulisse.

Scharen kleiner Insekten laufen quiekend an ihren Füßen vorbei, und ab und an strömt aus den Rissen der Wände stoßweise Dampf heraus, so als würde dort jemand atmen.

Gleich wird der Zähler bereits 200 der 1.800 Sekunden runtergezählt haben. In dem Moment, als dieser schließlich in den Fünfhunderter-Bereich springt, äußert sich Cyan Pile: »Es **war** mein eigener Verdienst.«

Er richtet seinen spitzen Stab gegen Haruyuki.

»Die Beschleunigung ist meine Kraft. Ich hab von klein auf meine Zeit fast bis zum Erbrechen mit Intelligenzspielen verbracht und mich dadurch als fähig erwiesen! Zum Burst Linker wurde ich erst vor einem Jahr. Der Kapitän meines Kendo-Klubs ist mein Elter ... und der verkehrt eng mit dem Blauen König. Man erwartet also viel von mir. Ich komme vielleicht in seine Leibgarde. Aber jetzt ...?!«

»Krrrrrkrk!!«

Wieder holt sein rechter Arm weit aus und schlägt mit Schwung einen großen Riss in die Wand.

»Aber jetzt kommst du!! Jetzt kommst du und willst auch ein Burst Linker sein?! Meinst du, wir wären uns dadurch jetzt ebenbürtig, hä, Haru?! Willst du etwa jetzt, da die Beschleunigung dir Selbstbewusstsein geschenkt hat, noch mal versuchen, Chi zurückzuerobern?! Das geht so nicht, Haru. Du kannst nicht gegen mich gewinnen. Weder in der Schule noch beim Sport noch in Bezug auf Chis Gefühle ... Und natürlich auch nicht in der beschleunigten Welt. Das bringe ich dir schon noch bei. Dein schwacher Duellavatar wird spüren ... welche Kraft in mir steckt.«

Und –

»Blink!!«

Cyan Piles Augen leuchten schaurig auf.

Er meint es ernst. Takumu will nicht nur zum Spaß kämpfen.

Wenn Haruyuki sich bemüht, kann er es ihm sicher auch mit Worten erklären – ein bisschen glaubt er noch daran. Er würde ihm gerne sagen, was er selbst und Chiyuri wirklich denken. Er will hier nicht so kämpfen.

Aber – was, wenn ich jetzt verliere?

Dann fordert Cyan Pile Black Lotus heraus und besiegt das bewusstlose Mädchen. Und Kuroyukihime verliert sofort ihre restlichen Punkte und kann die Beschleunigung nie wieder nutzen.

Das darf nicht passieren. Wenigstens das muss ich unbedingt verhindern, koste es, was es wolle.

»Taku ... Ja, du bist echt toll. Du schreibst gute Noten, bist sportlich und siehst gut aus. Du hast alles, was ich nicht habe«, presst Haruyuki leise hervor, den Blick zu Boden gerichtet.

Aber im nächsten Moment schaut er Cyan Pile wieder direkt an und brüllt scharf: »Aber du bist ein Idiot, ein riesengroßer Idiot bist du!«

»Wie ... bitte? Ich, ein Idiot?«

»Genau, darum kannst **du** nicht gegen **mich** gewinnen! Schon vergessen? Du hast mich noch in keinem einzigen Spiel je besiegt!«

»Haru, Haru ...«

Takumu sagt es scheinbar lachend, aber in seiner Stimme schwingt auch ein gefährlicher Unterton mit.

»Dann ... werde ich dir jetzt auch noch dein letztes bisschen Stolz rauben!!«

»Bamm!!«

Cyan Piles Stiefel stampft auf den Boden.

Und er stürmt auf Haruyuki zu, viel schneller, als sein an die zwei Meter großer Körper es eigentlich erlauben sollte.

Doch ganz so hoch wie bei Ash Rollers Motorrad ist seine Geschwindigkeit auch wieder nicht.

Haruyuki will ausweichen und sich auf eine geräumigere Fläche begeben.

Die Eingangshalle ... nein, besser das Dach.

Er konzentriert sich auf Cyan Piles rechten Arm. Sein Gegner hat die Affinität zum Nahkampf. Wenn er nicht in die Reichweite dieser Lanze gerät, muss er keinen Schaden befürchten.

Er sieht, wie Cyan Pile mit diesem Arm zum Angriff ausholt, und rennt selbst los, um auf der anderen Seite an ihm vorbeizuschlüpfen.

Seine Schnelligkeit, wohl der einzige Vorteil seines Avatars überhaupt, scheint auch der Gegner nicht erwartet zu haben.

Haruyuki spürt ein wenig dessen Überraschung, als er seinen rechten Arm in einem Bogen herumreißt und in Silver Crows Richtung stößt.

Aber er erwischt mich nicht ...!!

Haruyuki schätzt die Flugbahn des gegnerischen Arms ab, duckt sich gleichzeitig und will direkt neben Cyan Piles linkem Bein an ihm vorbeischlüpfen. Doch –

»Pfsssh!!«

Genau in dem Moment erfüllt ein Geräusch den Gang, mit dem Haruyuki nicht gerechnet hat.

Aus dem Winkel seiner weit aufgerissenen Augen sieht er ... wie am oberen Ende der breiten Röhre an Cyan Piles rechtem Arm Flammen hochschlagen.

Und aus dem unteren Ende schießt der dicke, funkelnde Eisenspeer heraus, mit einer Schnelligkeit, dass er optisch überhaupt nicht mehr wahrnehmbar ist.

Auch wenn es keine Lanze zum Werfen zu sein scheint, sondern nur eine, die sich bis auf ihre doppelte Länge herausschieben lässt, so reicht das momentan vollkommen aus, um Haruyuki zu treffen.

»Krrrack!!«

Ein hässlicher Laut der Zerstörung hallt durch seinen Körper.

Gleichzeitig spürt er die Kollision und einen dumpfen, lähmenden Schmerz. Er sieht, wie die Spitze der Stange sich durch seinen Ellbogen bohrt und den Unterarm abtrennt.

Jetzt, da es zu spät ist, fällt ihm ein, dass »pile« auf Englisch auch »Pfahl« heißen kann.

Der Arm fällt zu Boden, einen Funkenschweif hinter sich herziehend, um dann sofort in tausend kleine Splitter zu zerbersten und sich aufzulösen.

Durch diese eine Attacke verliert Haruyukis oben links eingeblendeter Energiebalken auf einen Schlag fast dreißig Prozent. Aber obwohl er direkt nach Beginn des Kampfes gleich so einen hohen Verlust einstecken musste, bleibt ihm gar keine Zeit, sich darüber zu ärgern. Sein Avatar verliert die Balance, er schrammt mit dem Rücken an der Wand entlang, in dem Versuch, nicht endgültig hinzufallen. Dabei entgeht ihm nicht, wie die Eisenstange ... nein, der Eisenpfahl, der noch aus Cyan Piles Arm ragt, zurück ins Innere eingefahren wird.

Kein Zweifel, sobald er wieder in der Ausstoßröhre ist, wird sofort eine weitere dieser schrecklichen Attacken auf Haruyuki zukommen – eine vom Typ »Stoßtechnik«.

Silver Crow mit seiner metallenen Farbe müsste ihr also theoretisch widerstehen können. Dass er dennoch gleich beim ersten Mal einen Arm verloren hat, liegt entweder daran, dass eine Schwachstelle erwischt wurde, dass ganze drei Level Unterschied zwischen ihnen liegen oder dass Cyan Pile einfach so stark ist.

Diese Dinge gehen Haruyuki im Bruchteil einer Sekunde durch den Kopf. Gleichzeitig richtet er sich wieder auf und bringt sich mit einem kräftigen Sprung außer Reichweite.

Ohne sich noch mal umzudrehen, flieht er, so schnell er kann, in Richtung Eingangshalle.

»Ha ha ha! Was ist, rennst du jetzt plötzlich weg, Haru?!«

Von dem verzerrten Gelächter hinter sich gejagt, erreicht Haruyuki die Halle und schaut sich schnell nach allen Seiten um.

Die Bänke im Wartebereich sind jetzt gusseisern und wirken mit den Stacheln auf der Oberseite wie Folterinstrumente aus dem Mittelalter. Um die Aufnahme auf der rechten Seite wickelt sich rostiger Stacheldraht. Menschen sind natürlich keine zu sehen.

Hinter der Aufnahme entdeckt Haruyuki das, was er gesucht hat: eine Fahrstuhltür.

In der Jahrhundertend-Stage konnte man keine Gebäude betreten, weshalb dort wohl auch keine Fahrstühle funktionierten. Hier in der Fegefeuer-Stage dagegen ist das Innere des Krankenhauses äußerst genau reproduziert – vielleicht klappt es also.

Haruyuki rennt zu der Tür, die sich in ein Eisengitter wie zum Verschließen eines Käfigs verwandelt hat, und drückt mit aller Kraft betend auf den Knopf daneben, der die Gestalt eines Totenkopfs hat. Und tatsächlich, unter schwerfälligem Quietschen fahren die beiden Hälften der Metalltür auseinander.

Haruyuki ballt aufatmend die rechte Hand zur Faust.

Hinter sich hört er den stampfenden Schritt Cyan Piles stetig näher kommen.

Schnell springt er in die Fahrstuhlkabine hinein, die eher wie eine Gefängniszelle für Isolationshäftlinge anmutet, und betätigt mit seiner rechten Hand gleich mehrmals hintereinander den Knopf, auf dem ein D für Dach eingemeißelt ist.

Jetzt fahr schon los, schnell!

Quälend langsam schließen sich die Gittertüren. Als sie gerade erst zugefallen sind, macht es: »Klang!!«

Irgendetwas ist von außen gegen den Fahrstuhl geschlagen. Und durch eine fünf Zentimeter breite Lücke zwischen den Türen blitzt ein spitzes Stück funkelnden Metalls in die Kabine hinein.

»......!!«

Haruyuki unterdrückt einen Aufschrei. Er springt blitzschnell nach hinten und drückt sich mit dem Rücken gegen die Wand.

»Klong!!«

Der abgefeuerte Eisenpfahl schießt zu ihm hinein, verbiegt dabei etwas die Stäbe der Tür und stoppt nur ein paar Millimeter vor Silver Crows schmalem Unterleib.

Als das gefährlich funkelnde Ding wieder nach draußen gezogen wird, geht ein Ruck durch die Kabine und der Fahrstuhl fährt endlich nach oben.

»Ha ha ha! Ha ha ha ha ha!!«

Das höhnische Gelächter folgt ihm beharrlich und schlingt sich regelrecht um ihn. Haruyuki stampft einmal kräftig mit dem Fuß auf, um es abzuschütteln.

Als er schließlich auf das offene Dach hinausstolpert, atmet er tief durch und schaut sich um.

»…………«

Seine Augen weiten sich vor Staunen.

Den Himmel der Fegefeuerkulisse überzieht ein unheimlicher Gelbton. Dunkle Wolken wirbeln wie lebende Wesen darüber hinweg. Die Häuser der Umgebung, normalerweise zentrale Bauten des Suginami-Bezirks, haben sich alle in kuriose, monsterartige Gebilde verwandelt. Auf ihren schleimüberzogenen, dunkelroten Rostoberflächen spiegelt sich das Licht.

In der Ferne ist eine Gruppe speerartiger Turmspitzen zu sehen, die über die anderen Gebäude hinausragen – das müssen wohl das Rathaus Shinjukus sowie die umliegenden Wolkenkratzer sein.

Mensch, wie weit erstreckt sich diese Stage bloß?

Da bemerkt Haruyuki noch etwas und hält sofort den Atem an.

Da sind Menschen.

Nein, halt, keine Menschen, dafür haben ihre Silhouetten dann doch zu merkwürdige Formen. Aber sie stehen in kleinen Grüppchen auf mehreren der Dächer in der Umgebung, die höher als die des Krankenhauses liegen, und schauen zu ihm herunter.

Es handelt sich um andere Burst Linker, die ihm nicht bekannt sind ... Zuschauer.

Wie kommen die denn hierher?!

Einen Moment lang ist Haruyuki völlig perplex, aber schließlich begreift er den Grund.

Er selbst hat momentan zwar keine Verbindung zum globalen Netzwerk, sein Gegner jedoch, also Takumu, hat sich wohl unmittelbar vor dem Kampf noch dort eingeloggt. Haruyuki versteht zwar nicht, wozu er überhaupt erst das Wagnis eingegangen ist, dass jemand anderes ihn so herausfordern kann, aber auf jeden Fall steht diese Stage hier dadurch der Außenwelt offen, was dazu führt, dass Spieler, die Cyan Pile oder Silver Crow auf ihrer Beobachtungsliste stehen haben, automatisch hier auftauchen.

Ob die nun hier sind oder nicht, ändert an der aktuellen Situation allerdings nicht viel.

Der türkisfarbene Pfeilcursor in Haruyukis Blickfeld beginnt, leicht zitternd, allmählich seine Richtung zu ändern. Jetzt ist Cyan Pile also auch in den Fahrstuhl gestiegen und nähert sich dem Dach.

Dort oben auf der großen Fläche stellt Haruyuki sich in zehn Metern Entfernung zum Fahrstuhl auf und richtet seinen Blick wieder auf dessen Tür. Hier hat er im Gegensatz zum Flur unten genügend Platz zum Ausweichen.

Die Reichweite von Cyan Piles Eisenpfahl kennt er nun, aus der Erfahrung am eigenen Leib. Er muss nur aufpassen, wohin dessen rechter Arm gerade zielt, dann müsste er den Angriffen eigentlich aus dem Weg gehen können.

Bloß keine Angst. Ich muss das hier jetzt durchziehen.

Während Haruyuki sich so selbst Mut zuspricht, sieht er, wie der Fahrstuhl krachend zum Stehen kommt und die Türen sich langsam öffnen.

Cyan Pile hat sich offenbar nur mit Mühe in die Kabine quetschen können. Jetzt zwängt er sich, überall anstoßend, hinaus und betritt die Dachfläche. Seine Augen hinter den Helmschlitzen leuchten trüb auf.

»Ich verstehe … Hier kannst du geschickt zuschlagen und gleich wieder weglaufen, was, Haru? Ach, nein … Silver Crow.«

»Unten war ja neben dir überhaupt kein Platz mehr.«

»Ah ha ha, das sagst ausgerechnet du zu mir?«, kichert Cyan Pile in sich hinein, während er auf Haruyuki zumarschiert.

Dieser macht sich klein und schätzt die Entfernung ab.

Takumu konnte sich wahrscheinlich noch kein vollständiges Bild von Silver Crows Schnelligkeit machen. Genau darin liegt seine einzige Chance auf einen Sieg. Er muss um jeden Preis gewinnen, bevor die Augen des Gegners sich an sein Tempo gewöhnen.

Cyan Pile hebt gerade einen seiner klobigen Stiefel zum vierten Schritt in seine Richtung an. Kurz bevor er ihn auf den Boden setzt, sprintet Haruyuki los.

Die Luft pfeift an seinen Ohren vorbei. Blitzschnell fliegt er auf den blauen Riesen zu.

Cyan Piles rechter Arm folgt seinem geradlinigen Lauf und versucht, ihn ins Visier zu nehmen.

Jetzt ...!!

Unvermittelt stößt Haruyuki sich mit dem linken Bein ab, wodurch er seinen Kurs nach rechts verlagert. Er hört ein Zischen – der Pfahl schießt im Megatempo aus seinem Gehäuse heraus.

Würde Haruyuki erst nach dem Ausstoß reagieren, hätte er keine Chance. Aber wenn er versucht, den Kollisionspunkt vorauszusehen ... dann klappt es!

Er schlägt einen großen Bogen und kommt von Cyan Pile aus gesehen auf dessen linker Seite zum Stehen. Die Spitze des Eisenpfahls stoppt knapp vor seiner linken Wange. Haruyuki spürt die brennende Hitze in seinem Gesicht, stößt sich mit dem rechten Bein vom Boden ab, so fest er kann, und –

»Uh...raah!!«

... rammt seine rechte Faust in Cyan Piles völlig ungeschützte Seite. Er fühlt den festen Widerstand, der blaue Riesenkörper taumelt.

Das ... war noch nicht alles!!

Cyan Pile will sich zu ihm umdrehen, doch Haruyuki springt mit einem Schritt hinter ihn und verpasst dem Gegner noch einen Schlag, diesmal einen weit ausgeholten Tritt mit dem rechten Bein gegen die linke Wade. Und als der das Gleichgewicht verliert, platziert er einen weiteren Hieb mit dem linken Knie mitten in dessen Rücken.

»Dodong!!«

Eine schwere Erschütterung erfolgt und der Körper des Giganten biegt sich in der Mitte durch.

Stolpernd bringt sich Cyan Pile etwas auf Distanz.

»Urgh… D… Du bist ein guter Spieler, Haru, wie immer. Aber … mit solchen Kindertricks besiegst du mich nicht … klar?!«, schnauzt er verächtlich.

Dann reißt er seine linke Faust herum, der Haruyuki gerade so ausweicht und den Schwung sogleich nutzt, um sich umzudrehen und mit der rechten Ferse in den freigelegten Nacken des Gegners zu treten.

»U… Uuuurgh!!«

Haruyuki beachtet den unkontrollierten Aufschrei Takumus nicht und nutzt stattdessen weiter die günstige Situation aus.

Unaufhörlich drischt er nicht nur mit beiden Beinen und dem rechten Arm, sondern sogar noch mit dem linken Armstumpf Schlag um Schlag auf seinen Gegner ein.

Irgendwann merkt Haruyuki, dass auch er selbst fast verzweifelt schreit.

»Du … Blödmann!! Du verdammter Blödmann!! Weißt du was?! Chiyu hat nie von dir verlangt, dass du der Beste in der Schule wirst oder Wettkämpfe gewinnst, nie!!«

Von seiner seelischen Pein getrieben schickt Haruyuki noch einen rechten Vorwärtstritt hinterher, nutzt den Schwung, um weit in die Höhe zu springen, packt sich Cyan Piles Maske und schlägt mit voller Wucht seinen silbern verkleideten Helm dagegen.

Ein Knacksen ist zu hören und ein Stück des blauen Gesichtsschutzes bricht ab und fällt zu Boden.

Cyan Pile taumelt und landet auf dem Rücken.

Sofort setzt Haruyuki sich rittlings auf dessen Oberkörper. Wieder lässt er ein Feuerwerk aus rechten Faustschlägen über ihn ergehen.

»Sie wollte immer nur, dass du so bleibst, wie du bist!! Du bist schuld, dass sie immer nur an die Vergangenheit denkt und dahin zurückkehren will!! Du bist von uns dreien der Einzige, der sich verändert hat!!«

Haruyuki denkt nicht darüber nach, was er da schreit, sondern lässt seinen aufwallenden Emotionen freien Lauf.

Aber in dem Moment, als die letzten Worte seinen Mund verlassen haben, blitzen Cyan Piles Augen hinter den zerbrochenen Schlitzen grell und eiskalt auf.

»Wag … es nicht …«

Plötzlich kreuzt er seine starken Arme in einer Geste, als wolle er sich damit schützen.

Leider merkt Haruyuki nicht sofort, dass es sich hierbei nicht um eine Verteidigungstechnik handelt.

»Wag es nicht, so mit mir zu redeeeen!!«

Dann reißt Cyan Pile beide Arme weit auseinander und gleichzeitig schießen aus seinem Brustbereich bis hinunter zum Bauch mit einem Mal mehr als zehn spitze Pfähle aus dem Ganzkörperanzug.

Was soll das werden?! Verdammt … Ich muss ausweichen …

Aber gerade als Haruyuki sich mit den Beinen abstoßen und in Sicherheit springen will, schreit sein Gegner:

»**Slash Stingeeeeer!!**«

»Babababababang!!«

Ein Knattern wie aus einem schweren Maschinengewehr ist zu hören, als Cyan Pile die unzähligen Stäbe aus nächster Nähe auf Haruyuki abfeuert.

»Umpfh …!!«

Der schafft es irgendwie, den Pfählen, die auf seinen Kopf und das Herz zugeschossen kommen, auszuweichen. Aber da spürt er schon die gewaltigen Einschläge an der linken Schulter, links im Bauch und im rechten Knie. Wie ein alter Lumpen wird Haruyuki hoch in die Luft geschleudert und rücklings auf die Dachfläche zurückgeworfen.

»Gh… Hah …!!«

In einer Mischung aus Schreien und Keuchen stößt er die Luft aus seiner Lunge. Sein Blick fängt an zu flackern, heftige Schmerzen rauschen durch seinen ganzen Körper. Es fühlt sich überhaupt nicht wie eine vom Neuro Linker erzeugte virtuelle Empfindung an.

Was … ist das bloß gerade?!

Auf seinen rechten Arm gestützt gelingt es Haruyuki wenigstens, seinen Oberkörper hochzustemmen, und er sieht, wie Cyan Pile ihm zuvorkommt und als Erster langsam wieder aufsteht.

»H… Hi … Hi hi hi hi hi …«

Als würde irgendein Ventil nicht richtig öffnen, dringt das Lachen immer nur stückchenweise hinter der blauen Maske hervor.

»Khi hi hi hi. Da hast du mir ja … ganz schön zugesetzt. Hat mich etwas überrascht. Aber … letztendlich bist du eben doch nur eine lästige kleine Fliege. Du hast mir sogar eher dabei geholfen, Energie für meine Spezialtechniken zu sammeln.«

»Spezial…techniken …?«, murmelt Haruyuki und schaut noch mal auf die oben eingeblendeten Balken.

Die beiden dicken Streifen zeigen links und rechts die Energie an: Cyan Pile hat noch sechzig Prozent und somit bei Haruyukis Dauerattacke doch mehr einstecken müssen, als er durchklingen lässt. Auf Haruyukis Seite sind es, weil er die

Pfahlschüsse eben mit voller Wucht abgekriegt hat, dagegen nur noch dreißig Prozent.

Unter diesen zwei Balken erstreckt sich aber jeweils noch eine schmale grüne Leiste.

Bei Cyan Pile ist sie zu etwa siebzig Prozent gefüllt und leuchtet in einem hellen Farbton. Im Gegensatz zu ihm verfügt Haruyuki hier noch über fast seine gesamte Energie.

»Jetzt tu nicht so, als würdest du zum ersten Mal davon hören, Silver Crow«, kichert Cyan Pile und beginnt langsam wieder, sich Haruyuki zu nähern.

»Spezialtechnik auf Spezialtechnik zu erwidern, das ist doch gerade das Schöne an einem Kampf. Der **Slash Stinger** ist meine Spezialtechnik aus Level zwei. Genau richtig, um lärmende kleine Fliegen zu erschlagen, findest du nicht? Oh, aber ich sehe, dein Spezialbalken ist auch noch randvoll. Nur zu, nutze so viel dieser Energie, wie du magst.«

Haruyuki knirscht mit den Backenzähnen.

Die einzige Spezialtechnik, die Silver Crow zugeteilt wurde, dieser Headbutt, besitzt so gut wie keine Reichweite. Mit Cyan Piles Fähigkeit von eben, die auch Ziele in einiger Entfernung erreicht, braucht er sich gar nicht erst zu messen. Zudem dauert die Ausführung der Bewegung sehr lange, was das Ganze absolut offensichtlich macht und den Gegner praktisch dazu auffordert, während der Vorbereitungszeit selbst anzugreifen.

Verdammt ... Ich komme auch ohne Spezialtechnik klar. Ich habe ja meine Fäuste und Füße, und die Schnelligkeit.

Als seine flackernde Sicht sich stabilisiert, stützt Haruyuki sich sofort auf sein rechtes Bein, um schnell wieder aufzustehen.

Aber das ist nicht von Erfolg gekrönt.

Ein entsetzliches Poltern dringt in seine Ohren – ein metallenes Klappergeräusch, das dadurch entstanden ist, dass der Körper seines Avatars wieder auf den Boden zurückgekracht ist.

Verwirrt schaut er an sich hinunter und sieht ... sein silbernes Bein, das am Knie durchtrennt wurde und abgefallen ist –

»Ah ha, ah ha ha ha ha ha!!«

Cyan Pile bricht in ohrenbetäubendes Gelächter aus.

»Und weg ist es, dein Bein!! Wie leicht das doch war!! Und du willst ein Metallfarbener sein?!«

Aber seine Stimme dringt gar nicht zu Haruyuki durch.

Scheiße. Scheiße!!

Ohne das Bein kann er nicht mehr rennen, keine Ausweichmanöver, keine Sprints durchführen. Fraglich, wie er sich so überhaupt noch vom Fleck rühren soll.

Ein Anflug von Panik überkommt ihn und kühlt seinen Körper bis in den letzten Winkel aus.

Verdammt, nein, ich darf diesen Kampf nicht verlieren. Ich werde Kuroyukihime um jeden Preis beschützen.

»Stampf!«

In Haruyukis Nähe stampft ein Stiefel auf den Boden und lässt das abgetrennte Bein wie Glas unter sich zerbersten.

Als er aufblickt, sieht er weit oben ein bläulich-weißes Augenpaar, das sich gerade verengt.

»So muss es letztendlich sein, Haru«, ertönt ein leises Flüstern.

»So wie du jetzt aussiehst, das passt zu dir. Aber eben hast du deinen Mund ganz schön weit aufgerissen, was? Fast so, als würdest du Chi als Einziger verstehen.«

»Das tu ich auch … Jedenfalls definitiv besser als du.«

»Mich etwa auch? Hast du denn auch mal versucht, mich zu verstehen? Weißt du, was für ein Gefühl es war, zu erfahren, dass der Grund für Chis plötzliche Traurigkeit, wenn wir zu zweit waren … darin lag, dass sie dann immer an dich gedacht hat, Haru?!«

Cyan Pile … beziehungsweise Takumu legt eine kurze Pause ein, während er sich zu Haruyuki hinunterbeugt, um dann einen entscheidenden kurzen Satz zu sagen.

»Nur deinetwegen.«

Seine Stimme klingt dabei sogar ein klein wenig weich, aber die Worte selbst dringen mit der gleichen Kraft wie die gigantischen Eisenpfähle tief in Haruyukis Herz ein.

»Weil du immer so bist, wie du bist, hältst du Chi und mich in deinem klebrigen, zähen Sumpf gefangen. Verschwinde doch endlich, Haru. Gib uns unsere Freiheit wieder.«

»Stampf!«

Diesmal stellt Cyan Pile seinen Fuß auf Haruyukis noch unversehrtes rechtes Bein.

Er bäumt seinen Oberkörper auf, richtet die Ausstoßröhre an seinem rechten Arm in die Höhe und beschreibt mit der Pfahlspitze eine komplizierte Bewegung in der Luft. Davon beginnt der ganze Arm bis zur Schulter in einem kräftigen Blau zu leuchten.

Plötzlich verlässt ein tiefer Klang die Röhre und sie dehnt sich auf das Dreifache ihres bisherigen Volumens aus. Darin erscheint nun etwas, das kein spitzes Ende mehr besitzt, sondern ein flaches … wie ein riesiger Hammer. Dessen Schlagfläche zeigt genau auf Haruyuki, der sich weder von der Stelle bewegen geschweige denn überhaupt noch denken kann.

»So …! Dann beenden wir das mal, Haru. Beenden wir alles.«

Diesen Kampf und unsere scheinheilige Freundschaft – fügen seine Augen noch hinzu.

Dann erstrahlt der Hammerkopf in einem blendend grellen Licht.

»**Spiral Gravity Driver!!**«

»Krrrrrttt!«

Der Hammer schießt auf Haruyuki zu, dreht sich dabei ständig um die eigene Achse und produziert einen mechanischen, geräuschvollen Effekt, unzähligen arbeitenden Zahnrädern gleich. Mit letzter Kraft versucht Haruyuki auszuweichen – aber er kommt nicht vom Fleck, weil der Gegner sein Bein am Boden fixiert.

Und da wird seine Brust auch schon von dem Stahlmonstrum zerquetscht.

Im Duett erklingen der schrille Klagelaut seiner zerberstenden Silberrüstung und der tiefe Basston der sich unter ihm aufspaltenden Dachfläche.

Haruyuki selbst kann nicht einmal schreien, während er in das darunterliegende Stockwerk fällt und dort schwer auf dem Boden aufschlägt.

Aber der Hammer kommt noch nicht zur Ruhe, sondern zerschlägt mit seiner Wucht auch die stützende Fläche unter ihm –

»Rums! Rums! Rums!!«

Immer wieder kracht es laut. Haruyuki wird durch alle fünf Stockwerke des Krankenhauses hindurch bis ins Erdgeschoss geschleudert, wo der Hammer endlich sein Werk beendet.

»Blink, blink«

In der trüben Finsternis flackert wiederholt etwas Rotes in der oberen linken Ecke von Haruyukis Blickfeld auf.

Es dauert ein paar Sekunden, bis er realisiert, dass es seine Energieanzeige ist, die inzwischen auf knapp unter zehn Prozent gefallen ist.

Der Hammer bleibt kurz gewichtig auf Haruyukis Brust liegen, so als würde er sich darüber ärgern, dass es noch nicht ganz zum finalen Sieg gereicht hat. Doch dann rotiert er in die andere Richtung und kehrt nach oben zurück.

Dabei regnen Brocken der zerstörten Zimmerdecken herab. Haruyuki sieht, dass nun durch die Stockwerke hindurch ein Loch klafft, das bis nach oben zum Dach reicht. Von dort dringt leise Cyan Piles Stimme zu ihm herunter.

»Schade, etwas Restenergie hat er noch. Aber na ja, jetzt bleiben eh nur noch fünf, sechs Minuten. Bevor ich ihn überhaupt finden kann, wird die Zeit abgelaufen sein. Außerdem steht mir mein **richtiger** Gegner gleich erst noch bevor. Nun denn ...!«

Sein Tonfall ändert sich, nimmt einen angeberischen Zug an ... vielleicht sogar einen etwas anbiedernden.

»Habt ihr das gesehen, meine Zuschauer?! Vor allem ihr aus der Blauen Legion!! Ich bin sehr wohl noch zu etwas fähig! Ich werde mich auch bei den Massenschlachten, die noch kommen, gut behaupten können! Nur weil ich etwas zu viele Punkte verbraucht habe, wirft man jemanden wie mich doch nicht gleich weg, oder?!«

Taku ... Takumu ... Du ...

Wie eine kaputte Puppe liegt Haruyuki reglos am unteren Ende des dunklen Lochs und spürt etwas Heißes, Flüssiges seine Wangen herunterlaufen. Es sind Tränen. Allerdings weiß er gar nicht so genau, wieso er jetzt eigentlich weint.

Wahrscheinlich, weil er gerade etwas sehr Wichtiges endgültig verloren hat. Etwas, das bereits kaputtgegangen war, ohne dass er es bemerkt hatte.

Dabei hätte ich diesen Kampf doch niemals verlieren dürfen. Um meiner selbst willen, aber auch für Takumu, für Chiyuri ... und für Kuroyukihime hätte ich, koste es, was es wolle, als Sieger hervorgehen müssen.

Heftige Gewissensbisse nagen schmerzhaft an ihm, während Haruyuki allmählich seinen Oberkörper aufrichtet. Dabei lösen sich überall kleine Splitter von seiner beschädigten Rüstung und rieseln zu Boden.

Weitere Aufstehversuche bringen nichts mehr. Ich werde diese vernichtende Niederlage akzeptieren und zu meinem alten Leben zurückkehren, so wie es war, bevor ich von Brain Burst *erfahren habe.*

Als er diesen Entschluss gefasst hat, umschlingt Haruyuki seine Knie und will nur noch den Ablauf der Zeit abwarten.

Er schließt die Augen ... Aber da, im letzten Moment – in einer Ecke des dunklen Raums ...

... sieht er sie wie eine Halluzination auftauchen.

Vor ihm steht ein von Dornenranken umschlungenes Bett.

Und darin, umgeben von Tausenden in voller Blüte stehenden tiefschwarzen Blumen, liegt ihre zierliche Gestalt.

In dem Kleid, das schwärzer als die Nacht ist, mit dem silberbesetzten Saum. An ihrer Seite ruht der Sonnenschirm. Um sie herum liegen ausgebreitet die schönen schwarzen Haare. In der Dunkelheit leuchtet weißer als Schnee die Haut ihres Körpers. Friedlich bedecken die langen Wimpern ihre Augen.

Träume ich?

Haruyuki kriecht, langsam, seinen rechten Beinstumpf hinter sich herziehend, Stück für Stück an das Dornenbett heran. Aber selbst als er immer näher kommt, scheint es überhaupt nicht die Absicht zu haben, zu verschwinden.

Am Rand des Betts angelangt, bricht er schließlich zusammen. Und da begreift er endlich.

Dieser Ort, an dem er sich jetzt befindet, dieser Raum, ist in der Realität der, in dem Kuroyukihime an die Mikromaschinen angeschlossen ist.

Und da ihr Neuro Linker mit dem lokalen Netzwerk des Krankenhauses verbunden wurde, hat der Moment, in dem Haruyuki seinen Kampf gestartet hat, ihren automatischen Beobachtungsmodus ausgelöst und sie auch in diese Stage befördert.

»Kuroyukihime ...«, flüstert Haruyuki mit gebrochener Stimme. Er streckt seine durch die Attacken beschädigte rechte Hand aus und berührt damit sanft die Wange des Mädchens.

Und dann, als hätte das in ihm einen Damm gebrochen, beginnen die Worte herauszusprudeln. Zusammen mit einer neuen Welle von Tränen.

»Ich ... Ich konnte dich nicht beschützen. Deine Träume, deine Wünsche konnte ich nicht verteidigen. Ich konnte deine Erwartungen nicht erfüllen.«

Die Tränen bahnen sich ihren Weg zwischen den Rissen und Löchern in seinem teils zerbrochenen Helm, tropfen auf Kuroyukihimes Wange herunter, verursachen einen winzig kurzen Glanzeffekt und verschwinden.

»Ich dachte, ich könnte mich ändern ... durch deine Worte, deine Güte, deine Gefühle für mich ... Aber es ging nicht. Und schuld ist nicht dieser Avatar ... Wahrscheinlich wurde meine Resignation als Basis für ihn genommen. Deswegen bin ich schuld, dass er so geworden ist. Weil ich nie nach oben zum Himmel geschaut hab, sondern immer nur nach unten und so durchs Leben gekrochen bin.«

Haruyuki beugt sich etwas vor und legt seinen Kopf an Kuroyukihimes Schulter.

»Ich wollte ja raus. Ich wollte zu dir ... in den endlos weiten Himmel, über den du so leicht geflogen bist. Hoch ... Weit hinaus ... Diese sumpfige Realität hinter mir lassen ... Mit dir zusammen ...«

Und schluchzend presst Haruyuki als Letztes noch heraus: »Ich wollte ... fliegen ...«

»Bubumm ...«

Genau da hört Haruyuki ein Geräusch, ganz leise, als würde es ihm antworten.

»Bubumm. Bubumm«

Es kommt aus Kuroyukihimes Brust, an der seine Wange liegt. Dort aus der Mitte heraus vernimmt er einen leisen, kaum hörbaren, aber deutlich schlagenden Rhythmus, einen Puls.

Der Herzschlag ihres realen Körpers kann es hier im beschleunigten Zustand nicht sein. Aber eine akustische Täuschung ist eigentlich auch undenkbar. Haruyuki spitzt seine Ohren bis zum Äußersten, lauscht konzentriert und findet schließlich die Lösung des Rätsels.

Das ist ein Ton, der aus Kuroyukihimes Bewusstsein widerhallt. Sie kämpft gerade verzweifelt. Auf der Schwelle zwischen

Leben und Tod bringt sie all ihre Kraft auf, um nicht den Halt zu verlieren. Dieser starke Wille wandelt sich in einen Puls um und dringt bis zu dieser beschleunigten Stage hindurch.

»Ja ...«, murmelt Haruyuki. Währenddessen quellen wieder neue Tränen aus seinen Augen und laufen heiß an seinem Gesicht herab. In seinem Kopf hört er wieder die Worte, die Kuroyukihime ihm einmal gesagt hat.

Stärke lässt sich nicht immer nur daran messen, dass man am Ende gewinnt.

Haruyuki hatte keine Ahnung, was »stark sein« eigentlich bedeutet. Er beneidete stets nur andere darum und gab selbst sofort auf.

»Stärke beweist man nicht nur allein durch einen Sieg ...«

Es ist egal, ob er dabei hässlich wirkt. Oder komisch. Oder am Ende als Verlierer auf dem Boden liegt und sich im Dreck wälzt.

Kuroyukihime ... Black Lotus überstand einen Kampf auf Leben und Tod gegen die anderen Könige und hielt sich danach zwei Jahre lang mit angehaltenem Atem in einem kleinen Netzwerk versteckt. Aber nicht aus Feigheit oder Furcht. Sondern weil sie nicht kapitulierte. Sie wollte sich auf keinen Fall unterkriegen lassen.

»Man muss **kämpfen** ... weiter nach vorn schauen, selbst wenn man am Boden liegt ... Das allein beweist Stärke. Nicht wahr ... Kuroyukihime?«

Er erhält keine Antwort.

Aber Haruyuki spürt, wie tief in seinem Herzen ebenfalls ein kräftiger Puls zu schlagen beginnt.

Und dieser beschleunigt nochmals seine Seele, seinen Willen, seinen Wunsch, der unglücklichen Lage zu trotzen.

Solange er diesen Klang in seinem Herzen trägt, weiß er –

»Ich kann immer noch stehen ... Ich kann immer noch kämpfen!!«, schreit Haruyuki. Es ist an ihn selbst und an Kuroyukihime gerichtet.

Mit der rechten Hand klammert er sich am Bett fest, stützt sich auf sein linkes Bein und erhebt sich wankend.

Von seinem ganzen Körper purzeln tanzend winzige, glitzernde Splitter. Aber in seinem Herzen breitet sich eine neue Hitze aus, die bis in alle seine Gliedmaßen dringt, sodass diese davon stark zu zittern anfangen.

Und plötzlich ...

... schießen aus den kaputten Stellen seiner Rüstung zahlreiche leuchtend weiße Lichtstrahlen.

Im selben Moment durchströmt Haruyuki ein Gefühl, als würde die silberne Panzerung an seinem Rücken in großen Teilen abblättern und weggeblasen. Er reißt die Augen weit auf und versucht, hinter sich zu schauen.

Ein Stück weit entfernt sieht er einen großen Spiegel. In der realen Welt lässt dieses Glas das Licht wohl einseitig in einen Überwachungsraum auf der anderen Seite fallen. Jetzt ist er genau wie das Bett von schwarzen, gusseisernen Dornen umrahmt.

Das Bett ist in der Mitte des Spiegelbilds ebenfalls zu erkennen, mit Kuroyukihime darin und dem aufgerichteten Haruyuki daneben.

Der gepanzerte Körper seines Avatars sieht furchtbar aus. Der linke Arm und das rechte Bein gehen nur noch bis zur Hälfte, aus der Mitte seiner Brust breiten sich strahlenförmig tiefe Risse aus, die sich bis zum Rücken erstrecken. Von da scheint auch das Bersten zu kommen. Mit jedem dünnen

Funkenstrahl, der dort entweicht, fliegen kleinste Splitter in alle Richtungen –

»............?!«

Sprachlos sieht Haruyuki zu, wie sich an seinem Rücken langsam, ganz langsam irgendein weiß strahlendes Etwas nach links und rechts auszubreiten beginnt.

Es sind dreieckige, spitz auslaufende Objekte und sie scheinen aus Metall zu bestehen. Schwerter ...?

Doch da hören die beiden Metallteile auf zu wachsen, geben ein elegant rasselndes Geräusch von sich und öffnen sich halbkreisförmig – zu jeweils mehr als zehn genauso aussehenden Fortsätzen, die vorher am Ansatz des ersten schmalen Stücks an seinem Rücken eingeklappt gewesen waren.

Das ... sind keine Waffen ...

... sondern Flügel.

Einen Augenblick lang verharrt Haruyuki noch regungslos. Aber dann –

Heiß!!

Ein unglaublicher Hitzeschwall erfasst seinen ganzen Rücken und Haruyuki zuckt wie von der Tarantel gestochen zusammen.

In gekrümmter Haltung taumelt er auf den Knien einige Schritte rückwärts, umfasst mit den Armen seine Schultern und macht sich ganz klein.

Es fühlt gar sich nicht mal so sehr wie Hitze an, sondern vielmehr wie ein Bündel reinster Energie, das in seinem Rücken gefangen ist und nach einem Ausweg suchend darin umherwirbelt.

»............!!«

Es geht nicht. Er hält es nicht länger aus.

Er bäumt sich auf, sein Blick geht senkrecht nach oben und fällt auf ...

... das riesige Loch, das vor kurzer Zeit erst durch seinen eigenen Fall in das Gebäude gerissen wurde. Und ganz weit hinten, am Ende dieses langen, schwarzen Tunnels, ist ein gelbes Licht. Ein Korridor, der hinauf in den unendlichen Himmel führt.

Und der ruft ihn.

Intuitiv streckt Haruyuki seinen linken Armstumpf in die Höhe, den heilen rechten Arm presst er seitlich eng an den Körper. Hinter seinen Schulterblättern tobt wild gewordene Energie. Nun verdichtet sie sich schlagartig und scheint sich zu bündeln.

Für einen Moment schaut Haruyuki zurück auf das im Bett liegende Mädchen, das ihm mehr als alles auf der Welt bedeutet.

Dann richtet er seinen Blick wieder starr nach oben.

»Looooos!!«, brüllt er und reißt den rechten Arm senkrecht nach oben.

»Tschung!!«

Ein silberner Lichtstrahl zerreißt die Dunkelheit, begleitet von einem explosionsartigen Donnern.

Und im nächsten Augenblick schießt Haruyuki wie ein Pfeil geradewegs in die Höhe.

»Fwssh, fwsshfwsshfwssh ...«

Mit jedem Stockwerk, das er passiert, zischt die Luft schneller an seinen Ohren vorbei.

Nur wenige Sekunden dauert der Flug seines silbernen Avatars durch den dunklen Korridor. Dann schießt er aus dem großen Loch in der Dachfläche ins Freie hinaus und steigt noch höher, immer höher hinauf. »Schrrrr«, surren die Metallschwingen rasend schnell durch die Luft. Die dadurch entstehende Energie beschleunigt seinen kleinen Körper vehement, lässt ihn mühelos die virtuelle Schwerkraft überwinden und katapultiert ihn immer weiter, in immer größere Höhen hinauf.

Plötzlich sind die schwarzen, wirbelnden Wolken ganz nah vor ihm.

Aber als Haruyukis ausgestreckte rechte Faust mit der dicken Masse in Berührung kommt, macht es »Boff!« und ein kreisförmiges Loch tut sich darin auf.

Während er durch diesen schwarzen Tunnel noch weiter aufsteigt, beginnt allmählich ein blassgelbes, blendendes Licht sein Blickfeld auszufüllen.

Kaum hat er das Wolkenmeer hinter sich gelassen, streckt Haruyuki alle Gliedmaßen von sich und verlangsamt so die Beschleunigung. Der hohe Schwingungston wird etwas tiefer und Haruyuki spürt ein Schwebegefühl wie in einem Flugzeug, das gerade nach seinem Aufstieg die endgültige Flughöhe erreicht hat.

Sanft in der Luft schwebend dreht er seinen Körper nach allen Seiten.

»Hah …«, entfährt ihm unwillkürlich ein leichter Seufzer.

Unter ihm breitet sich ein Anblick aus, der jegliche Vorstellung übersteigt. Durch die Lücken des wogenden Wolkenmeeres hindurch überblickt man eine unendliche, in trüben Farben daliegende Großstadt. Er erblickt die verbogenen Spitztürme Shinjukus, dahinter einen tiefen Wald.

Das hexenschlossartige Bauwerk, das dort emporragt, muss wohl der Kaiserpalast sein.

Als Haruyuki in die entgegengesetzte Richtung blickt, erstrecken sich dort endlos die Straßen der Stadt nach Westen, von Suginami über Mitaka bis nach Hachioji. Noch weiter dahinter sind die Berge Okutamas zu sehen, und ganz am Ende ragt ein schroffer Berggipfel aus den Wolken heraus – wahrscheinlich der Fuji.

Schließlich schaut Haruyuki noch nach Süden und sieht, dass sich dort wiederum eine glitzernde graue Fläche erstreckt.

Das Meer. Die Bucht von Tokyo. Und … der bis in die Unendlichkeit reichende Pazifik.

Es ist unglaublich.

»Diese Welt … ist unendlich …«, murmelt Haruyuki und beginnt langsam, ganz langsam abwärts zu sinken.

Er lässt sich mit dem Rücken voran in das Wolkenmeer fallen, kommt darunter wieder zum Vorschein und nähert sich Stück für Stück wieder der Erde.

Als er tief genug gesunken ist, um die Straßen der Stadt in all ihren Details zu sehen, vollführt er eine große schwingende Bewegung mit seinen Flügeln, was ihn erneut auf der Stelle schweben lässt.

Er positioniert sich wieder aufrecht und schaut hinunter. Nur dreißig Meter unter ihm befindet sich das Dach des Krankenhauses.

Vorhin ist ihm die Kampffläche noch so groß vorgekommen, aber so, wie sie von hier betrachtet aussieht, würde sie locker in seine Hände passen. Das Gleiche gilt im Übrigen auch für den blauen Giganten, der neben dem in der Mitte klaffenden Loch steht und zu ihm emporschaut.

Fast dreißig Sekunden lang starrt Cyan Pile völlig entgeistert in Haruyukis Richtung.

Dann hebt er seine linke Hand ein klein wenig und murmelt heiser:

»Ha... Haru ...«

Aber seine Worte werden unter plötzlichem, tosendem Lärm begraben. Es sind Stimmen. Die Zuschauer, die von ihren Positionen auf den verschiedenen Dächern um das Krankenhaus herum aus den Kampf zwischen Silver Crow und Cyan Pile verfolgt haben, brüllen alle gleichzeitig los.

»Er ... Er fällt nicht?! Er schwebt ja richtig in der Luft!!«

»Das war kein Sprung ... Fliegt er etwa?! Unglaublich!!«

»Er hat die **Flugbegabung** ... Endlich sehen wir sie, schaut euch die Flügel an!! Das ist ein **Flugavatar**!!«

Haruyuki versteht nicht, wieso die Menge unter ihm sich so aufregt. Völlig verwundert sieht er zu, wie einige der mehreren Dutzend Duellavatare zu höher gelegenen Punkten rennen, andere flink die Finger über ihre Konsolen gleiten lassen.

»Gibt es keine Daten?! Wer ist dieser Kerl?! Zu welcher Legion gehört er ... und wer ist sein Elter?!«

»A... Auf jeden Fall muss die Zentrale davon erfahren! Du da, logg dich aus und erstatte Bericht!!«

»Spinnst du?! Ich lass mir doch das Ende hier nicht entgehen!!«

Es herrscht ein Tumult, als hätte jemand in ein Wespennest gestochen. Bis plötzlich etwas dafür sorgt, dass alle verstummen ... und zwar ein fürchterlicher Schrei.

»Uoh... Uoooooh!!«, brüllt Cyan Pile, Arme und Beine dabei weit von sich gestreckt. Selbst Haruyuki in seiner Höhe spürt, wie die Atmosphäre davon erzittert.

»Nein! Nein, nein, nein, nein, neeeiiiin!!«

»Tschack!«

Ein mechanisches Geräusch erklingt, als die Ausstoßröhre an Cyan Piles rechtem Arm sich geradewegs auf Haruyuki richtet.

»Ich will nicht! Dass du! So auf mich runterschaaauuust!!«

Er scheint sogar Blut zu spucken bei dem Schrei.

»Dziiiing!«

Zur gleichen Zeit ertönt ein metallenes Quietschen und der Eisenpfahl, nun zum Ausstoß bereit, versprüht ein paar Lichtstrahlen.

Cyan Pile stellt sich breitbeinig auf, geht etwas in die Knie, legt seinen linken Arm an das Rohr. Die restlichen vierzig Prozent seiner Spezialtechnik-Energie verpuffen auf einen Schlag.

Wahrscheinlich ist das seine letzte Attacke, für die er Haruyuki gerade ins Visier nimmt. Der wiederum schwebt weiter an der gleichen Stelle in der Luft. Er hebt nur langsam seinen rechten Arm gen Himmel und ballt die Hand fest zur Faust.

Jetzt versteht er endlich, welche »Spezialtechniken« ihm eigentlich verliehen wurden.

Punch. Und Kick.

Es sind gleichermaßen Standardtechniken wie auch Fähigkeiten für Superspezialangriffe.

Er holt mit der geballten Faust weit nach hinten aus, breitet die metallenen Federn seiner Flügel auf ihre maximale Größe aus und verlagert seinen Körper – so, dass er geradeaus nach unten zu Cyan Pile schaut.

»Ver…schwin…deeee!! **Lightning Cyan Spike**!!«

In dem Moment, als Cyan Pile unten den Namen seiner Attacke brüllt, schießt aus seinem rechten Arm eine Stahlnadel, so glühend, dass sie wie ein gleißender Lichtstrahl erscheint.

Haruyuki dagegen streckt ihm nur weiter seine Faust entgegen und vollführt einen ersten Flügelschlag, mit aller Kraft, die er hineinlegen kann.

»Uh... Uraaaah!!«

»Babang!!«

Silver Crows Körper wird zu einem Bündel aus purem Licht und schießt wie eine durchstartende Rakete los.

Am äußeren linken Rand seines Blickfelds beginnt sein grüner Balken für Spezialtechniken rapide zu schrumpfen. Gleichzeitig steigt aber auch die Leuchtkraft des weißen Lichts, das seine rechte Faust einhüllt, ins Unermessliche.

»Haruuuuuu!!«, schreit Takumu.

»Takuuuuuu!!«, schreit auch Haruyuki.

»Schrrrrr!!«

Ein Gefühl der Beschleunigung, welche sogar noch die Initialisierung von *Brain Burst* übersteigt, drückt hinterrücks gegen Haruyuki und schließt ihn in sich ein.

Die Welt verändert ihre Farben.

Von unten rast Cyan Piles blaue Lanze auf Haruyuki zu. Deutlich sieht er das punktförmige Leuchten ihrer Spitze. Und wie eine Halluzination erscheint vor seinen Augen ihre mutmaßliche weitere Flugbahn.

Aber Haruyukis Geist ist noch viel schneller als diese blitzartige Attacke, obwohl die ihren Namen wahrlich zu Recht trägt.

Er, den Kuroyukihime gefunden und an den sie geglaubt hat, besitzt die Kraft eines wahren **Beschleunigers**.

ICH SEHE SIE ... ICH SEHE SIE, KUROYUKIHIME!!

Die Lanze verliert an Tempo.

Silver Crow dagegen beschleunigt immer weiter und weiter, scheint sich selbst vollkommen in Licht zu verwandeln.

Er und die Lanze fliegen aufeinander zu, sind bald auf einer Höhe ... und genau da gleitet Haruyuki ein winzig kleines Stück nach rechts weg.

»Zassssh!!«

Die Spitze streift ein wenig die linke Seite seines Helms, fliegt an ihm vorbei und versprüht dabei Unmengen an Funken.

Und im nächsten Moment ...

... bohrt sich Haruyukis Punch tief, tief durch Cyan Piles Brustbein hindurch.

»Whomm!!«

Ein donnernder Einschlag ist zu hören. Beide Avatare schlittern über das Dach und hinterlassen darin tiefe Schleifspuren.

Mit voller Wucht prallen sie gegen den Zaun aus Eisenstäben. Dieser zerbricht sofort und sie fliegen über den Rand des Daches hinweg ins Bodenlose.

»Ughraaaah!!«, brüllt Haruyuki und führt einen Schlag mit seinen Metallflügeln aus.

Eine starke Auftriebskraft erfasst seinen Körper. Sein rechter Arm steckt immer noch vollständig in Cyan Pile, als Haruyuki seinen Kurs ändert und hoch, hoch hinauffliegt.

Ein paar Sekunden, dann hat er erneut das Wolkenmeer durchquert und die gelbe Himmelssphäre erreicht.

Er verlangsamt sein Tempo, wechselt erneut in einen Schwebezustand. Da hört er von Cyan Pile, der durch die Attacke eben offenbar für einen Moment das Bewusstsein verloren hatte – jedenfalls liegt sein Kopf auf Haruyukis Schulter – ein Husten.

»Ur...gh...«

Cyan Piles Körper zuckt ein paarmal, dann hebt sich langsam sein Kopf.

Und aus seinem Mund dringt ein Wimmern, so leise, dass es sein wütendes Gebrüll bis eben irreal erscheinen lässt.

»W... Was ...?! Wir ... flie...gen ...?!«

Er dreht seinen Helmkopf nach links und rechts und schreit wieder lauter: »Bitte nicht, Haru ... L... Lass mich nicht fallen!! Sonst ... war's das für mich ...«

Beide Spieler haben inzwischen knallrote Energiebalken, die außerdem so geschrumpft sind, dass sie nur noch als fadendünne Striche zu erkennen sind. Cyan Pile macht sich ganz steif, wohl aus Angst, durch eine falsche Bewegung hinunterzufallen, und spricht nun regelrecht flehend weiter: »W... Wenn ich verliere ... gegen dich, einen aus Level eins, dann gehen mir alle meine Punkte verloren ... Dir kann's doch egal sein, bei dir wären es nur vier, fünf Punkte! Bitte, verschone mich, Haru! Ich darf *Brain Burst* jetzt nicht verlieren!!«

»Taku ... Takumu ...«, erwidert Haruyuki leise stöhnend und presst die Faust seines rechten Arms, der immer noch in Cyan Piles Körper steckt, fest zusammen.

Was ... Was fällt dem ein?! Er hat doch selbst versucht, Kuroyukihime sämtliche Punkte abzujagen ... Er wollte ihr Brain Burst, *ihre einzige Passion im Leben wegnehmen!!*

Haruyuki müsste jetzt bloß den Winkel seines Arms ein klein wenig ändern, dann würde Cyan Pile den Halt verlieren und tief hinunter auf die Erde stürzen. Und … dann könnte er Kuroyukihime auch nie wieder von außerhalb des lokalen Netzwerks angreifen.

Haruyuki beißt die Backenzähne so fest zusammen, dass sie ihm fast zerbrechen.

Ein kurzes Zittern geht durch seinen ganzen Körper, vom Kopf bis zu den Zehenspitzen … und löst sich wieder auf.

Die Worte, die er jetzt zwischen zusammengebissenen Zähnen herauspresst, klingen stark verzerrt, so als wäre es gar nicht seine Stimme.

»Gibst du es zu … Taku?«

»W… Was denn …?«

»Dass du keine Chance mehr hast, mich in der beschleunigten Welt zu besiegen. Gibst du das zu, Taku?!«

Eine kurze Stille folgt.

Schließlich erhält er von dem Avatar, der an seinem Arm hängt, eine Antwort, in einem irgendwie leer wirkenden, ruhigen Tonfall.

»Ja … du hast recht. Ich konnte doch nicht gegen dich ankommen. So wie früher immer, wenn wir zusammen gespielt haben …«

Haruyuki atmet tief ein und wieder aus. Und sagt genauso ruhig: »Dann … sind wir uns ja ebenbürtig.«

»…?! W… Was …………?!«

»In der Realität bist du mir in allem überlegen. Und in dieser Welt ist es umgekehrt. Also sind wir uns ebenbürtig. Und deshalb … möchte ich …«

Haruyuki bricht ab und schaut tief in Cyan Piles eisblaue Augen hinter der Maske, bevor er fortfährt.

»Deshalb möchte ich, dass du mein Partner ... mein Kamerad wirst, Taku. Lass uns gemeinsam unter **ihrer** Führung kämpfen.«

Das verschlägt Takumu die Sprache, er stößt nur heftig die Luft aus. Nach einer Weile dringt endlich ein heiseres Stöhnen zwischen den Schlitzen des Helms hervor.

»Oh Mann, du weißt es doch auch, oder? Dass dein Elter ... Black Lotus ist, die auch von meiner Legion heimlich gejagt wird, die größte Rebellin der beschleunigten Welt! Wenn du also ... auf ihrer Seite stehst, heißt das ...«

»Ja. Wir werden die Könige der reinen Farben alle besiegen. Aber das muss einem gar keine Angst machen. Soll ich dir mal was verraten ...? Um so etwas geht es in Spielen doch normalerweise«, sagt Haruyuki entschieden.

Takumu reagiert mit einem langen Schweigen.

Nachdem einige Sekunden verstrichen sind, sagt er mit einem etwas gequälten Lachen: »Haru ... würdest du mir denn glauben? Selbst wenn ich jetzt Ja sage, auf welcher Basis willst du mir vertrauen? Ich habe gegen die Regeln meiner Legion verstoßen, gegen die von *Brain Burst* und meine einzigen zwei Freunde betrogen, das ist dir klar, oder?«

»Wir erzählen nachher alles Chiyu«, gibt Haruyuki prompt zur Antwort. Takumu schnauft noch mal entsetzt.

»Wie bitte ...?!«

»Wir erzählen ihr von *Brain Burst*, von unserem Kampf ... von unseren Gefühlen, die wir beide vor ihr versteckt hatten. Wir konfrontieren sie mit der ganzen Wahrheit.«

Haruyuki schaut zum Himmel, der sich endlos weit über ihnen erstreckt, und sagt langsam: »Wahrscheinlich können wir nur so wieder von vorn anfangen. Wir drei haben Dinge voreinander verborgen, die wir uns hätten erzählen müssen. Wir hatten Zweifel aneinander, da, wo keine angebracht waren. Wir müssen irgendwie … noch mal neu anfangen.«

»Neu … anfangen … Glaubst du wirklich, das geht, Haru? Ich … Ich hab doch in Chis Neuro Linker …«

Takumus Stimme zittert. Haruyuki klopft ihm mit seinem linken Armstumpf leicht auf den Rücken.

»Ja, sie wird furchtbar sauer sein. Schreien und toben wird sie … Aber … am Ende verzeiht sie es, bestimmt«, sagt Haruyuki lachend, während er langsam beginnt, abwärts zu fliegen.

Nachdem sie wieder auf dem Dach gelandet sind und Silver Crow seinen Arm aus Cyan Piles Brust gezogen hat, taumelt dieser ein paar Schritte rückwärts und plumpst auf den Boden.

Haruyuki überprüft kurz, wie viel Zeit noch übrig ist. In knapp zwei Minuten wird dieser lange Kampf nun endlich enden.

Sicherheitshalber klickt er noch die Balken an und überprüft die Anzeigen, aber sie beide haben genau die gleiche Restenergie übrig. Wenn die Zeit abläuft, endet das Duell in einem Unentschieden und es gibt hoffentlich keine Veränderungen bei den Burst Points.

Er schaut noch mal den reglosen Cyan Pile an, der nun mit hängendem Kopf vor ihm kniet.

Hab ich … das Richtige getan?

Hätte ich Takumu auf die Erde fallen lassen sollen, um das Risiko vollständig auszuschalten, dass er nachher entgegen seines Versprechens doch noch Kuroyukihime herausfordert …?

Nein ... Das muss ich nicht. So wie ich andere verdächtige oder ihnen glaube, so stehe ich ja letztendlich auch zu mir selbst.

Wenn Kuroyukihime mir sagt, dass sie mich liebt, dann werde ich ab jetzt an mich glauben.

Und so will ich auch glauben, dass es richtig war, Takumu zu vertrauen.

Das wird schon richtig gewesen sein ... bestimmt ...

Haruyuki redet sich selbst gut zu – als sich plötzlich ...

... hinter ihm die Eisentür des Fahrstuhls laut knarzend öffnet.

Er fährt erschrocken zusammen, aber in dem kurzen Augenblick, den er braucht, um schnell herumzuwirbeln, beschleicht ihn schon eine Vorahnung ... oder eher die Gewissheit darüber, wen er gleich sehen wird.

Ein neuer Feind kann es nicht sein. Denn in der aktuellen Kulisse können sich nur er selbst und Takumu gegenseitig angreifen.

Und ein fremder Duellavatar, den er nicht kennt, kommt ebenso nicht infrage. Warum sollte aus dem Inneren des Krankenhauses irgendein unbeteiligter Zuschauer auftauchen?

Aber als Haruyuki sie dann wirklich sieht, stockt ihm der Atem. Sein Herz füllt sich mit allerlei heißen Gefühlen. Tränen schießen ihm in die Augen.

Dieses reine Schwarz, wie die konzentrierte Essenz aller Dunkelheit. Die Ränder in ein klares Silber getönt.

Ein kalter Wind streicht vorbei, fährt durch ihre langen, gewellten Haare, unter ihren Rocksaum und lässt das kleine Glöckchen an ihrem Sonnenschirm bimmeln.

»Kuro...yukihime ...«, presst Haruyuki hervor. Seine Stimme zittert schwach, als wäre er ein Kleinkind.

Er stolpert, seinen Beinstumpf hinter sich herziehend, ein, zwei Schritte vorwärts – das Mädchen sieht ihn …

… verzieht bei dem Anblick qualvoll ihr Gesicht, aber gleichzeitig beginnt sie auch, breit zu lächeln.

»Kuroyukihime!!«, ruft Haruyuki endlich mit fester Stimme und rennt los, so schnell er kann, unregelmäßige metallene Klappergeräusche verursachend.

Kuroyukihime stürmt nun ebenfalls unter lautem Klackern ihrer Stöckelschuhe auf ihn zu.

Er streckt ihr seine Arme entgegen, sie breitet wiederum ihre aus, und er springt hinein, ohne jegliche Anzeichen von Scheu oder Zögern.

Mit aller Kraft drückt er ihren süßlich-mild riechenden Körper an sich und ruft schluchzend: »Du hast … Du hast dein Bewusstsein wiedererlangt! Wie schön … Ich hab … Ich hab an dich geglaubt, dass du es schaffst … Wie schön … Wirklich …«

Kuroyukihime hält ihn fest in ihren Armen und drückt eine Weile lang nur wortlos ihre Wange an sein Gesicht.

Als sie schließlich etwas in sein Ohr flüstert, hört man aus ihrer Stimme heraus, dass sie ebenso weint.

»Ich war in einer Finsternis ohne Himmel und Erde … Nur deine Stimme ist zu mir durchgedrungen. Du … hast mich beschützt, ja? Und wurdest dabei so verletzt …«

Sie streicht mit ihrer rechten Hand sanft über Silver Crows Körper, der überall mit Rissen überzogen ist.

»Du siehst so kaputt aus … Danke … Ich danke dir, Haruyuki.«

»Nein …! Du warst es, die mich beschützt hat. Du hast mir gesagt, ich solle an mich glauben … Dank dir … kann ich nun fliegen.«

Kuroyukihime nickt mehrmals wortlos und befühlt dann mit ihrer Hand die Flügelansätze an Haruyukis Rücken.

»Sie sind schön ... Das ist also deine Kraft, das Potenzial, das in Silver Crow verborgen lag. Bisher ... hat noch kein Duellavatar je eine wahre Flugfähigkeit entwickeln können. Mein Gefühl war also richtig. Du wirst eines Tages diese Welt verändern.«

Mit beiden Händen setzt sie behutsam den kleinen Silver Crow wieder zurück auf den Boden.

Dann neigt diese Feenprinzessin mit dem zarten Körper ihren Kopf zur Seite, schaut lächelnd auf ihn herunter und sagt betont: »Die Zeit scheint gekommen zu sein ... Die Zeit, um meinen sicheren Kokon zu verlassen und wieder gen Himmel zu schauen.«

Flüchtig blickt sie hinter sich. In einiger Entfernung sitzt Cyan Pile, immer noch geknickt. Nur seine Augen hat er ein Stück gehoben und schaut zu den beiden rüber.

»Bei dir ... muss ich mich auch entschuldigen, Cyan Pile.«

Diese Worte hat Haruyuki nicht aus ihrem Mund erwartet.

»Wieder und wieder habe ich mich vor einem ehrenvollen Duell gegen dich gedrückt. Jetzt will ich dir endlich meine wahre Gestalt zeigen. Und wenn du möchtest, stelle ich mich dir ernsthaft als Gegnerin.«

Sie hebt flink ihre rechte Hand und lässt sie über die virtuelle Konsole gleiten.

»Krack! Krack, krack!!«

Plötzlich entladen sich unzählige schwarze Blitze und schließen den Avatar der Feenprinzessin ein.

Haruyuki springt hastig ein paar Schritte zurück. Vor seinen Augen beginnt die nun in blauviolettes Licht gehüllte

Silhouette langsam, ganz langsam ihre Form zu verändern. Der lange Rock, der eben noch bis zum Boden gereicht hat, wird auf einmal sehr viel kürzer und bekommt zackige Umrisse. Arme und Beine formen sich zu völlig geraden Linien, die nach unten hin spitz zulaufen.

Die langen Haare lösen sich im Licht auf, an ihre Stelle tritt eine Maske in Form eines Greifvogels, mit nach hinten gerichteten Flügeln ... Und schließlich beendet ein besonders gewaltiger Blitz die Verwandlung und löst alle Effekte auf.

Jetzt steht dort, wie eine Skulptur aus schwarzem Rauchquarz, ein schöner, unglaublich schöner Duellavatar.

In seiner Gesamtheit ähnelt er ein wenig Silver Crow.

Allerdings ist er um einiges größer, wahrscheinlich über einen Meter siebzig. Trotz der dominierenden geraden Linien wirkt die klare, schwarze Rüstung immer noch elegant und der Körper darin, schmal wie eine Puppe, steckt von der Hüfte abwärts in einem gepanzerten Rock, der etwas Ähnlichkeit mit einer schwarzen Lotusblüte besitzt.

Ganz besonders fallen aber die Arme und Beine auf. Sie sind erschreckend lang und sehen aus wie spitze Schwerter. Die hell funkelnden Klingen, die wohl alles, was mit ihnen in Berührung kommt, sofort entzweischneiden, klirren leise im sanften Wind der Kampfkulisse.

Die Gesichtspartie des v-förmig nach hinten verlängerten Kopfes wird von einer großen Schutzbrille mit tiefschwarzen, spiegelnden Gläsern verdeckt. Und darin leuchten, leise surrend, zwei blauviolette Augen.

Haruyuki kann sich zunächst überhaupt nicht rühren. Er spürt, dass ein Stück von ihm entfernt Cyan Pile ebenfalls sprachlos ist. Beide hat das von dieser schaurig-schönen Kluft

... nein, von der gesamten eleganten schwarzen Gestalt ausgehende Potenzial mit seinem gigantischen Ausmaß überwältigt.

Haruyuki spürt, dass, sollte er Kuroyukihime eines Tages im Kampf gegenüberstehen, es nur wenige Sekunden dauern würde, bis sie ihn in kleine Stücke zerfetzt hätte und er sich in nichts auflösen würde.

Doch schließlich presst er einen seufzenden Laut aus seiner Brust: »Schön ... bist du. Total ... schön ... Du hast mal gesagt, dein Avatar wäre hässlich, aber ... das finde ich gar nicht ...«

»Ach ... findest du ...«, antwortet Kuroyukihime mit ihrer Stimme, die sich als Einziges nicht verändert hat.

»Dabei kann ich nicht mal die Hand eines anderen in meine nehmen ...«

Aber sie kann den Satz nicht mehr zu Ende bringen.

Gewaltiges Getöse bricht los.

Es sind überraschte Schreie, die plötzlich alle auf einmal von den umliegenden Gebäuden auf sie eindringen.

»U... Uah! Aaaaaah?!«

»Das ... Dieser Duellavatar ......!!«

»**Black Lotus**! **Der Schwarze König**!! Er ist immer noch wohlauf?!?!«

Die Zuschauer lärmen noch um einiges lauter als vorhin bei Silver Crows Flugeinlage.

Kuroyukihime blickt sich kurz nach den Schreienden um, zuckt dann leicht mit den Schultern und sagt: »Nun denn ... Silver Crow. Meinst du, du kannst mich hoch in die Luft tragen?«

»Was?! J... Ja.«

Haruyuki überlegt.

Wie groß ihr Potenzial auch sein mag, mehr als Cyan Pile kann sie keinesfalls wiegen.

Aber wie genau stellt sie sich das Tragen vor ...?

Während er sich noch unsicher ist, schwebt Kuroyukihime leise surrend zu ihm heran, dreht sich ganz unschuldig mit der rechten Körperseite zu ihm, hebt die Arme an und geht etwas in die Knie.

Als wolle sie ihm sagen, er solle sie wie eine Prinzessin hochheben.

Was?!

Haruyuki erschrickt, aber hier gibt es für ihn nun wirklich keine Möglichkeit zum Weglaufen und Verstecken. Über seine silberne Helmmaske beginnt der Schweiß in Strömen zu laufen ... Okay, zumindest bildet Haruyuki sich das ein, während er unbeholfen seine Arme vorstreckt und einen an Kuroyukihimes Rücken, den anderen unter ihre Oberschenkel legt.

»Dann lass uns mal starten«, sagt sie mit ein wenig Vorfreude und legt ihr Gewicht in seine Arme. Bildet er sich das ein, oder sieht der abseits sitzende Takumu etwas belustigt zu ihm herüber? Jedenfalls steht Haruyuki mit diesem Avatar, der einem schwarzen Kristall gleicht, entschieden auf. Zum Glück wiegt sie nicht allzu viel. Er vollführt einen kräftigen Flügelschlag und stößt sich mit dem noch vollständigen Bein vom Boden ab.

»Fwosh!«

Haruyuki hebt ein klein bisschen träge ab und steuert gen Himmel.

Kuroyukihime in seinen Armen streckt Rücken und Hals durch, um ihre Augen über die Stadt unter ihnen wandern zu lassen. Leise staunt sie: »Das ... ist ja toll! Davon kann man ja süchtig werden … Wir müssen mal ein Kabelduell machen und die ganzen dreißig Minuten so herumfliegen … Ach, halt hier bitte an.«

»Okay.«

Haruyuki nickt und beginnt, auf der Stelle zu schweben.

Sie befinden sich gar nicht allzu hoch. Man kann unter ihnen noch deutlich die vielen anderen Duellavatare auf den Dächern erkennen, die jetzt noch mehr außer sich geraten.

Kuroyukihime holt einmal tief Luft …

… und ruft mit einer majestätischen Stimme, die bis zum weit entfernten Horizont schallt: »Hört!!«

Sofort herrscht Stille in der gesamten Stage.

»Hört, ihr Burst Linker aus den Legionen der sechs Könige!! Ich bin Black Lotus!! Und ich kämpfe gegen diese Tyrannen!!«

Die wogenden schwarzen Wolken ziehen sich zusammen, sogar der vorbeiziehende Wind hält den Atem an. Das Einzige, was sich in Haruyukis Blickfeld weiterhin bewegt, ist der tickende Countdown, der nur noch zehn Sekunden anzeigt. Bis in alle Winkel dieser Totenstille dringt die laute Verkündung: »Verlasset mit mir, mit meiner Legion **Nega Nebulus** gemeinsam, jetzt sofort das Netz des Verborgenen, brechet diesen falschen Frieden!! Nehmet eure Schwerter!! Entzündet die Feuer!! Die Zeit des Kampfes … ist gekommen!!«

9

Es ist ein warmer Altweibersommertag. Moment, kann man das jetzt im Spätherbst überhaupt noch so nennen?

Während Haruyuki über das Wetter nachgrübelt, läuft er seine inzwischen sehr vertraute Route zum Krankenhaus.

Ohne dass er es bewusst steuert, beschleunigt sich der Rhythmus seiner Schritte auf dem Straßenpflaster stetig. Er weiß, dass er so wahrscheinlich total verschwitzt am Zielort ankommen wird, kann seine Beine aber nicht stoppen.

Heute ist der Tag, an dem Kuroyukihime von der Intensivstation in einen normalen Flügel des Krankenhauses verlegt wird.

Auf der bisherigen Station waren persönliche Besuche natürlich verboten – somit haben sie sich nun schon drei Wochen lang nicht mehr in persona gesehen. Da ist es nicht weiter verwunderlich, wenn er heute etwas schneller läuft.

Kaum war der Unterricht vorbei, stürmte Haruyuki aus der Schule. Deswegen steht die Sonne noch weit oben und bestrahlt mit ihrem für November sehr warmen Licht intensiv seinen Rücken. Am Tor lauerten ihm die beiden rasenden Reporterinnen der Schülerzeitung auf – wo auch immer sie ihre Informationen über den Fall herhatten –, aber Haruyuki reaktivierte einfach seine in letzter Zeit etwas eingerostete Weglauf- und Versteckfähigkeit und floh erfolgreich vor ihnen aus der Reichweite des lokalen Netzwerks.

Seine gute Laune heute rührt aber auch daher, dass er einen Tag zuvor, am Sonntag, seit einer Ewigkeit mal wieder etwas mit seinen beiden Kindheitsfreunden zu dritt unternommen hat.

Abgesehen davon, dass Haruyuki sich als sie gerade auf dem New Tokyo Tower waren versehentlich ins Touristennetz einloggte und zu einem Duell herausgefordert wurde (das er aufgrund der Höhe des Gebäudes mühelos gewann), war der schulfreie Tag problemlos verlaufen.

Haruyuki und Takumu hatten nach ihrem Entscheidungskampf drei Wochen zuvor noch am selben Tag Chiyuri zu Hause besucht und ihr in ihrem Zimmer alles – wirklich alles gebeichtet.

Die Gründe, wieso Takumu vor zwei Jahren gewollt hatte, dass Chiyuri seine Freundin wird, wieso er sich seitdem immer mehr in die Enge getrieben gefühlt hatte und wie es dazu gekommen war, dass er und Haruyuki diesen Kampf, bei dem sie sich gegenseitig ihre geheimsten Gedanken an die Köpfe geworfen hatten, überhaupt hatten austragen müssen.

Chiyuri hatte erst nicht so recht glauben können, dass *Brain Burst* tatsächlich existiert.

Als Haruyuki und Takumu schließlich ihre Beschleunigung aktiviert und Chiyuris Hausaufgaben, die sie an dem Tag aufbekommen hatte, in 1,8 Sekunden gelöst hatten, hatte sie es endlich akzeptiert. Aber eine große Schwierigkeit hatte noch vor ihnen gelegen.

Takumu hatte ihr gestanden, dass er von seinem Elter, einem blauen Burst Linker und Leiter seiner Kendo-AG, einen Backdoor-Virus bekommen und diesen in Chiyuris Neuro Linker installiert hatte. Daraufhin war das Mädchen noch sehr viel heftiger explodiert, als Haruyuki es erwartet hatte. Sie hatte lauthals verkündet, dass sie alle beiden hassen würde, die Freundschaft hiermit beendet sei, und die Jungs aus ihrer Wohnung geworfen.

Eine Woche lang hatte sie danach nicht mit ihnen gesprochen. Aber in dieser Zeit hatte sie wohl Verständnis für Takumus Gefühle entwickelt und gesehen, dass auch sie selbst ein wenig schuld an seinem Handeln gewesen war, sodass sie ihnen schließlich unter der Bedingung verziehen hatte, dass die Jungs sie als Entschädigung zum All-you-can-eat in ein Luxuscafé einladen würden.

Tatsächlich ist das Pärchen auch jetzt noch etwas befangen.

Aber Haruyuki ist sich sicher, dass die Zeit diese Wunde heilen wird.

Warum? Weil auch er und Takumu nach zehn Jahren endlich in einer Art zueinandergefunden haben, wie Chiyuri es sich immer gewünscht hat ... als wahre beste Freunde.

Nein, wahrscheinlich sind sie jetzt sogar mehr als das.

Denn Silver Crow und Cyan Pile werden Seite an Seite als Team in Kuroyukihimes Legion kämpfen.

Haruyuki grüßt die Krankenschwester, die er inzwischen schon sehr oft gesehen hat, mit einen Lächeln, während er sich gleichzeitig ins Netzwerk des Krankenhauses einloggt. So schnell, wie es gerade noch erlaubt ist, macht er sich auf den Weg ins oberste Stockwerk der Aufnahmestation.

Er tritt aus dem Fahrstuhl, den er auch während des Duells benutzt hat. Per E-Mail hat man ihm die Zimmernummer mitgeteilt – dorthin folgt er jetzt der eingeblendeten Navigationslinie.

In der rechten Hand hält er einen Blumenstrauß aus rosafarbenem Gipskraut und den schwärzesten tropischen Seerosenknospen, die er finden konnte. Da gerade keine Saison dafür ist, musste er sogar mehr bezahlen als gedacht. Das bisschen Geld, was er für dieses neue Spiel angespart hatte, war komplett für die Blumen draufgegangen. Aber das Spiel braucht er sowieso nicht mehr. Denn kein Programm der Welt könnte ihn mehr begeistern als *Brain Burst*.

Nach nur ein paar Minuten verschwindet die Navigationslinie ohne Vorwarnung aus seinem Blickfeld.

Vor ihm befindet sich die Schiebetür zu einem Einzelzimmer im südöstlichen Winkel des obersten Stockwerks.

»Äääh ... Okay ...«

Haruyuki schluckt und überlegt, was er gleich sagen soll.

Herzlichen Glückwunsch ...? Aber passt das denn?

Noch wurde sie nicht entlassen, also könnte das komisch wirken. So was wie: »Danke für deinen tapferen Einsatz«, geht natürlich auch nicht. »Lange nicht gesehen« ... wäre auch seltsam. Virtuell haben wir uns doch jeden Tag getroffen.

Ääääh ... Aaaah ... Was soll ich denn bloß sagen?

»Ssst«

Plötzlich gleitet unmittelbar vor ihm die Tür auf und er springt erschrocken nach hinten.

Doch da erklingt von drinnen eine scheltende Stimme: »Wie lange willst du mich denn noch warten lassen?! Jetzt komm schon rein!«

»J... Ja, sofort!«, japst Haruyuki, zieht die Schultern so eng zusammen, wie er nur kann, und tritt torkelnd über die Türschwelle.

Nachdem er das Geräusch der sich schließenden Tür hinter sich gehört hat, hebt er vorsichtig den Kopf.

Und in dem Moment ... verschwinden das geräumige Zimmer, die Aussicht hinter dem Fenster, ja sogar das große Bett.

Seine Augen nehmen nur noch das Mädchen in seinem pinkfarbenen Pyjama mit der darüber drapierten schwarzen Strickjacke wahr, das er drei Wochen nicht mehr gesehen hat.

Sie scheint etwas abgenommen zu haben. Ihre sowieso stets blasse Haut hat noch mehr an Farbe verloren, was sie wieder ein Stück weit durchsichtiger erscheinen lässt. Die langen wallenden Haare sind zu zwei festen, strengen Zöpfen gebunden und ihr linkes Bein steckt in einem großen Gips.

Aber –

Als Einziges unverändert geblieben ... sind ihre Augen. Diese großen, tiefschwarzen Augen, die den Eindruck vermitteln, dass darin ganze Sternenwelten liegen, und die ihn mit dem gleichen Glanz wie früher empfangen.

Kuroyukihimes Lächeln gleicht einer aufgehenden Blumenknospe und sie sagt etwas heiser: »Hey ... lange nicht gesehen, Haruyuki.«

»I... In der Tat.«

Haruyuki nickt und blinzelt mehrmals. All seine vorher zurechtgelegten Worte sind wie weggeblasen.

Fast zehn Sekunden lang schauen sie sich so in die Augen, bis Haruyuki schließlich aus seiner Starre erwacht, ein paar Schritte weiter ins Zimmer hineingeht und ihr seinen kleinen Blumenstrauß reicht.

»H... Hier, für dich, ist zwar nix Großes ...«

»Danke.«

Lächelnd nimmt Kuroyukihime das Geschenk entgegen. Sie führt ihr Gesicht an die Blumen und riecht daran.

»Black Lotus, was? Ich bin gespannt, wie sie blühen werden. Kannst du bitte Wasser in die Vase da füllen und sie reinstellen?«

»Sofort!«

Haruyuki nimmt den Behälter aus dem Schrank, befüllt ihn am Waschbecken in einer Ecke des Zimmers mit Wasser, steckt den Strauß hinein und gibt ihn seiner Besitzerin wieder.

Dann folgt erneutes Schweigen.

Schließlich bricht Kuroyukihime als Erste den Augenkontakt ab. Mit einem Mal setzt sie einen strengen Blick auf, räuspert sich kurz und sagt mit einer hörbar härteren Stimme: »Also ... dann erzähle mal. Setz dich auf den Stuhl da.«

»Ah ... O... Okay.«

Stimmt – ich bin nicht hier, um mich zu amüsieren.

Haruyuki spürt, wie ihn das ein klein wenig traurig macht. Aber er nimmt vorsichtig auf dem Besucherstuhl Platz.

Mit den Fingern fährt er über seinen virtuellen Desktop und wischt die Datei mit seinem zusammenfassenden Bericht zu Kuroyukihime hinüber.

»Äääh ... Also, dieses Backdoor-Programm, das Takumus Elter einige seiner Untertanen insgeheim testen ließ, hat jetzt absolut keine Wirkung mehr, seit letzte Woche der Matching-Server gepatcht wurde. Und der Typ selbst wurde von seiner Legion exekutiert ... Das heißt, sie haben ihm alle Punkte geraubt. Aber er hat wohl letztendlich nicht verraten, wer dieses Programm geschrieben hat ...«

»Aha, verstehe.«

Kuroyukihime schnaubt kurz und stützt den Kopf in ihre verschränkten Hände.

»Vermutlich war es einer der Gelben. Die verstehen sich auf solche Tricks. Denen ist zuzutrauen, dass sie einen fremden Legionsoffizier so was testen lassen. Na ja, irgendwann kriegen wir den schon«, brummt sie und bewegt die Finger ihrer rechten Hand wie ein Schwert. Dann entspannt sich ihr Gesicht wieder und sie schaut zu Haruyuki.

»Und, wie läuft es bei unserer Legion?«

»Ja ... Also, es geht zwar nur langsam voran, aber die Bereiche Suginami 3 und 4 haben wir jetzt unter unserer Kontrolle.«

»Hi hi hi, so ein kleines Territorium. Aber das ist schon sehr gut für eine Legion, die nur aus drei Spielern besteht.«

Kuroyukihimes Schultern beben leicht beim Lachen.

Nega Nebulus, die Schwarze Legion. Nach dem, was Haruyuki gehört hat, war sie einst genauso groß wie die Legionen der sechs Könige, aber nach jenem Vorfall vor zwei Jahren ist sie zerbrochen und untergegangen. Nun hat Kuroyukihime feierlich die Rückkehr der Legion erklärt. Bisher besteht sie allerdings nur aus drei Personen: ihr selbst, Haruyuki und Takumu. Zudem kann Black Lotus, die größte Meuterin der beschleunigten Welt, erst mal für eine ganze Weile sowieso nicht kämpfen. Deswegen haben sie jetzt schon alle Hände voll damit zu tun, wenigstens die Bereiche rund um die Umesato-Mittelschule herum zu verteidigen.

Als hätte Kuroyukihime erkannt, was er gerade denkt, sagt sie lächelnd: »Jetzt guck nicht so hilflos. Es gibt keinen Grund zur Panik ... Wir können allmählich neue Mitglieder aufnehmen und unser Areal vergrößern.«

»O… Okay.«

Haruyuki nickt. Die erste reale Begegnung seit längerer Zeit bringt ihn wieder etwas zum Schwitzen. Er greift in die Tasche seiner Schuluniform, um ein Tuch zum Abwischen herauszuholen, spürt aber etwas anderes darin.

Schnell holt er diesen Gegenstand raus, den er schon wieder total vergessen hatte. Es ist ein Schülerheft, das momentan in seiner ursprünglichen Funktion keine Verwendung mehr findet – Kuroyukihimes Schülerheft.

»Ach ja … stimmt, das hab ich ja noch von dir. Hier, bitte!«

Er reicht ihr ohne große Umschweife das Büchlein. Doch als Kuroyukihime es sieht …

… blinzelt sie verwundert, öffnet leicht den Mund und läuft plötzlich knallrot an.

»Batsch!«

Sie reißt ihm das Heft aus der Hand, presst es an ihre Brust und lässt den Kopf wieder nach unten sinken.

»Hast du … reingeschaut?«, fragt sie schwach.

Und da endlich begreift Haruyuki den Grund für ihre Reaktion.

»Was?! Nein, ja, äh, also, ja, äääh … h… hab ich …«

Schweigen erfüllt den Raum …

Dann plötzlich wird die zu klirrendem Eis gefrorene Luft von einem kurzen Satz durchbrochen.

»Vergiss es.«

»Hä …?«

»Vergiss alles, was du gesehen hast, und sprich es nie mehr an. Solltest du das je tun, dann lernst du am eigenen Leib meine Spezialtechniken aus Level neun kennen.«

Waaas?!

Haruyuki verkneift sich den Aufschrei und schüttelt heftig den Kopf.

»Ich sag nichts, ich werde nicht mehr daran denken! Ich, äh, hab es schon vergessen, jetzt gerade, komplett!«

Er sitzt kerzengerade auf seinem Stuhl, Schweiß fließt in Strömen an ihm herunter. Kuroyukihime wirft ihm von der Seite einen scharfen Blick zu.

Aber dann lächelt sie entwaffnend.

»Mensch ...! Jetzt kennt dich als Silver Crow schon die ganze beschleunigte Welt, aber du bist und bleibst wohl immer du selbst, Haruyuki.«

Der entspannt seine Schultern ein klein wenig, als er antwortet: »D... Du wirst auch nie aufhören, mir Angst zu machen, Kuroyukihime ... Black Lotus.«

»Wirklich? Ich bin doch immer nett ...! Aber hör mal, Haruyuki.«

Sie räuspert sich, setzt sich etwas aufrechter hin und sagt mit einem milden Lächeln: »Kannst du mich endlich auch mal mit meinem richtigen Namen statt immer nur mit Pseudonym ansprechen?«

»Oh ... O... Okay.«

Haruyuki nickt.

Aber ...

... dann fällt ihm etwas ganz Furchtbares ein.

»Äh .... du?«

»Hm ...?«

»I... Ich ... kenne ... deinen wahren ... Namen ... nicht ...«

»Kracks«

Wie beim Übergang in die Beschleunigung, nein, noch viel intensiver und fester gefriert die Luft ein zweites Mal.

Doch sogleich löst Kuroyukihimes seufzendes Lachen die Spannung wieder.

»Hach, du ... Ich dachte, du hast in mein Schülerheft geschaut?«

»Ah ... Äh ... Na ja, nur das eine Mal, ganz kurz ...«

»Hi hi. Du wirst dich wirklich nie ändern, Haruyuki. Dann stelle ich mich eben noch mal vor. Aber so viel anders ist mein echter Name auch nicht ...«

Ein leichter Wind weht durch das Fenster, das einen Spaltbreit geöffnet ist, herein und verbreitet den Duft der schwarzen Lotusknospen im Zimmer.

Das schöne Mädchen aus der achten Klasse, das nicht so aussieht, als wäre es gleichzeitig ein rebellischer Schwarzer König, streckt seinen schmalen Rücken gerade durch, faltet die Hände vor der Brust und sagt mit klarer Stimme: »Ich heiße ...«

ENDE

Nachwort

Ich weiß nicht, wie lange schon, aber irgendwann habe ich bei allen Dingen, die mir bevorstanden, angefangen, mich nur auf Enttäuschungen und Niederlagen einzustellen.

Aber damit, dass man immer nur das Schlechteste erwartet, kann man sich nicht gerade rühmen. Denn wenn man von vornherein kapituliert und irgendwann der Zeitpunkt kommt, an dem man wirklich aufgeben muss, räumt man sich damit nur die Möglichkeit ein, zu sagen: »Egal, ich hab ja sowieso nicht viel Energie in die Sache gesteckt.«

Auch als ich im Oktober 2007 anfing, an dieser Geschichte zu schreiben, dachte ich, ich würde es sowieso nicht schaffen, sie fertigzustellen. Dann habe ich es doch geschafft – und war als Nächstes direkt wieder überzeugt davon, dass ich eh nicht damit fertig werden würde, den Text an die Anforderungen des *Dengeki*-Romanwettbewerbs anzupassen. Und nachdem ich die Bewerbung abgeschickt hatte, habe ich mir schließlich unermüdlich eingeredet, dass der Roman die mehrstufigen Beurteilungsphasen doch eh niemals alle überstehen könne.

Aus diesem Grund hatte ich zu dem Zeitpunkt, als die Geschichte den Preis gewann und veröffentlicht wurde, natürlich überhaupt keinen Plan für ein Nachwort, und bin auch jetzt noch vollkommen ratlos. Ich würde hier sehr gerne irgendetwas Schlaues, Tiefgründiges, vor Humor nur so Strotzendes und dabei doch von traurigem Pathos Erfülltes zu Papier bringen, aber mir fällt leider absolut nichts dergleichen ein. Deswegen notiere ich jetzt einfach meine momentanen Gedanken.

Für mich war es bereits Wunder genug, dass ich diese Geschichte überhaupt zu Ende geschrieben habe.

Und für die Buchausgabe verfasse ich nun dieses Nachwort. Das alles muss mit einer so unglaublich kleinen Wahrscheinlichkeit wahr geworden sein, dass man sie gar nicht messen kann.

Der Held von *Accel World*, Haruyuki, ist auch jemand, der sich bewusst niemals irgendwelche Hoffnungen macht. Was ihn und mich allerdings grundlegend unterscheidet, ist der Punkt, dass Haruyuki Unmengen an Energie dafür aufwendet, vor Dingen wegzulaufen. Er ist wirklich ein sehr eifriger Pessimist.

Ich persönlich glaube, dass wenn man irgendeinen beliebigen Vektor nimmt und ihm Energie zuführt, sich auf jeden Fall etwas ereignen wird. Mit Haruyukis Bemühungen kann ich es zwar bei Weitem nicht aufnehmen, aber angenommen, mein Preisgewinn wäre noch durch etwas anderes als ein Wunder oder Glück zu erklären – dann könnte diese andere Ursache das kleine bisschen Energie sein, das ich trotz meiner negativen Gedanken vielleicht irgendwie investiert habe.

Auf dem Weg von meinem ungeschliffenen Wettbewerbsbeitrag bis zu dessen Veröffentlichung in Buchform haben mich wirklich sehr viele Menschen großartig unterstützt.

Da wäre zum einen mein Autorenkollege Minoru Kawakami, der sich trotz viel eigener Arbeit bereit erklärt hat, einen Kommentar zu diesem Buch zu verfassen, und mir darüber hinaus noch Unmengen an großzügigen Tipps zur richtigen Gestaltung von Actionszenen gegeben hat. Seine *Accel World*–

Kawakami-Edition, die er extra dafür (!) geschrieben hat, werde ich für immer in Ehren halten.

Mein Dank geht auch an HIMA, der Haruyuki so wunderbar gezeichnet hat, obwohl ich, was sein Aussehen angeht, mit großen Schwierigkeiten gerechnet hatte. Auch die anderen Charaktere wirken aus seiner Feder so lebendig, als hätten sie schon immer genau so ausgesehen. Ich habe jetzt in meiner Vorstellung immer seine Bilder vor Augen.

Nicht zu vergessen natürlich auch mein Redakteur, Herr Kazuma Miki, der immer sehr freundlich und geduldig mit mir ist, obwohl ich mich trotz meiner absoluten Unerfahrenheit nicht immer gefügig zeige. Ich versuche, mich seiner strotzenden Redakteurspower anzupassen, und tippe Tag für Tag auf meiner Tastatur, was das Zeug hält.

Außerdem danke ich all den Leuten da draußen in der globalen Netzwelt, die mich nun schon seit sieben Jahren begleiten und mir Mut machen. Dank euch habe ich es dorthin geschafft, wo ich jetzt bin.

Und zuletzt richte ich meinen tiefsten Dank an dich vor dem Buch, dafür, dass du es bis hierher gelesen hast.

Vielen, vielen Dank!

28. November 2008 Reki Kawahara

accel world

COMMENTARY

KOMMENTAR

ACHTUNG: Ab hier beginnt mein, Minoru Kawakamis, Kommentar zu *Accel World* mit meiner ganz eigenen Sicht der Dinge, die nicht unbedingt der offiziellen entspricht – bitte bedenkt das. Alles Offizielle stammt vom Autor Reki Kawahara selbst und seinem Illustrator HIMA. Unter dieser Prämisse würde es mich freuen, wenn ihr auch die folgenden Seiten lest.

Also, dann fangen wir mal an. Ich heiße Minoru Kawakami und bin für den Kommentarteil in diesem Buch zuständig. Ich habe anfangs überlegt, in welcher Form ich den Inhalt erläutern soll … Aber dann ist mir eingefallen, dass ich gar nicht weiß, was überhaupt die wichtigsten Punkte sind. Also habe ich meine flüchtig aufgeschriebenen Ideen genommen, die mir beim Lesen so gekommen waren, und diese in eine Kurzgeschichte sowie ein paar Steckbriefe der Charaktere, wie ich sie in meiner Vorstellung sehe, gepackt. Wenn sich dabei Gemeinsamkeiten oder Unterschiede im Vergleich zu eurem eigenen Verständnis feststellen lassen, dann soll genau darin mein Kommentar zu dieser Geschichte liegen. Ich hoffe, Herr Kawahara und sein Redakteur Herr Miki geben mir ihr Einverständnis dazu. Also, ich wünsche euch viel Spaß!

●

Hallo zusammen! Ich heiße Kawakami, gehe in die Mittelstufe und besitze einen Duellavatar namens »White Turnip«. Ich sehe älter aus, als ich eigentlich bin, sodass manche mich für einen Dreißigjährigen halten, und manchmal bekomme ich sogar richtig böse Sachen zu hören wie neulich im Zug, als ein Mädchen, ein kleines Mädchen, das mir gegenübersaß, meinte: »Mama, guck mal, ein Mörder!« Aber trotz alledem bin ich ein Junge im Mittelschulalter.

Genau wie ihr alle bin auch ich nur ein kleiner, bescheidener Burst Linker. Aber anders als ihr brenne ich nicht so sehr darauf, mich ständig zu duellieren. So was machen doch nur kleine Kinder – oh, tut mir leid, da bin ich jetzt wohl zu weit gegangen. Okay, was mache ich dann stattdessen? Ich sage es euch: Ich schreibe Modifikationsprogramme für *Brain Burst*.

Aus der Sicht der *Brain Burst*-Welt bringen Programmierer wie ich ihr entweder sehr reichhaltigen Nutzen oder den bösartigsten Schaden. Etwas dazwischen gibt es nicht. Aber wenn man nichts programmiert, das Letzteres verursacht – oder es doch tut und nicht erwischt wird –, dann genießen wir als wertvolle Beitragende zu dieser Welt den Schutz sämtlicher Gruppierungen. So greift man uns zum Beispiel gar nicht erst an, oder andere Spieler helfen uns, wenn es unberechtigterweise doch jemand tut. Und sobald wir erst mal eine Gruppe gefunden haben, die uns verteidigt, kriegen wir die Burst Points derjenigen aus der Gruppe, denen sie als Strafe abgenommen werden, und steigen auf diese Weise schnell in den Levels auf.

Ich arbeite genau so unter dem Schutz einer Gruppe. Aber ich schreibe Programme, die für alle Burst Linker gedacht sind. Diese verkaufe ich zunächst gegen Burst Points an meine eigene Gruppe, und die schickt dann einen Broker los, der sie den Zuschauern von Kämpfen anbietet, wieder gegen Burst Points. Somit verdient auch die Gruppe an meiner Software. Aber es gibt auch Konkurrenzkämpfe und Gruppenwechsel unter uns Programmierern, sodass wir immer noch ein abwechslungsreiches Leben führen, obwohl wir zum Arbeiten nicht vor die Tür gehen müssen.

Derzeit schreibe ich an einer Software, die sozusagen in mein Spezialgebiet fällt: ein »Forwarder«, der Informationen aus der Realität an Avatare in der *Brain Burst*-Welt schickt.

Durch ihn kann man selbst im Zustand der tausendfachen Beschleunigung, in den *Brain Burst* einen versetzt, noch fühlen, was man im realen Umfeld mit seinen fünf Sinnen wahrnimmt.

... Aber das muss ich doch gar nicht? Bei so einem Beschleunigungsgrad brauche ich doch nicht zu wissen, was mein Körper in den zwei Sekunden, die ich weg bin, für Sinneswahrnehmungen empfängt? Das denkt ihr jetzt bestimmt.

Aber da liegt ihr falsch, und ich erkläre euch warum. Zunächst einmal an einem Beispiel, das wahrscheinlich nur die Jungs unter euch verstehen werden.

Wie lange braucht eure Mutter, um die Tür zu öffnen und in euer Zimmer einzudringen? Richtig. Null Komma drei Sekunden.

Alles klar?

Wenn ihr also gerade einen Porno guckt oder ein Erotik-Game zockt und euch denkt: »Bäh, das turnt mich ja gar nicht an! Voll die Billigscheiße!«, und plötzlich auf die Idee kommt, mal in die beschleunigte Welt abzutauchen, dann kann eine minimale Verzögerung bei der Rückkehr schon einen dunklen Schandfleck auf die schönen späteren Erinnerungen an eure Jugend werfen. Seht ihr? Und das kann nur mein Forwarder mit seiner speziellen Alarmfunktion namens »Überliste deine Mutter« verhindern.

Ja, die Mädels unter euch können das nicht nachvollziehen. Ihr müsst euch eigene Anwendungsmöglichkeiten für das Programm ausdenken.

Nun habe ich schon sieben Versionen davon veröffentlicht und bekomme allein durch die Updates immer wieder neue Burst Points. Dass ich es so weit gebracht habe, liegt wohl in den Genen meiner Programmiererfamilie. Mein Großvater programmierte bereits seit der 8-Bit-Generation Erotik-Games. Selbst als er im Sterben lag, gab er angeblich noch wie verrückt Dialogtexte in die Luft ein. Er war das Idealbild eines jeden Mannes. Leider war er aus irgendwelchen Gründen verheiratet.

Und ich, der Enkel einer so großen Persönlichkeit, habe trotz meiner dreizehn Jahre längst die Welt der 18-Plus-Spiele für mich entdeckt und verdiene mir immer mal wieder ein kleines Taschengeld dazu, indem ich die Neuro Linker meiner Freunde von ihrer Regionalsperre befreie. Hi hi hi, die ganzen Erotik-Games, die ihr da draußen gerade spielt, haben Dialoge, die auf den sechzig Jahre alten Texten meines Opas beruhen. War er etwa ein Monster? Aber hey, ich stehe zu meinem Blut. Hach, wie es wohl wäre, wenn er diese Zeit jetzt miterleben könnte? Was würde er von der heutigen Technik halten? Moment, nein, er gehörte doch zu dieser

2-D-Generation, die nichts mit Polygonen anfangen konnte. Deswegen habe ich mich sogar mal beim Baden mit ihm geprügelt. Großväter sollten Kindern nicht ihre eigenen Wertevorstellungen aufzwingen. Sollen sie sich damit begnügen, was sie genetisch vererbt haben.

Wie auch immer – ich schreibe gerade an Version 8 meines Programms. Und dabei stoße ich in höchst faszinierende Bereiche vor. Das liegt wohl auch daran, dass ich das *Brain Burst*-System nun komplett verstanden habe. So kann ich die Sinneseindrücke aus der Realität nun nicht mehr lediglich in Form einer Warnung, sondern als richtige Empfindungen in die beschleunigte Welt weiterleiten.

Ja, richtig – selbst wenn euer Gehirn gerade tausendmal schneller arbeitet als sonst, könnt ihr fühlen, was euer Körper gerade tatsächlich wahrnimmt.

Jetzt denkt ihr sicher wieder, das würde überhaupt nichts bringen. Wenn man beispielsweise einen Ton so überträgt, wird er ja um das Tausendfache gedehnt und ist dann viel zu lang. So wie alles andere auch.

Aber wisst ihr was? Ich esse gerade. Und bin parallel dazu auch dabei, Version 8 des Forwarders zu testen.

Versteht ihr?

Genau. In der Realität habe ich gerade einen Löffel Curryreis im Mund.

Jetzt ist alles klar, was?

Mein Mund ist bereits zu, ich spüre auf der ganzen Zunge den vom Oberkiefer zerdrückten heißen, braunen Currybrei und die weichen Reiskörner, in meine Nase steigen die Schärfe und die Süße auf. Mittelscharfes Curry, passt ja zu einem Mittelschüler …!

Und da dies alles auf das Tausendfache ausgedehnt wird, kann ich jetzt dreißig Minuten lang in meinem gesamten Mundraum bis in die letzten Winkel hinein die scharfe Hitze dieses Currys spüren. Egal ob ich dabei durch die Gegend laufe oder nicht, ob ich nach unten oder nach oben blicke, ob ich einem Kampf zuschaue oder mich selbst duelliere, ob ich schlafe oder wach bin ... Alles wird vom Currygeschmack begleitet!

Na?

Stellt euch vor, ihr verliert einen Kampf. Wenn ihr dann aber eine halbe Stunde lang dieses Curry im Mund gehabt habt, werdet ihr euch denken: Trotzdem gut, dass ich in der beschleunigten Welt gewesen bin! Nicht wahr?!

Außerdem ... kehrt ihr dann in die Realität zurück und könnt direkt weiteressen! Ihr werdet tausendundein Curry verspeist haben!

Aaaber, das ist noch nicht alles. Menschen haben nämlich auch noch viele dunkle Seiten.

Richtig! Wenn man das richtige Timing abpasst, kann man auch alle nur erdenklichen Lustgefühle auf das Tausendfache ausdehnen.

Ups.

Hey, wisst ihr was? Für einen Jungen in der Pubertät wie mich ist es völlig normal, dass die Schilderung plötzlich in eine sexuelle Richtung abdriftet. Ja, ich bin schon in der Mittelstufe, also hab ich es natürlich schon getan. Äh, ich meine, als Test ... Als Test, klar? Es war ein Experiment!! Und zwar in der Welt eines Erotik-Games, wo ich mit der Figur zu Hause auf dem Boden komische ruckartige Bewegungen gemacht, mich verrenkt und seltsame Laute von mir gegeben hab, bis auch mein realer Körper darauf reagiert hat und ich fast an einer Herzlähmung gestorben bin. Und mein beschleunigter männlicher Geist war dann völlig wehrlos, unfähig, noch zu kämpfen.

Das war echt ein riskantes Erlebnis. Nicht auszudenken, wenn meine Eltern mich so gefunden hätten. Vater, Mutter, euer Sohn ist keiner von denen, der bei einem Erotik-Game mit »kleinen Schwestern« in den Hauptrollen ums Leben kommt – auch nicht bei tausendfacher Beschleunigung. Okay, wäre eine Blondine mit richtig großen Titten aufgetaucht, hätte die fünffache Intensität ausgereicht.

Und gerade zu der Zeit lief draußen einer herum, über den mir schon Gerüchte zu Ohren gekommen waren – dieser Geflügelte. Anscheinend hat er nach mir gesucht, um mich herauszufordern. Aber keiner, nicht mal ich, hätte sich je ausmalen können, dass ich in dem Moment völlig selbstvergessen zu Hause auf dem Rücken liegen, rauf und runter zucken und dabei wilde Schreie von mir geben würde. Aber der allergrößte Schaden in dieser Situation – neben der Sorge um mein Leben und das meiner zukünftigen Nachkommen – war durch die visuelle Wahrnehmung meiner Augen entstanden, die der Forwarder mir weiterleitete. Zu meinem Pech blickte ich nämlich gerade in Richtung Fenster, wo sich mein eigenes Gesicht spiegelte. Diesen Anblick dreißig Minuten lang zu sehen, muss zwangsläufig einen psychischen Schaden nach sich ziehen. Beim nächsten Mal muss ich definitiv die Vorhänge schließen, oder ich mach es gleich erst dann, wenn ich sowieso genug von dieser Welt habe und sterben will. Es ist wirklich eine sehr schwierige Angelegenheit.

Aber, meine Herren, wenn ihr nun glaubt, der Forwarder hätte dadurch gar keinen Nutzen mehr, dann passt jetzt gut auf. Man kann ihn nämlich noch für andere als nur sexuelle Zwecke benutzen.

Genau ... beim Urinieren.

Als ich letztens in der Schule vor dem Pissoir stand, kam mir diese Idee und ich habe mal probeweise die Beschleunigung aktiviert. Sich eine halbe Stunde lang ununterbrochen entleeren zu können, ist wirklich das größte Glücksgefühl auf der Welt. Mit der Wahrnehmungssteuerung lässt sich außerdem die Intensität beliebig einstellen. Macht man so die Stärke eines Raketenstrahls draus, ist es einfach göttlich! Wie viele Plastikflaschen ließen sich damit bloß füllen? Wenn ich das Gefühl irgendwie in Worten ausdrücken müsste, hm ... dann würde ich wohl sagen: »Es ist, als würde alles in mir seinen Weg nach draußen finden ...!« Aber während ich da so völlig konzentriert diese dreißig Minuten ausgekostet habe, hat mich anscheinend dieser Pfähler gesucht, über den man in letzter Zeit auch viele Gerüchte hört, und ist im Flur vor dem Klo auf und ab gelaufen. Aber keiner, nicht einmal ich, hätte sich je ausmalen können, dass ich einen so großen Teil meiner beschleunigten Zeit auf dem Örtchen verbringen würde ...

Na ja, auf jeden Fall wird die achte Version meines Forwarders die beschleunigte Welt durch sein explosives Potenzial wohl sprungartig revolutionieren. Mich nerven bloß die ganzen aufdringlichen Typen, die bereits jetzt von der Sache Wind bekommen haben. Ich will ja gerne noch etwas an den Möglichkeiten feilen, das heißt, äh ... testen ... nur testen will ich sie, klar? Aber diese Leute, die es innerhalb meiner Gruppe nach ganz oben schaffen wollen, fragen mich schon die ganze Zeit, ob ich das Programm denn an eine andere Gruppe verkaufen will. Es gibt wirklich keinen Grund, wieso sie an mir zweifeln sollten. Boah, das sind doch alles nur sexbesessene Mittelschüler, die nichts anderes zu tun haben. Sie wollen doch nur die Chance ergreifen, ein zufällig auf der Straße liegendes Pornoheft im Vorbeigehen mit der Beschleunigung tausendmal länger anschauen zu können, als es ihnen sonst möglich wäre. Und solche Leute streunen dann in der *Brain Burst*-Welt umher und bremsen sich gegenseitig aus. Seid ihr noch ganz richtig im Kopf?! Ich würde, weil ihr mir leidtut, das Heft in der Realität aufheben und schnell mal alle Seiten durchblättern, so, dass ihr es während der Beschleunigung seht. Ich bekomme häufig dankende E-Mails, gerichtet an den Gott, der die gleichzeitige Wahrnehmung dieser zwei Welten ermöglicht hat. Also tue ich doch etwas Gutes. Wenn ich besagtes Heft aber aufhebe und damit weggehe, erhalte ich sofort mehrere Duell-Herausforderungen auf einen Schlag.

Aber jetzt bin ich vom Thema abgekommen. Ich wollte nur sagen, dass es mir ganz schön auf den Geist geht, wie die ganzen Höherstehenden es auf meinen Forwarder abgesehen haben.

Neulich auch – ich befand mich wieder auf meinem üblichen Beschleunigungsörtchen und drückte gerade einen besonders Großen raus … »Ja, du bist draußen, draaaußeeen!«, schrie ich dabei mit tausendfacher Freude. Ja, das war auch ein Test. Aber genau da ist einer dieser Idioten reingeplatzt. Na ja, Idiot darf ich wohl nicht sagen, immerhin hat er einen höheren Rang als ich. Trotzdem ist er ein Idiot. Aber auch ein Höhergestellter … egal. Jedenfalls hab ich mir dann ein gewisses Gefühl, von dem ich mir einen Datenvorrat angelegt hatte, genommen, und zwar genau das Gefühl, das man in dem Moment spürt, wenn man sich den Finger in die Nase steckt, hab es aufs Tausendfache erweitert und per Forwarder in seinen Allerwertesten geschickt. Er wurde danach ins Krankenhaus eingeliefert. Aber ob das beim nächsten Mal auch noch so gut klappt, weiß ich nicht. Ich denke, ich sollte langsam meine Gruppe verlassen und alleine arbeiten. Und dafür will ich heute die nötigen Verbindungen knüpfen.

Im Klartext heißt das, dass ich meinen Forwarder verkaufe. Ich habe da auch schon eine Vorstellung, an wen. Zumindest lasse ich nicht zu, dass mein Programm von jemandem zum Beispiel dafür verwendet wird, Folterschmerzen ums Tausendfache zu intensivieren.

Burst Linker verletzen sich ja manchmal auch in der Realität oder landen im Krankenhaus. Dort kann man sich zwar auch beschleunigen, aber das Leben auf der Station ist und bleibt trotzdem langweilig. Mit meiner Software ist es zumindest möglich, Süßigkeiten, die Besucher einem mitbringen, tausendmal so lange zu genießen. Wenn man in den Einstellungen nur Geschmacks- und Geruchssinn aktiviert, kann man außer Essen auch Blumen oder den Duft der aktuellen Jahreszeit für diesen Zeitraum festhalten. Seit einiger Zeit gibt es auch Burst-Linker-Gruppen, die sich auf Verwaltung und Schutz im Zusammenhang mit allen Krankenhausangelegenheiten spezialisiert haben. Die werden mir das Programm sicher zu einem hohen Preis abkaufen.

Aber auch ich bin letztendlich ein kaltblütiger Mensch. Ich werde diese Sache geschäftsmäßig angehen. Hm … Ich werde sie einfach wie folgt bezahlen lassen: Wenn ich gute Laune habe, nenne ich einfach einen vorläufigen Listenpreis. Und wenn sie erst mal vom Vergnügen gekostet haben, können sie ruhig vor Schreck anfangen zu zittern, sobald ich ihnen noch eine Riesensumme nenne.

Okay, dann esse ich jetzt mal auf und gehe dann zu den Leuten, die ich da so im Auge habe. Oh, aber vorher muss ich noch unbedingt aufs Klo. Nicht für irgendwas Schmutziges, nein … Es stehen die letzten Klassenarbeiten für dieses Schuljahr an.

KOMMENTAR

So, das war also die Geschichte. Tatsächlich konkretisierten sich die Ideen dafür bereits bei einem lockeren Gespräch mit dem Redakteur Herrn Miki, nachdem ich das Buch gelesen hatte. Ich schickte ihm umgehend einen groben Entwurf. Als es dann hieß, dass sie als Teil dieses Kommentars verwendet werden soll, hatte ich noch mal ganz schön Arbeit damit. Wie auch immer – geht es vielen von euch, nachdem ihr diesen Band nun gelesen habt, nicht auch so, dass ihr nach draußen schaut und euch denkt: »Irgendwo da kämpft gerade jemand mit tausendfacher Geschwindigkeit«? Ich finde, dieses Werk verzaubert einen gerade dadurch, dass es die Fantasie des Lesers so anregt. Nein ... Das hat gar nichts mit den wilden Schreien in häuslichen Programmiererzimmern oder so zu tun. Da spielen sehr viel mehr Faktoren mit hinein ... Aber lassen wir das.

Beginnend mit der nächsten Seite findet ihr im Folgenden meine eigenen Skizzen der Charaktere und Avatare sowie verschiedene Gedanken zu ihnen. Natürlich sind die offiziellen Designs die des eigentlichen Illustrators. Ich habe das also nur mal zum Spaß gemacht. Vielleicht gibt das euren eigenen Vorstellungen auch einen Anstoß.

HARUYUKI

KOMMENTAR

Ist sein Kopf auch wirklich nach oben gerichtet? Ich freue mich unter anderem darauf, zu erfahren, wie sich die Beziehung zwischen Haruyuki und seiner Mutter entwickeln wird. So wie ich mir den Aufbau ihrer Wohnung nach dem Lesen vorstelle, hat sie ihm sicher das Zimmer mit Fenster gegeben und schläft selbst in einem fensterlosen Raum. Wie Haruyuki wohl das Verhältnis zu seiner Mutter wahrnimmt und bewertet? Er ist ein Protagonist, bei dem man in vielerlei Hinsicht gespannt bleiben darf.

KOMMENTAR

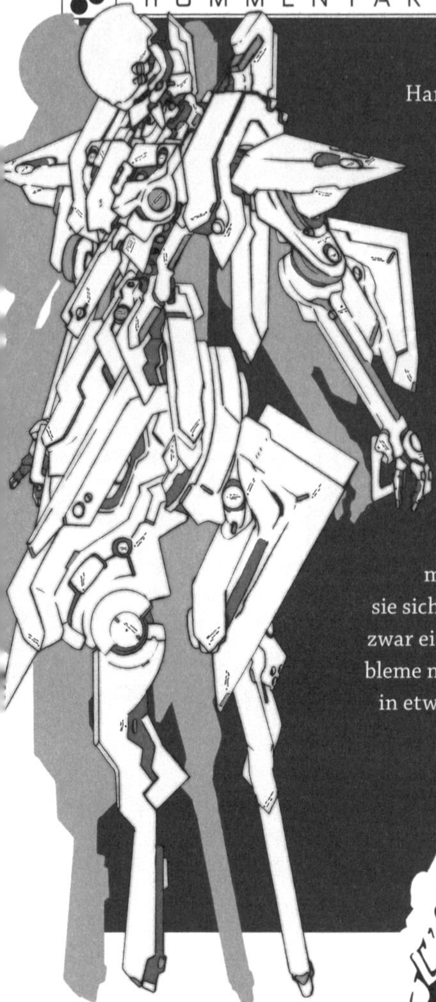

Haruyuki und Silver Crow, so wie ich sie mir vorstelle. Programme sowie Daten für Antrieb und Rüstung habe ich mal in Form von physischen Teilen am Avatar selbst dargestellt. Was die Stärkungselemente angeht, so hat wohl Cyan Pile mit seinem physisch starken Körper außen fest angebrachte Mechanismen. Bei Silver Crow mit seinem maschinellen Äußeren sind sie sicher innen verbaut. So ist es zwar einfacher, aber es kann Probleme mit der Stabilität geben. So in etwa hab ich mir das gedacht.

Silver Crow / Haruyuki

KUROYUKIHIME

Das schicke Mädchen, das sich der Kraft seiner Schwerter selbst nicht bewusst ist und für den Silberjungen schwärmt …

KOMMENTAR

Kuroyukihime in Schuluniform und in ihrer Avatargestalt … Kann sie nicht immer in Letzterem auftreten?! Irgendwie ist Kuroyukihime die interessanteste Person auf der ganzen Welt für mich. In ihrer getarnten Form sind Rock und alles andere an ihr mit Schwertern ausstaffiert, die noch in ihren Hüllen stecken. Ihr Sonnenschirm kann sich ebenfalls in ein riesiges Schwert verwandeln. Arme und Beine sind Waffen, die nicht zum eigentlichen Körper gehören. Die Schwerter über ihrer Brust sind ein Zeichen ihrer Selbstbeherrschung. Steht sie aber jemandem gegenüber, dem sie vertrauen kann, entspannt sie sich und die Waffen fallen vornüber ab.

KOMMENTAR
Kuroyukihime

ANOTHER

KOMMENTAR

Ach, ihr stört doch alle nur …! Nach Reki Kawaharas Idee ist Cyan Pile ein kühner, furchtloser Kämpfer. Ich hätte es aber auch ganz cool gefunden, wenn er die Form eines Gorillas gehabt hätte und verstärkende Zusatzteile seine Silhouette ausmachen würden. So habe ich ihn mal gezeichnet. Und die Augen sollten einen richtig höhnischen Eindruck besitzen, egal welches Paar davon man anschaut. Chiyuris violetten Katzenavatar hab ich mal auf einer menschlichen Form basieren lassen.

KOMMENTAR

Die violette Katze / Cyan Pile / Chiyuri

ENDING

KOMMENTAR

So, nun sind wir auch schon am Ende dieses Kommentars (?) angekommen. Den Hintergrund auf dieser Seite bildet (auch wenn es sehr schwer zu erkennen ist) der Hikawa-Schrein in Koenji. Unsere Burst Linker sind zwar normale Schulkinder, können aber jederzeit aus freiem Willen irgendwelche Kämpfe starten. Wenn sie das gerade nicht tun, führen sie ein normales Alltagsleben. Sie stürzen sich mit Freude in die Schlachten hinein, solange die Duelle nicht erzwungen sind. Es ist also das Gleiche, wie Bücher zu lesen oder Spiele zu zocken. In dieser Welt, in der es nun ein unruhiges Hobby mehr gibt, sehnt man sich ständig danach, sich zu beschleunigen. Was soll man da nur denken, wie soll man sich verhalten? Wenn diese selbst gewünschte Ungeduld und Verzweiflung diese Welt in Bewegung halten, dann wird die Beschleunigung der Könige zu dem von ihnen ersehnten Resultat führen. Aber nun mischt sich ein einzelner Junge in das Ganze ein. Dies ist die Geschichte, wie er, der andauernd Verzweifelte, die Beschleunigung für sich entdeckt. Ein ständig, ständig verzweifelter, sich beschleunigender Junge. Ja, ein verzweifelter Junge. Ich möchte verzweifelten Leuten immer gerne helfen. Und ihr?

Reki Kawahara

Geboren in Takasaki, Präfektur Gunma. Derzeit wohnhaft in Tokyo, Stadtbezirk Nerima. Die meisten seiner Ideen hat er beim Radfahren am Flussufer des Arakawa, weswegen er im Winter und während der Regenzeit kaum noch produktiv ist. Er mag alles mit Käse und Aluminium. Schlecht kommt er dagegen mit dem Grün von Frühlingszwiebeln, Gegenwind und Bergauffahren klar.

Illustrator: HIMA

Geboren am 3. Oktober. *Accel World* ist das erste Buch, das er illustriert hat. Die Light-Novel-Redaktion fragte seine Mitarbeit an, nachdem sie seine Bilder in einem Flyer des *Dengeki Maoh*-Magazins gesehen hatte. Wenn er nicht gerade arbeitet, postet er private Illustrationen auf seinem Blog oder in sozialen Netzwerken.

TOKYOPOP GmbH
Hamburg

TOKYOPOP
2. Auflage, 2017
Deutsche Ausgabe/German Edition

Aus dem Japanischen von Ekaterina Mikulich
Rechtschreibung gemäß DUDEN, 25. Auflage

Edited by ASCII MEDIA WORKS
First published in Japan in 2009 by
KADOKAWA CORPORATION, Tokyo.
German translation rights arranged with
KADOKAWA CORPORATION, Tokyo.

Redaktion: Sabine Scholz
Lettering und Herstellung: Stephanie Gieck
Druck und buchbinderische Verarbeitung:
CPI–Clausen & Bosse GmbH, Leck
Printed in Germany

ISBN 978-3-8420-1154-0

www.tokyopop.de

BLEACH

Tite Kubo

Nur zu kämpfen hat keinen Sinn!
Nur zu überleben hat keinen Sinn. Man muss siegen!

Geister und Dämonen existieren mitten unter uns und Ichigo Kurosaki besitzt die Gabe, diese sogenannten Hollows zu sehen. Eines Tages stolpert er in den Kampf zwischen der Shinigami Rukia Kuchiki und einem Hollow. Dem Tode nahe überträgt die Totengöttin dem ahnungslosen Ichigo all ihre Kraft, damit er den Kampf für sie gewinnt. Neben Highschool und Familienchaos übernimmt Ichigo nun Rukias Aufgaben und taucht in eine immer merkwürdigere Welt ein.

TOKYOPOP®
www.tokyopop.de